本著作是浙江省哲学社会科学规划课题“当代美国华裔儿童文学的
文化叙事研究”（编号：19NDJC204YB）项目结项成果

# 当代美国华裔儿童文学的文化叙事研究

余美 著

A Study on Cultural Narrative of Contemporary Chinese-American Children's Literature

上海交通大学出版社
SHANGHAI JIAO TONG UNIVERSITY PRESS

**内容提要**

本书是一部美国华裔儿童文学研究专著。全书以美国华裔儿童文学家杨志成、叶祥添、林珮思、杨谨伦和马严君玲等的代表作为主要研究对象，深入分析作品的叙事特征和思想内涵，揭示在多元文化语境下美国华裔儿童文学作家如何从文化视角出发，借助华人文化身份和中国文化资源，在作品中凸显自身的中国文化特性和审美价值，为我国儿童文学创作走向世界提供有益借鉴。本书适合华裔文学研究者、儿童文学研究者、文学专业研究生及儿童文学爱好者参考使用。

**图书在版编目(CIP)数据**

当代美国华裔儿童文学的文化叙事研究 / 余美著
. —上海：上海交通大学出版社，2023.9
ISBN 978-7-313-29505-7

Ⅰ.①当… Ⅱ.①余… Ⅲ.①华人文学－儿童文学－文学研究－美国－现代 Ⅳ.①I712.066

中国版本图书馆CIP数据核字(2023)第182165号

**当代美国华裔儿童文学的文化叙事研究**

DANGDAI MEIGUO HUAYI ERTONG WENXUE DE WENHUA XUSHI YANJIU

著　　者：余　美
出版发行：上海交通大学出版社
地　　址：上海市番禺路951号
邮政编码：200030
电　　话：021-64071208
印　　刷：上海文浩包装科技有限公司
经　　销：全国新华书店
开　　本：710mm×1000mm　1/16
印　　张：12.5
字　　数：230千字
版　　次：2023年9月第1版
印　　次：2023年9月第1次印刷
书　　号：ISBN 978-7-313-29505-7
定　　价：68.00元

# 前　言

20世纪70年代以来，美国华裔儿童文学表现颇为抢眼：佳作不断，屡登畅销榜单，频获国际大奖（如凯迪克金奖、纽伯瑞儿童文学奖、美国图书馆协会最佳童书奖等，其中杨志成还两次提名国际安徒生大奖），多部作品被改编成电影或动画片，甚至还走进美国中小学课堂，被列为指定读物。[①] 进入21世纪，有多部美国华裔儿童文学作品被译介到国内，市场反响热烈，也开始引起学界的关注。种种迹象表明，美国华裔儿童文学已成为美国儿童文学大观园中的重要一景，也成为当代美国华裔文学的有生力量。

美国华裔儿童文学表现之所以如此抢眼，与蕴藉其中的"中国"元素有着紧密关联。这些作品大都涉及美国华人或中国题材，巧妙融入中国历史、风俗和民间故事，带有浓厚的中国文化内涵，表现出独具一格的审美特征和叙事风格。可以说，美国华裔儿童文学作家在一定程度上是传播中国文化的先行者。对美国华裔儿童文学进行系统梳理有助于我们认识美国华裔作家如何成功改写传统故事，建构新传统，利用不同文类和媒介载体展现中国传统文化。

相比之下，国内儿童文学虽已进入"黄金时期"，但在海外的传播并不尽如人意，主要原因之一如汤素兰所言："民族文化特色并不明显，文化的根扎得还不够深。"[②]著名学者刘绪源认为："在儿童文学研究中，最重要的是关

---

① 例如《逝去的花园》(*The Lost Garden*)、《美生中国人》(*American Born Chinese*)和"胆小鬼阿文"(Alvin Ho)系列。

② 汤素兰. 儿童文学："黄金时代"的思考[EB/OL]. (2015-03-09) [2023-05-03]. https://epaper.gmw.cn/gmrb/html/2015-03/09/nw.D110000gmrb_20150309_2-16.htm.

注当下的创作，寻找创作前进的动因，发现创作中不断出现的‘新质’。”①言下之意，研究者应多关注和关照当下中国儿童文学创作，及时总结先进的创作理念和实践。毋庸置疑，中国本土儿童文学已有长足的进步，成果喜人，但纵观其发展历史，整体发展时间还不够长，依然需要学习和借鉴国外优秀儿童文学的创作经验。与中国文化有亲缘性的美国华裔儿童文学，无疑可以成为我们的参照点和学习对象。鉴于此，本书以杨志成、叶祥添、林珮思、杨谨伦和马严君玲五位美国华裔儿童文学作家及其代表作为研究对象，以文本细读为基本方法，综合使用叙事学、族裔研究、文化诗学等多种批评策略，深入探讨这五位美国华裔作家作品的叙事特色和文化内涵，以期为国内儿童文学创作提供有益借鉴。需要指出的是，本书所述的“儿童文学”是广义上的儿童文学，包括服务于学前儿童的、以绘本为主的“幼儿文学”和目标读者为 7 岁到 12 岁的狭义上的“儿童文学”，以及目标读者为 12 岁到 18 岁的“少年文学”。

第一章探讨了杨志成绘本的中国叙事。杨志成是享誉世界的插画家和儿童文学作家，曾两获国际安徒生大奖提名，是当代美国华裔儿童文学的一座高峰。他的创作具有一种独特的艺术气质，主要表现在他对中国传统文化异乎寻常的关注和坚守。杨志成擅长太极拳，对太极哲学有较为深入的研究，并将其融入自己的绘本创作中。“太极”不仅是他的叙事策略，构成杨志成作品的内核，也成为他艺术创作的灵魂，衍化为杨志成的文化潜意识。杨志成的绘本不落俗套，不无含蓄之美，契合了蕴涵太极意蕴的东方美学的要求，其创作就是在探索艺术和生命之“道”。此外，杨志成从儿童视角出发，深入挖掘并创新地改写中国民间故事，扩展和呈现了民间故事的丰富文化意蕴，使故事更契合幼儿的生活经验和心智发展，最大程度满足了当代儿童的阅读审美需求，使绘本兼具民族性、时代性、文学性和趣味性。他博采众长，融会中西，表现了鲜明的艺术自觉和文化自觉。其用心之巧，运思之深，值得我们仔细体味。

第二章探讨了叶祥添小说的美国华裔历史书写。叶祥添是当代美国华裔儿童文学的另一座高峰。他的作品着眼于宏大历史下的小人物的日常叙事，从华裔移民家族几代人的真实生活经历出发，书写普通华人的“小写历

① 刘绪源.什么是儿童文学研究最重要的工作[EB/OL].(2016-05-20)[2023-05-03]. http://www.chinawriter.com.cn/wxpl/2016/2016-05-20/272671.html.

史”。他一改美国文学对华裔千篇一律的脸谱式描写，生动再现了美国不同历史时期华人的喜怒哀乐和悲欢离合，为年轻一代美国华裔重拾族裔自信提供动力。他的历史小说大都聚焦美国底层华人群体，重拾族群集体记忆，传递出文化的乡愁，凸显了底层关怀。“唐人街”成为叶祥添作品中重要的文化空间背景，不仅是在美底层华人居住的空间标志，也成为一个核心主题意象。在他的小说中，唐人街成为抵抗白人主流社会的庇护所，但并不是一座封闭的孤岛，而是一个具有开放性的空间。作者展示了美国华人对自己中国人身份的深刻认同，同时也表达了对中西文化和谐共处的美好希望，体现了共存互补的多元文化主义思想。此外，“中国龙”成为他多部小说的关键主题和情节要素，龙的精神构成他作品的精神内核。中国龙叙事更多是一种隐喻意义上的叙事，目的是传播中国龙的精神，展现健康向上、自强不息的美国华裔人物形象，反抗和打破亚裔刻板印象。

第三章探讨了林珮思的绘本、奇幻小说和自传体小说中的中国叙事。林珮思是年轻一代美国华裔儿童文学作家的优秀代表。她的创作具有浓郁的中国风，几乎无一例外都围绕美国华裔生活和中国文化的主题创作完成，大部分人物都是华人，大部分故事都包含中国元素，对其华裔身份和中国传统文化表现出了深刻的认同。林珮思在绘本中以美国华人的家庭生活为载体，每一幅图像无不体现着华人间浓浓的亲情，“图文并茂”地传递中国传统的家庭伦理观；她在奇幻小说三部曲中独具匠心地将中国人耳濡目染的“民间故事”改编串联起来，并借鉴《绿野仙踪》等西方经典文学的叙事结构和情节，形成了别具一格的奇幻风格，写出了具有跨文化意义的“新民间故事”；她在自传体小说中重拾个人成长记忆，展现了美国华裔少女的身份困境，真实地反映了第二代和第三代美国华裔青少年的生存现状和心理状态，既有助于美国华裔儿童了解母国文化，认识自己的生存境遇，也有助于非华裔儿童对美国华裔产生共情，理解中国文化及其背后的意蕴。

第四章探讨了杨谨伦图像小说的文化身份问题。杨谨伦是美国图像小说界的标志性人物，具有强大的市场号召力。他不仅为美国华裔文学增添了浓墨重彩的一笔，也为美国文学多样性做出重要贡献。杨谨伦的图像小说大都关注美国华裔的身份认同和在美国的生存困境，借助高超的叙事技巧和生动的图像叙事将华人的身份认同困境淋漓尽致地展现出来。他在成名作《美生中国人》中通过巧妙改写孙悟空的故事，创造性地将中国神话与当代美国华裔少年的身份困境叙事有机结合起来，借助视觉语言探究了其背后原因和解决出路。他在《影子侠》中，背离了西方超级英雄叙事范式，没有过度地渲染或神化超级英雄人物，而是展现了貌似坚不可摧的超级英雄作为普通人的一面，展现了一个胆小怯懦的普通人成长为“超级英雄”的过程，塑造了第一位美国华裔超级英雄。小说也借助了图像叙事批判并解构了流行文化中的一些亚裔刻板印象。他在《通关》中，巧妙地将“电子游戏”引入图像叙事，充分利用“视觉语言”展现主人公与电子游戏之间的复杂关系。杨谨伦将“图像小说”与“电子游戏”两种媒介结合起来表现主题、建构情节，是“跨媒介”叙事的一次成功尝试。

第五章探讨了马严君玲的“中国灰姑娘”系列作品的中国叙事。代表作《中国灰姑娘》聚焦作者本人的童年经历，以回忆录的形式真实再现了主人公奋发向上、积极成长的精神，从某种意义上说，是对“灰姑娘”人物原型的现代改写，是对灰姑娘叙事的丰富和扩容。她的历史小说《中国灰姑娘与龙侠会》将主人公叶限的个人经历与中国抗日历史融合到一起，并融入谍战叙事、探险叙事等文类元素，创作出一部精彩纷呈的历史小说。小说蕴含着丰富的共同体元素和深沉的共同体关怀，成功地完成了共同体书写。另一部历史小说《清明上河图：中国灰姑娘小说》则借鉴了中国传统“才子佳人”的叙事范式，同时注入了现代的男女平等性别观和打破阶级壁垒的阶级观，使故事情节兼具传统和现代的双重特征，并生动诠释了艺术和艺术创作的内涵和意义。在“中国灰姑娘”系列中，马严君玲将中国文字、民俗、宗教、哲学、历史等诸多元素融入故事中，浓墨重彩地渲染中国元素，展现出鲜明的文化自觉、文化自信和民族情怀。

本书较深入地探讨了当代美国华裔儿童文学作品的文化叙事，努力挖掘这些文本的文化特色和美学价值，有益地补充了美国华裔文学研究。本书对国内儿童文学创作也具有一定借鉴作用，有助于推进国内儿童文学创作和研究，讲好中国故事，建立文化自信。

本书是2019年度浙江省哲学社会科学规划课题“当代美国华裔儿童文学的文化叙事研究”(19NDJC204YB)的结题成果。上海交通大学出版社信艳女士认真审校了本书并提出宝贵的修改意见，为本书的出版付出了辛勤的汗水，在此表示衷心的感谢。

余 美

浙江工商大学外国语学院

2023年5月

# 目　录

# 绪　论

## 第一节　美国华裔儿童文学概述

郭英剑认为:“美国华裔文学应该包括两类作家的文学创作,第一类作家是指原为中国公民,后在美国生活并加入了美国国籍的作家,第二类为在美国土生土长的中国人后裔作家。”①本书作者赞成郭英剑的界定,认为美国华裔儿童文学是由第一代美国华裔及其后裔作家主要用英文创作、面向儿童和青少年读者群的文学作品。从文学史的角度来看,美国华裔儿童文学萌芽于20世纪初,发展于20世纪后30年,勃兴于21世纪,已成为西方华裔儿童文学中最具实力、最富活力和最有影响力的一支。

### 一、早期美国华裔儿童文学

最早的美国华裔儿童文学可以追溯到晚清留美华人李恩富(Lee Yan Phou,1861—1938)的回忆录《我在中国的童年》(*When I Was a Boy in China*,1887)。该书追忆了他的童年生活以及赴美留学经历,记述了19世纪中国社会的宗教信仰、风土人情、休闲娱乐等内容,反映了19世纪中国社会生活的真实面貌。该书也是华人在美国出版的第一部英文作品。《春香夫人》(*Mrs. Spring Fragrance*,1912)可以说是最早的虚构类美国华裔儿童文学,由北美亚裔文学鼻祖伊迪丝·莫德·伊顿(Edith Maud Eaton,笔名

① 郭英剑.命名·主题·认同——论美国华裔文学研究中的几个问题[J].郑州大学学报(哲学社会科学版),2003(6):33.

"水仙花",1865—1914)创作完成。该书包含两部分,第一部分的目标读者是成年人,第二部分的目标读者则是儿童,包含 20 个短篇故事。在"水仙花"之后的四十多年里,美国童书界几乎难觅由华裔创作的儿童文学的身影,只是零星地出现几部儿童文学作品,例如黄玉雪(Jade Snow Wong,1922—2006)的《华女阿五》(*Fifth Chinese Daughter*,1950)。该书讲述了一个第二代美国华裔女孩在 20 世纪 30 年代的旧金山唐人街长大成人的故事,展现了她在性别歧视和种族歧视的双重压迫下如何从困惑走向成长。

整体而言,20 世纪 70 年代以前,鲜有美国华裔儿童文学作家作品出现,华裔儿童文学整体发展迟缓,为数不多的几部与中国或华人相关题材的儿童文学作品大都由非华裔美国作家创作完成,其中有多部华裔主题小说获得过"纽伯瑞儿童文学奖",如阿瑟·博维·克里斯曼(Arthur Bowie Chrisman)的《海中仙》(*Shen of the Sea*,1926)改编自 16 则中国童话故事。伊丽莎白·路易斯(Elizabeth Lewis)的《扬子江上游的小傅子》[①](*Young Fu of the Upper Yangtze*,1933)描写了一个 13 岁的中国男孩,在民国初期动荡不安的年代,与母亲相依为命,到铜匠铺子当学徒的历程。迈德特·狄杨(Meindert DeJong)的《六十个父亲的房子》(*The House of Sixty Fathers*,1957)的故事发生在抗日战争时期,讲述华人男孩与家人逃亡时离散,于战火中颠沛流离的故事。乔治·赛尔登(George Selden)的《时代广场的蟋蟀》(*The Cricket in Times Square*,1961)虽是动物幻想小说,场景设在纽约,不过书中出现了神秘的中国人形象,以及对混乱的唐人街和神秘的中国美食的描述。其他代表性作品包括马乔里·弗莱克(Marjorie Flack)的《小鸭子历险记》(*The Story About Ping*,1933)、克莱尔·毕肖普(Claire Bishop)和库尔特·维泽(Kurt Wiese)的《中国五兄弟》(*The Five Chinese Brothers*,1938)、托马斯·汉德福斯(Thomas Handforth)荣获凯迪克金奖的《美丽》(*Mei Li*,1938)、弗朗西丝·卡朋特(Frances Carpenter)的《中国外婆的故事》(*Tales of a Chinese Grandmother*,1937)、由罗伯特·温德姆(Robert Wyndham)编纂而成的《孺子歌图》(*Chinese Mother Goose Rhymes*,1968)。

这些非华裔作家创作的童书或讲述中国民间故事,或介绍古代中国风

---

① 该书在中国大陆已经有三个译本,分别由江苏少年儿童出版社(2009)、山东文艺出版社(2014)、哈尔滨出版社(2019)出版。

土人情,激发了当时美国小读者对中国和华裔的兴趣与想象,有助于增进美国读者对中国文化的了解,但正如有的学者所言:“令美国华裔儿童感到困惑的是,这些书中所描绘的中国人的衣服、食物和习俗与他们所了解的父辈离开的那片土地有很大出入。”[①]不难发现,由于文化的隔膜和误解,非华裔作家作品的中国叙事多有“失真”和“偏颇”,甚至是“歪曲”事实,“颇具异国风情,固守过去”[②],其东方主义色彩的叙事满足了西方读者的猎奇心理。1976年,“美国亚裔儿童图书计划”(Asian American Children's Book Project)认为,“美国只出版了66本将美国亚裔作为主人公的童书”[③],而且这些人物大都带有明显的刻板印象,其中最为典型的当属毕肖普和维泽联手创作的绘本《中国五兄弟》。该书讲述了一家具有特异功能的五兄弟的故事。书中的中国兄弟扎着长辫子,面目丑陋,长相和装扮如出一辙,没有表现出任何正面的特点。《中国五兄弟》对美国文化影响深远,有作家陆续出版过一些对其改写的作品,例如玛格丽特·梅喜(Margaret Mahy)的《七兄弟》(*The Seven Brothers*,1990)和凯西·塔克(Kathy Tucker)的《中国七姐妹》(*The Seven Chinese Sisters*,2003)。20世纪六七十年代,美国亚裔群体曾经号召美国官方禁售《中国五兄弟》,但没能成功。以《中国五兄弟》为代表具有所谓东方色彩的“中国叙事”塑造了中国人的刻板印象,从某种意义上也激发了当代美国华裔儿童作家的创作热情,通过塑造真实可信的华人人物来对抗或矫正主流社会的种族歧视话语。

当然,也不乏一些积极介绍中国文化的非华裔作家作品。例如,戴维·布沙尔(David Bouchard)曾经做过旨在介绍原汁原味中国文化的“中国传奇”(Chinese Legends)系列丛书,其中《伟大的竞赛》(*The Great Race*,1997)讲述了中国十二生肖的故事;《龙年》(*The Dragon New Year*,1999)讲述了中国春节的来历;《美人鱼的缪斯》(*The Mermaid's Muse*,2000)讲述了端午节的来历。这些作品对中国文化进行了较为正面的描述和介绍,但在数量和影响力上都无法与其他相关小说和绘本相比拟。

---

① SILVEY A. The essential guide to children's books and their creators[M]. Boston: Houghton Mifflin Company, 2002: 85.

② SILVEY A. The essential guide to children's books and their creators[M]. Boston: Houghton Mifflin Company, 2002: 85.

③ ATTEBURY N G. Bridging the gap in children's literature for Asian American youngsters[J]. The Delta Kappa Gamma Bulletin, 2001(2): 34.

## 二、美国华裔儿童文学的兴起及其历史语境

儿童文学既是一种文学类型和形式，也承载了文化、社会和政治等多种内涵，可以有效地激发读者的文化意识和身份意识，促进"民族认同感"，这一点在族裔儿童文学上尤其明显。正如西方学者所言："美国亚裔儿童文学在应对(address)、协商(mediate)、质疑(contest)流行文化中对美国亚裔儿童的主导性表征方面发挥了关键作用。"①从 20 世纪 60 年代开始，随着美国多元文化社会的形成，华裔儿童文学逐渐有了起色，开始比较真实而又艺术地展现美国华裔的生活经历，在主流儿童文学界发出自己的声音。

20 世纪下半叶，美国少数族裔掀起的民权运动风起云涌，为美国华裔儿童文学的萌芽提供了政治和文化土壤。由于美国复杂的族裔关系，作为少数族裔文学范畴的美国华裔儿童文学的生产和传播，必然受制于社会文化因素、时代规范和文化选择。换言之，要更好地理解美国华裔儿童文学，我们应将其置于"美国亚裔文学"(Asian American literature)或美国"多元文化文学"(multi-cultural literature)的语境中加以考察。正如美国学者凯瑟琳·史密斯(Katharine C. Smith)所言，美国亚裔儿童文学是"猛烈的意识形态和政治斗争的场域，因为不同族裔的成年人都在争夺谁的版本的族裔身份能够在学校、家庭和图书馆中最终制度化(institutionalized)"②。

1965 年可谓是美国少数族裔儿童文学史上的"分水岭"，发生了诸多有助于华裔儿童文学发展的事件。这一年，美国推出了《移民与国籍法案》(The Immigration and Nationality Act)，大量亚洲人移民美国，为华裔童书的需求提供了必要的市场条件；美国政府出台《初等和中等教育法律》(The Elementary and Secondary Education Act)，为多元文化儿童文学提供资金支持；美国政府成立了"跨种族童书委员会"(The Council on Interracial Books for Children，CIBC)，积极鼓励少数族裔进行儿童文学创

---

① THANANOPAVARN S. Negotiating Asian American childhood in the twenty-first century: Grace Lin's *Year of the Dog*, *Year of the Rat*, *and Dumpling Days*[J]. The Lion and the Unicorn, 2014(1): 107.

② SMITH K C. Introduction: the landscape of ethnic American children's literature[J]. MELUS, 2002, 27(2): 3.

作,“鼓励所有出版商与族裔文学作家、制作人和职业人士合作”①,为多元文化儿童文学的出版提供了有力支持。简言之,从20世纪60年代开始,在美国民权运动和妇女解放运动的带动下,美国少数族裔儿童文学开始真正生长。90年代,伴随着美国多元文化政策和双语教育的推行,美国图书市场兴起了“多元文化主义”文学热潮,美国中小学也主动采用不同的族裔儿童文学读本,有力地促成了美国华裔儿童文学的勃兴,成为“多元文化文学”这一五彩拼图中重要的一块。文学创作是否繁荣与人口有着紧密的关联。20世纪90年代美国华裔在美国的人口不断增加,也激发了更多华裔加入创作童书的行列。

伴随着儿童文学市场的成熟和多元文化主义的风潮,美国华裔作家信心大增,获得了写作自由和族裔身份认同。在20世纪最后三十几年里,美国华裔作家的儿童文学创作表现十分出彩。谭恩美(Tan Amy,1952— )的《喜福会》(*The Joy Luck Club*,1989)深受青少年读者喜欢,因此常常被归类为“青少年文学”。谭恩美也积极投入儿童文学创作实践,推出《中国的暹罗猫》(*The Chinese Siamese Cat*,1994)、《月宫娘娘》(*The Moon Lady*,1995)、《百种神秘感觉》②(*The Hundred Secret Senses*,1995)等面向儿童和青少年的文学作品。包柏漪(Bette Bao Lord,1938— )的《猪年的棒球王》(*In the Year of the Boar and Jackie Robinson*,1984)于1985年获美国图书协会杰斐逊杯奖,并于1987年获美国儿童研究协会年度儿童书籍奖,成为美国华裔校园文学的先声。

20世纪末,在美国华裔儿童文学界,出现了两位专注于儿童文学创作的大师级人物,他们分别是杨志成(Ed Young,1931— )和叶祥添(Laurence Michael Yep,1948— )。他们的儿童绘本和青少年历史小说在艺术手法和叙事形式上锐意进取,比较符合当代儿童读者的欣赏口味。他们斩获各种大奖,享誉世界,成为当代美国华裔儿童文学的两座高峰。

总之,20世纪最后二三十年,美国华裔儿童文学孕育于多元文化运动中并有了长足的进步,为21世纪的井喷式发展奠定了基础。

---

① GILTON D L. Multicultural and ethnic children's literature in the United States[M]. New York: Scarecrow Press, 2007: 51.

② 该书已于1999年由浙江文艺出版社译介到国内,书名被译成《灵感女孩》。

## 三、21世纪美国华裔儿童文学的勃兴

进入21世纪，在全球化和多元文化的背景下，美国华裔儿童文学作品屡获大奖，成绩卓然，呈现出一种凌厉之势，迎来前所未有的繁荣。已经成名成家的作家依然笔耕不辍，而且新人辈出，涌现出如马严君玲（Adeline Yen Mah，1937—　）、陆丽娜（Lenore Look，1962—　）、丽萨·易（Lisa Yee，1959—　）、杨谨伦（Gene Luen Yang，1973—　）、林珮思（Grace Lin，1974—　）、陆希未（Marie Lu，1984—　）、贾斯蒂娜·陈（Justina Chen）、萧又宁（Christie Hsiao）、张亦雪（Kat Zhang）、何琼（Joan He）、潘相如（Emily X. R. Pan）等"70后""80后""90后"儿童文学作家。他们大都具有国际化视野和中国文化意识，故事题材广泛多元，叙事内容不落俗套，叙事手法新颖独特，积极与当下社会历史语境进行互动。从内容上看，美国华裔儿童文学既反映了美国华人的历史和生活，也关注中国的历史、文化和政治等方面。虽然当代美国华裔儿童文学的题材和形式差异明显，但大都具有"中国"元素，表现出鲜明的文化叙事特征。

在绘本①这一文学样式中，不仅杨志成宝刀不老，佳作不断，新生代作家也不断涌现，创作了一大批优秀的多元文化绘本（multicultural picturebook）。进入21世纪，杨志成的创作主题和风格更加多元，但"中国叙事"依然是他的创作主线，例如改编自民间故事的《龙子》（*The Sons of the Dragon King*，2004），讲述孙悟空大闹天宫的《美猴王》（*Monkey King*，2002），介绍汉字文化的《心之声》（*Voices of the Heart*，2019），记录自己在上海童年时光的《爸爸造的房子：一位艺术家在中国的童年记忆》（*The House Baba Built：An Artist's Childhood in China*，2011）等。新生代华裔作家也纷纷借鉴中国民间故事和文化传统，创作出一批优秀的作品。例如，陆丽娜的《神笔》（*Brush of the Gods*，2013）讲述了中国古代画圣吴道子的故事，将遥远的唐朝世界带到现代孩子面前，向英语世界的儿童读者展示吴道子的传奇经历和传神之笔。杨萱（Belle Yang）的《天使在北京》（*Angel in Beijing*，2018）则从一个女孩的视角介绍了老北京的风土人情。林珮思荣获

① 近年来，中国国内也涌现出一批优秀的绘本，例如郭婧的《独生小孩》（2015）和《暴风雨》（2019），《独生小孩》获得《纽约时报》年度最佳儿童绘本。

凯迪克银奖的《小星星的大月饼》(*A Big Mooncake for Little Star*, 2018)巧妙地将中秋节吃月饼的传统与月亮的阴晴圆缺结合起来,讲述了一个温馨的亲子故事。同时,新生代华裔作家开始关注移民生活,创作了很多凸显华裔身份的绘本作品。林珮思的《难看的蔬菜》(*The Ugly Vegetables*)、《玲玲和婷婷》(*Ling & Ting*)系列绘本强调了美国华裔身份和文化的独特性,教育孩子能够包容和珍视不同族群和文化的差异性。

幻想文学是21世纪美国华裔青少年文学中的重要文类。萧又宁、林珮思、潘相如、何琼等年轻一代作家纷纷借鉴中国民间故事和传统文化,并吸收西方叙事手法和故事元素,创作出别具特色的优秀作品。在萧又宁的"彩虹岛系列"——《彩虹岛之旅》(*Journey to Rainbow Island*, 2013)和《魔法师归来》(*Return of the Warlock*, 2021)中,名为玉宁(Yu-ning)的女孩在魔法世界里勇敢地保护自己的家园彩虹岛,与魔法师和恶龙展开了殊死争斗。女孩以顽强的毅力与信念不向恶势力低头,引导读者向上向善。潘相如也是近年来涌现出的优秀新生代幻想小说作家。她的处女作《死后的惊人颜色》(*The Astonishing Color of After*, 2018)采用魔幻现实主义的手法,讲述了一个发生在当代时空的故事,故事中一个美国华裔女孩的母亲因抑郁而自杀,女孩为了找寻真相,前往母亲的故乡中国台湾,开启了一场自我探寻之旅,最终与母亲的鬼魂和解,与自己的负面情绪和解。她的新作《射月》(*An Arrow to the Moon*, 2022)将罗密欧与朱丽叶的故事模式与中国古代后羿与嫦娥的神话融合到一起,讲述了一个关于成长和亲情的现代爱情故事。何琼的处女作《鹤的后裔》(*Descendants of the Crane*, 2019)讲述了一个中国古代的公主为了报杀父之仇,在一个充满政治阴谋的王朝里孤身奋战的故事。她的新书《抚琴》(*Strike the Zither*, 2022)延续了这种创作模式,在《三国演义》的基础上进行了重新想象,创作出一部关于政治阴谋的史诗性小说。这些新生代在书写中国题材和内容的过程中,融入了悬疑、推理、恐怖、成长等元素,非常符合西方青少年读者的阅读口味,大部分作品甫一出版便登上主流畅销书榜。

除了充满想象地塑造奇幻世界,书写美国华裔儿童的童年和校园生活也成为华裔儿童文学作家重要的叙事内容。在"童年"主题的书写中,林珮思的《狗年》(*The Year of the Dog*, 2005)、《鼠年》(*The Year of the Rat*, 2008)、《饺子时光》(*Dumpling Days*, 2012)再现了作者的儿时记忆,在介绍华裔移民在美国的生活时，巧妙地将中国传统节日、汉字、饮食等中国传统元素融入故事中。陆丽娜为小学生创作的系列校园小说“胆小鬼阿文”(Alvin Ho)塑造了一个美国华裔男孩阿文形象，讲述了他如何从恐惧校园生活和外面世界到热爱外面世界的故事。该系列较好地平衡了教育性和可读性，做到了“有趣又有意义”的效果，其中也不乏中国书写，如该系列第六册为《对长城、紫禁城和其他景点的过敏症》(*Alvin Ho: Allergic to the Great Wall, the Forbidden Palace, and Other Tourist Attractions*, 2014)。丽莎·易的《明美莉：天才少女》(*Millicent Min: Girl Genius*, 2002)、《后进生王斯坦福》(*Stanford Wong Flunks Big-Time*, 2005)则讲述了美国华裔少男少女的校园生活，展示了美国华裔青少年如何打破主流社会对华裔的刻板印象，如何克服身份认同困境，不再迷失自我，实现自我发展。此外，乔伊斯·王(Joyce Lee Wong)的《拜见艾米莉》(*Seeing Emily*, 2005)和贾斯蒂娜·陈(Justina Chen)的《真相大白》(*Nothing But the Truth*, 2006)等作品也是不错的校园小说。不难看出，大部分美国华裔的童年书写和校园书写除了反映成长的烦恼之外，还常常关注族裔身份认同的话题。

除了校园小说之外，美国华裔作家的科幻文学创作也十分亮眼。例如，陆希未创作了科幻小说《传奇》(*Legend*, 2013)。在这部科幻作品中，美国分裂成两个国家。何琼的反乌托邦科幻小说《寻找彼此》(*The Ones We're Meant to Find*, 2021)揭示了生态灾难及其后果。小说为我们描绘了一幅令人恐怖的未来图景：气候变化、地震、海啸等一系列自然灾害相继发生，地球已不适合人类居住，幸存者大都生活在漂浮于空中的“生态城市”(eco-city)，而故事主线则是一对失散的亲姐妹试图找到彼此，回到生态城市里。小说将亲情故事与“人类世”书写融到一起，让读者感受人类关系的温度的同时，反思破坏环境的恶果。

## 第二节　国内外研究现状

蓬勃发展的美国华裔儿童文学作品已经吸引了国内外学界的广泛关注，在过去近半个世纪里涌现出不少颇有价值的研究成果。

## 一、国外研究评述

早期美国华裔儿童文学大都是对中国神话传说、民间故事的重述和改写，但由于长期的种族压迫和白人强势话语的影响，整体发展缓慢。伴随着20世纪六七十年代的多元文化浪潮，美国华裔儿童文学才真正登上历史舞台，出现了第一部真正意义上描写美国华裔生活的小说——叶祥添的《龙翼》(*Dragonwings*，1975)，“美国华裔儿童文学”也由此开始引起美国学界的关注。

随着文化研究的兴起，“文化真实性”(cultural authenticity)问题成为早期研究关注的焦点。从20世纪60年代开始，陆续有学者关注美国儿童文学中的中国人形象和中国文化，这方面研究中不乏博士论文，例如劳琳·丘(Laureen Chew)的《论美国幼儿园至六年级小说读物中的美国华裔形象》(Chinese American Images in Selected Children's Fiction for Kindergarten Through Sixth Grade，1986)以15部小说为研究对象，考察其中华人形象的行为举止和生活方式，认为其中的华人形象大都是扁平的刻板印象，迎合了西方阅读口味，并将其与“多元文化教育”中的教材设置和教学方法结合起来，提出不少中肯的建议。刘莉(Li Liu)的博士论文《中国人、美国华裔和中国文化在儿童和青少年小说中的表征问题》(Images of Chinese People，Chinese-Americans，and Chinese Culture in Children's and Adolescents' Fiction，1998)用定量分析法研究了57部由美国华裔和非华裔作家1980—1997年创作的儿童文学作品，聚焦于中国书写的“真实性”问题，发现多部作品塑造了模式化的中国人物形象，对中国文化的呈现也不够准确和真实。其他诸如此类的研究方法和结果大同小异，大都认为20世纪美国儿童文学对中国人和中国文化的表征基本上是负面和刻板化的。

进入21世纪，伴随着亚裔儿童文学的影响力与日俱增，对美国华裔儿童文学的研究也日渐丰富。美国华裔儿童文学是伴随民权运动崛起的，因此其发展与多元主义政治文化语境是分不开的，整体性论述通常也是被置于“美国亚裔儿童文学”(Asian-American children's literature)的范畴下加以论述，介绍美国华裔儿童文学的主题特色和艺术特征。代表性著作是诺顿(Donna E. Norton)的《多元文化儿童文学》(*Multicultural Children's Literature：Through the Eyes of Many Children*，2001，2005，2009)，该书对中国民间故事、历史小说、传记、诗歌等文类作品进行了概括性介绍,但由于主题和篇幅所限,相关讨论还不够细致深入。劳伦·东(Lorraine Dong)在论文《美国绘本中的美国华裔民俗》(“Chinese American Folklore in American Picture Books”,2013)综合论述了美国绘本中的中国民间故事元素,如节日庆典、民间故事、神话传说,既介绍了华裔作家(如杨志成和林珮思)如何继承和改写中国民间故事,也探讨了非华裔作家如何在绘本中表征中国民间故事;既历时地梳理了美国绘本的中国民俗叙事,也共时地探讨了“文化真实性”和改写叙事等问题。

美国华裔儿童文学的优异表现也成为一些知名学术期刊的重要选题,例如《美国多族裔文学》(*Multi-Ethnic Literature of the United States*, *MELUS*)和《狮子与独角兽》(*The Lion and the Unicorn*)等刊物适时推出“美国亚裔儿童文学”的特刊,其中多篇文章围绕美国华裔儿童文学展开论述。在已发表的论文中,经典作家作品研究成为重头戏。整体而言,21世纪美国学界主要关注的作家是第一代和第二代华裔作家的代表——叶祥添和杨谨伦。国外对于其他华裔儿童文学作家的学术研究则乏善可陈,只有零星学术文章从文化研究的角度讨论了“水仙花”、林珮思和丽莎·易等人的作品。

对叶祥添的研究主要聚焦于其作品中人物的身份认同、文化冲突、历史书写、自传书写、奇幻叙事等话题。叶祥添创作了多部美国华裔历史小说,并凭借《龙翼》和《龙门》(*Dragon's Gate*,1993)而两度获得纽伯瑞儿童文学奖,其历史叙事自然成为研究的重点。代表性论文包括2002年费舍尔用叙事学理论研究叶祥添的《龙翼》,认为作者采用儿童聚焦叙事和语言陌生化手段凸显了中国文化的差异性,从而帮助美国华裔儿童读者在阅读中看到自我,促成美国主流文化对华裔他者的理解。2004年戴维斯(R. Davis)论述了《龙翼》如何再现美国华裔历史,借助历史烛照华裔的生存现实,并“通过歌颂人类韧性和尊严的故事来抗辩权力结构和叙事结构”①。除了《龙翼》之外,叶祥添其他的历史小说、自传和奇幻小说也成为研究对象。在博士论文中,有学者以叶祥添的三部小说《猫头鹰的孩子》(*Child of the Owl*,

① DAVIS R. Reinscribing (Asian) American history in Laurence Yep's *Dragonwings*[J]. The Lion and the Unicorn, 2004(3): 405.

1977)、《捕星人》(*The Star Fisher*,1991)和《丝带》(*Ribbons*,1992)为例,从主题、情节、人物、视角等多方面探讨了作者如何塑造新美国华人形象和儿童读者形象,尤其聚焦于小说如何塑造"牢固的美国华裔母女关系",以及"坚强而成熟的美国华裔女孩形象"[①]。还有学者从元叙事和族裔性等角度对叶祥添的自传《失落的花园》(*The Lost Garden*,1991)进行了较深入的探究。此外,还有三部叶祥添的传记出版,这些传记大都按照时间顺序评述叶祥添的创作生涯和代表性作品,以概要式介绍为主,学术价值相对有限。

对杨谨伦的研究成果则集中在其成名作《美生中国人》(*American Born Chinese*,2006)上,大都聚焦文本中的文化身份和叙事风格问题。罗丝玛丽·海瑟薇(Rosemary Hathaway)的论文《杨谨伦的〈美生中国人〉中的变形互文性》(Transformative Intertextuality in Gene Luen Yang's *American Born Chinese*,2009)探讨了杨谨伦如何借助互文资源来呈现种族歧视问题,制造陌生感,最终促使读者带着批判意识对文本进行反思。菲利普·史密斯(Philip Smith)的论文《杨谨伦〈美生中国人〉中的后现代中国风》(Postmodern Chinoiserie in Gene Luen Yang's *American Born Chinese*,2014)认为该书将中国神话故事、日本漫画风格和美国文化元素融于一体,有效地解构了美国亚裔刻板形象,引领了美国亚裔图像小说风潮。海外华裔儿童文学研究的一个重点话题是如何在课堂教学中利用华裔文学文本,更好地促进多元文化教育,在诸多研究中,《美生中国人》常被拿来作为案例分析。例如,海迪·哈蒙德(Heidi Hammond)的论文《图像小说与多模态素养:〈美生中国人〉中的高中研究》(Graphic Novels and Multi-modal Literacy: A High School Study with *American Born Chinese*,2012)从读者反映论入手,以一所美国高中为例,调查高中生对《美生中国人》的认知体验和学习效果,探讨美国高中生的多模态识读素养水平。这方面的研究还有很多,但基本上都是将《美生中国人》作为课堂教学材料进行实证研究,考查学生的多元识读能力,以及深入认知美国社会中的种族问题和文化身份问题。

简言之,在多元文化主义的思潮之下,国外研究比较关注美国华裔儿童

① LIU F F. Images of Chinese Americans and images of child-readers in three of Laurence Yep's fictions[D]. Philadelphia: The Pennsylvania State University, 1998: iv.

文学中的族裔身份和身份政治问题，大多探讨文本中的文化身份、刻板印象、叙事策略等话题以及在多元文化教育中所发挥的功能，探究华裔儿童文学作品如何为美国华裔儿童发声，帮助华裔儿童建构正确的自我身份认同和文化主体性。

## 二、国内研究评述

中国学界对“美国华裔文学”的关注始于20世纪80年代，但对“美国华裔儿童文学”的关注却直到21世纪才开始。国内学界的关注可以说与大量美国华裔儿童文学作品在国内的译介和传播是分不开的。20世纪末，已有美国华裔儿童文学作品被译成中文，例如包柏漪的《猪年的棒球王》（生活·读书·新知三联书店，1988），但这只是个案，没有形成规模效应。进入21世纪，随着国内出版界对“儿童文学”的重视，杨志成、林珮思、陆丽娜、杨谨伦等作家的多部作品被纷纷译介到国内。这些作品主要包括：杨志成的《狼婆婆》（河北教育出版社，2008）、《七只瞎老鼠》（河北教育出版社，2008）和《饥饿山的猫》（中信出版社，2018）；杨谨伦的《美生中国人》（陕西师范大学出版社，2008）和《影子侠》（湖南美术出版社，2018）；林珮思的《月夜仙踪》（河北教育出版社，2014）和《难看的蔬菜》（明天出版社，2018）；陆丽娜的《胆小鬼阿文》（安徽少年儿童出版社，2015）和《神笔》（贵州人民出版社，2017）；丽萨·易的《四年级男生的麻烦事》（安徽少年儿童出版社，2014）等。大量美国华裔儿童文学在国内的出版有力地诠释了美国华裔儿童文学的艺术魅力和传播价值。

伴随着作品的译介潮，中国大陆学界在过去十年左右的时间里也开始关注美国华裔儿童文学的选题，尤其是三位男性作家——叶祥添、杨志成、杨谨伦的作品。

与国外学界相似，国内学界对叶祥添的研究成果最多。据不完全统计，已有硕士论文七篇：孟宪华的《架起两个世界的桥梁——小说〈龙翼〉的文化解读》（2002）聚焦《龙翼》中的文化叙事，认为作者通过该作品表达了中西文化应平等交流、和谐相处的文化态度。李盛的《缺失历史的艺术再现——小说〈龙翼〉的历史主义解析》（2003）则从人物塑造、叙事视角、空间设置等叙事视角入手，探讨了《龙翼》如何艺术地再现20世纪初美国华人移民的艰苦生活。容新霞的《顺从与颠覆——从东方主义角度解读叶祥添的金山系列小说》(2011)认为叶祥添的作品既受到东方主义的影响,又有意识地反思与抵制,在顺从与颠覆的矛盾中曲折地传达出超越种族的普遍道理。陈秀丽的《叶祥添金山系列小说中的中国形象》(2013)从形象学理论出发分析了叶祥添多部历史小说中的中国形象以及文本背后的多元文化意识。蔡洁琼的《〈猫头鹰的孩子〉中华裔少女的文化身份建构》(2014)认为流动的文化身份不仅有助于华裔在自我探索的过程中消除群体间的偏见,而且能够引导他们重新审视中国文化的独特内涵,为建立在美国主流文化中失落的华裔身份提供一种有效策略。张淑琳的《叶祥添"金山系列小说"的创伤主题研究》(2018)从创伤视角探究叶祥添多部历史小说,揭示了小说中的家庭创伤和种族创伤主题,以及美国华人如何在亲情友情和中国传统文化的支撑下得以治愈。周慧的《后殖民视域下〈龙翼〉的文化身份重构》(2020)阐述了小说中的父子两人如何从文化他者衍化为混杂文化的协商者,如何重构文化杂糅和共存的第三空间。在已经发表的相关期刊论文中,谢凤娇和李新德的《叶祥添对中国民间传说的改写》(2022)较有新意和代表性,从比较文学形象学角度入手,将叶祥添儿童历史小说中改写的民间故事与中国传统民间故事进行对比,研究叶祥添如何改写中国民间故事,重塑华人的正面形象,"将中国民间传说转变为海外华人的力量来源和疗愈创伤的'良药',使中国传统文化在异域焕发当代生命力"[①]。谈凤霞的《民族文脉与共生美学:杨志成对民间故事的图像重述》(2023)探讨了"唐人街"这个特殊的华人文化空间在《猫头鹰之子》和《偷心贼》的华人童年叙事中如何发挥儿童族裔身份的"孵化器"的作用。

对杨谨伦的研究主要集中在他的获奖作品《美生中国人》上,与国外研究相似,有近十篇论文都对《美生中国人》的文化身份和叙事策略进行了探讨。王悦晨在《多模态边界写作中的三维翻译与文化杂糅》一文中另辟蹊径,在罗曼·雅各布森(Roman Jakobson)的翻译理论基础上提出多模态的三维翻译模型,认为《美生中国人》的边界写作模糊了中西方文化边界,使得两种文化不可避免地发生"杂糅和变形"[②],创造出一种特殊的审美效果。他在另一篇文章《图像小说中的边界写作:多元文化身份与翻译》中更深入

① 谢凤娇,李新德.叶祥添对中国民间传说的改写[J].华文文学,2022(2):85.
② 王悦晨.多模态边界写作中的三维翻译与文化杂糅[J].中国翻译,2018(1):74.

地探究了《美生中国人》的边界写作，认为这部绘本小说“从东西方文化经典之中汲取养分，在叙述的时候杂糅了东西方的语言和图像符号，展现出不中不西、亦中亦西的诗学效果和文化色彩”[①]。此外，杨谨伦的另一部中国题材图像小说《拳民与圣徒》(*Boxers & Saints*)也开始受到关注。陶小路在《中为洋用:美国华裔画家杨谨伦图像小说〈拳民与圣徒〉解析》中从历史研究的角度对该书进行了探究，认为这部图像小说已成为美国大中学生了解中国历史的重要读本，还被用来“启发学生思考美国的现实问题”，是美国“中为洋用”[②]的经典案例。

杨志成是享誉世界的作家，创作近百部绘本，已有近 20 部绘本译介到国内，他本人也多次回国参加各种图书推广活动，可以说是美国华裔儿童文学作家中在国内知名度最高的一位，也自然会有较多的学者关注。谈凤霞研究了杨志成多部代表性绘本的色彩、构图、画风、主题等方面，认为他创造性地对中国民间故事进行了重述，表现出中国智慧，“其创作呈现出东方与西方、传统与现代、作者与读者交融共生的文化景观，体现了对‘共生美学’的追求”[③]。其他还有多篇论文探讨了杨志成的绘画技巧以及民间故事改写等话题。

除了具体而微的作家作品研究，近几年开始有学者从宏观上对美国华裔儿童文学或文类进行探讨。谈凤霞将美国华裔儿童文学纳入西方华裔儿童文学的范畴，探讨了这一文学群落所具有的某些共性特征，强调了其文化书写的意义和价值，在如何对西方华裔儿童文学进行跨文化和多维度研究方面提出了建设性观点，并颇有见地地指出:“对于西方文化语境中的华裔儿童文学的研究，可为全球化时代中国儿童文学如何拓展话语空间提供借鉴，具有认识论和方法论意义。”[④]唐莹在《美国华裔青少年文学中的“中国想象”》中则对 21 世纪出版的六部美国华裔青少年小说进行了探究，认为这些中国书写“有助于品察本民族经验怎样在异域文化空间生根，并借以重新

① 王悦晨.图像小说中的边界写作:多元文化身份与翻译[J].外国语，2020(2):99.

② 陶小路.中为洋用:美国华裔画家杨谨伦图像小说《拳民与圣徒》解析[J].济南大学学报(社会科学版)，2019(6):47.

③ 谈凤霞.民族文脉与共生美学:杨志成对民间故事的图像重述[J].南京师范大学文学院学报，2019(3):49.

④ 谈凤霞.西方华裔儿童文学的跨文化和多维度研究[J].西南民族大学学报(人文社会科学版)，2021(3):183.

定义非西方文明在现代化发展和全球化进程中所发挥的历史作用”[1]。薛梅在《美国华裔儿童文学作家作品的文化传播力探究》中则以“文化传播”为切入点，以杨志成、叶祥添、林珮思的代表性作品为例，分析了优秀华裔童书中的中国叙事、文化魅力、传播价值以及对中国儿童文学海外传播的借鉴意义，认为“让那些对中国文化身份引以为豪的新生代海外华裔成为海外中国文化传播的探路者，并加强国内作者与他们的沟通交流，不失为一种可行的文化传播策略”[2]。

在文学史著述中，金燕玉的美国儿童文学史专著《美国儿童文学初探》(2015)仅用了三页篇幅对叶祥添和杨志成等华裔作家的创作进行了简要梳理，而其他已经出版的美国文学史对美国华裔儿童文学几乎只字不提。美国华裔儿童文学的发展和勃兴必然与其所处的历史和文化语境息息相关，要真正理解美国华裔儿童文学，应该对其进行语境化和历史化考察，考察美国华裔儿童文学的历史嬗变、勃兴动因及其传播轨迹，与儿童读者、社会大众和文学奖项之间的互动关系。

当然，美国华裔儿童文学存在质量良莠不齐的问题，因为文化隔膜和误解在中国叙事方面有失当之处，有的作家甚至为了迎合白人读者的趣味，选择自我东方化，在作品中有意歪曲甚至丑化华人形象，赋予中国文化和习俗怪异多变、神秘莫测的色彩。陈爱敏在《共谋的异国情调：谭恩美儿童作品的背后》中通过解读谭恩美的儿童小说《中国暹罗猫》(*The Chinese Siamese Cat*，1994)，发现这部国内少有人谈的儿童作品呈现出一个充满东方主义色彩的中国，“画家和电视制片人凭着想象，共同建构了一个神秘、充满异国情调，但又原始落后的他者，展示了根植于西方人心目中的东方刻板印象，其目的就是要加强和夸大中国的负面形象，从而疏离、排斥、诋毁中国和中国文化”[3]。这篇文章告诉我们，对于美国华裔儿童文学，我们应从中国立场和视角出发，不能因为有中国元素就一味地叫好，应该辩证地对待这些作品的叙事内容，对有偏误的中国叙事及时进行纠正。美国华裔作家生活在美国文化语境中，其主要的目标读者是美国读者，因而会迎合美国读者的口

---

① 唐莹. 美国华裔青少年文学中的“中国想象”[J]. 湖南科技大学学报(社会科学版)，2021(5)：54.

② 薛梅. 美国华裔儿童文学作家作品的文化传播力探究[J]. 象山师范学院学报，2021(3)：20.

③ 陈爱敏. 共谋的异国情调：谭恩美儿童作品的背后[J]. 南京师大学报(社会科学版)，2007(6)：152.

味，有时还会出于一些非文学目的或明或暗地贬低甚至是丑化中国形象，存在自我东方化的倾向。这背后的文化心理和意识形态不可不察。

诚如谈凤霞所言："西方华裔儿童文学是长期被中国学界忽略的一个研究领域，这一文学群落具有独特的创作宗旨、生态样貌和传播价值。"[①]作为其中实力最强的美国华裔儿童文学理应得到足够的重视。虽然近年来已有不少成果，但不难发现，相关研究成果主要集中在文化认同、身份流变和人物塑造等话题，存在一定的跟风现象，研究对象较为集中，未能深入挖掘文本自身的文学价值和审美情趣，未能全方位地展现美国华裔儿童文学的真实价值。

彼得·亨特（Peter Hunt）认为，儿童文学作家"承担着传递文化价值观的特殊责任，而不'只是'讲故事"[②]。胡勇认为：

> 华裔文学是原生文化与异质文化相遇而生的文化情节的表述，具有明显的跨文化特征。它从特殊的角度，以特别的眼光，反映海外华人在异乡它国的生活，描述了海外华人的奋斗史，展现了海外华人丰富的情感生活，他们的困惑、希望、挫折、成功、斗争，从而表现了一个独特的华人群体的文化心性。[③]

美国华裔儿童文学的崛起与其蕴含的中国元素不无关系：这些作品大都涉及美国华人或中国题材，常常结合中国历史、风俗和民间故事，带有浓厚的中国文化内涵，表现出独具一格的审美特征和叙事风格。但由于文化土壤和目标读者的不同，其中国叙事必然存在异质性特征。也就是说，华裔作家创造性地利用中国文化资源，融入现代西方创作理念，创作出具有"跨界性的文化场域和融合性的审美经验，鼓励儿童构建想象中的东西方'文化共同体'"[④]。我们可以深入挖掘美国华裔儿童文学中的中国叙事和中国元素，

① 谈凤霞．西方华裔儿童文学的跨文化和多维度研究[J]．西南民族大学学报（人文社会科学版），2021(3)：183.

② HUNT P. An introduction to children's literature[M]. Oxford: Oxford University Press, 1994: 1.

③ 胡勇．文化的乡愁——美国华裔文学的文化认同[M]．北京：中国戏剧出版社，2003：12.

④ 谈凤霞．西方华裔儿童文学的跨文化和多维度研究[J]．西南民族大学学报（人文社会科学版），2021(3)：183.

研究这些文学作品如何改写传统故事，利用不同文类和媒介载体展现中国传统文化，梳理、分析和概括他们的叙事范式，向世界展现中国文化的魅力，为中国儿童文学的创作和海外传播提供一些可借鉴的经验。

# 第一章　杨志成：绘本界的“太极推手”

## 第一节　生平与创作

杨志成1931年生于天津，父亲是中国著名建筑工程师杨宽麟。他出生后不久，全家因“九一八”事变而南迁至上海，杨志成在上海度过了少年时期。[①] 杨志成17岁的时候，与家人迁往香港。后来，20岁的他独自一人赴美国求学，就读于美国伊利诺伊州立大学建筑系，研修建筑设计，后又转到洛杉矶艺术学院学习广告设计。毕业后，他在美国定居，先是从事广告插画工作，后因兴趣转向儿童文学，将绘本创作选作他安身立命的道路。

杨志成是享誉世界的插画家和儿童文学作家，是华人在国际儿童文学舞台上的骄傲。他著作颇多，一生创作了近百部图画书，其中近20本是由他本人独立创作完成，其他作品则是为他人的作品配图。1962年，他小试身手，创作了第一部绘本《自私的老鼠和有关自私的故事》(*The Mean Mouse and Other Mean Stories*)，荣膺美国“平面设计协会优秀作品奖”(AIGA)。从此，在绘本艺术之路上，他一发不可收拾，屡获大奖。1990年，他的《狼婆婆：中国版的小红帽故事》(*Lon Po Po: A Red-Riding Hood Story from China*，1989，简称《狼婆婆》)被授予“凯迪克金奖”(Caldecott Medal)，标志着他的作品进入成熟期；《公主的风筝》(*The Emperor and the Kite*，1967)和《七只瞎老鼠》(*Seven Blind Mice*，1992)荣获“凯迪克银奖”

① 杨志成在80岁的时候，根据自己的记忆创作完成了绘本《爸爸建的房子：一位艺术家在中国的童年记忆》，讲述了他在上海的童年记忆。整本书源于他个人的情感体验，表达了对家人那种强烈得近乎永恒的爱，饱含着他对中国故土的深厚情感和记忆。

(Caldecott Honors);他还曾两获国际大奖“安徒生奖”(Hans Christian Andersen Medal)的提名;2016 年,杨志成被美国插画家协会授予“终生成就奖”;2020 年,杨志成荣获“陈伯吹国际儿童文学奖”之“年度作家”奖;此外,他还多次获得《纽约时报》十佳图画书奖。

杨志成的创作具有一种独特的艺术气质,主要表现在他对中国传统文化异乎寻常的关注和坚守。他在内容和形式上都广泛借鉴中国民间故事和传统艺术,成功地向世界讲述中国故事,传递中国价值观,展现了中国博大精深的文化传统。他谙熟中国传统故事,很多创作都在中国传统故事的基础上进行改写和诠释。有讲述中国十二生肖由来的神话故事《生肖鼠的故事》(*Cat and Rat*,1995);有令人捧腹的民间故事《父子骑驴》(*Donkey Trouble*,1995);有发人深省的寓言故事《塞翁失马》(*The Lost Horse*,1998);有介绍中国传统儿歌的《孺子歌图》(*Chinese Mother Goose Rhymes*,1968);还有介绍中国谜语的《高山上》(*High on a Hill*,1980)。他深深扎根于中国传统文化,善于利用各种中国传统文化符号,在作品中广泛借鉴和吸纳中国传统艺术和文化元素,例如水墨画、剪纸、皮影戏、书法、诗文、谜语、屏风等,全方位地向世界展示中国传统艺术的魅力。这样的例子可以说是不胜枚举。他借鉴中国水墨画,以写意的方式在《狼婆婆》中讲述了三个中国女孩如何与一头恶狼展开一场惊心动魄的生死较量;他借鉴惟妙惟肖的剪纸和中国文人画,在《公主的风筝》中描绘了一个聪慧勇敢的小个子公主;他还借鉴西方拼贴手法,在《饥饿山的猫》(*The Cat From Hunger Mountain*,2016)中展现了丰富多元的中国元素,如春节对联、龙纹图案、蜡染图案、方孔铜钱、中式花瓶、中式窗棂、丝绸罗缎、红色灯笼、梯田风光等。拿起这部绘本,读者就仿佛走进了中国文化“大观园”。

在主题内容上,杨志成的绘本艺术丰富而多元,展现出一种“文明互鉴”的开放式心态。不管是独立完成的作品,还是为别人配图的作品,其中既有中国传统故事,也有日本、波斯、意大利等国优秀的民间故事和神话传说,还有世界其他国家的当代故事。对于为何要创作绘本,杨志成曾表示:

> 我参与儿童绘本工作的动机,一方面是想要引介中国的故事——我们有太多好故事了,我小时候一直听父亲和家人给我讲故事。另一方面,以一个异乡人的身份来到美国,我也希望多理解

> 西方的故事，好拓展自己的眼光和表现形式。每次我投入一个异域文化故事，我都从中受益匪浅。①

如他所言，杨志成的创作多以各国民间故事为主要内容，以现代叙事手法赋予了传统故事以新的活力，他的创作让他成为一个优秀的文化使者。

杨志成因沿袭中国传统文化，同时又不固守一隅，不恪守陈规，在艺术道路上求新求变。杨志成对自己的每一次创作都要求严苛："在我开始一项新项目之前，我自己必须要被打动，因为只有进行令人兴奋的事情的时候，我才会成长。"②有着如此严苛的创作态度和一颗赤子之心，他积极地将中国传统美学观点与西方设计理念艺术地融为一体，不断拓展绘本艺术的边界。在人生的每个阶段，他都在尝试学习新的东西，几乎从不重复自己，不愿意简单沿袭曾经成功的创作模式。他对不同创作手法、创作媒介和创作理念都抱有开放的心态。在艺术手法上，他的创作将传统与创新相融，坚持用作品诠释中国传统文化，具有浓郁的东方韵味和深厚的文化底蕴，并博采众长，融合西方艺术理念和技巧，勇于尝试具有不同审美意趣和艺术风格的绘画方式，创作出一部部独具一格、东西兼容的作品。他会根据故事的不同，寻求最适合每个故事的画风与媒材。简言之，他的画风各异奇趣，但共同点是都或多或少地带有中国文化的痕迹。他的笔法一直在变，但不变的是他那颗中国心。

周作人对儿童文学曾有过一番精到的言论：

> 大抵在儿童文学上有两种方向不同的错误：一是太教育的，即偏于教训；一是太艺术的，即偏于玄美：教育家的主张多属于前者，诗人多属于后者。其实两者都不对，因为他们不承认儿童的世界……我觉得最有趣的是有那无意思之意思的作品……空灵的幻想与快活的嬉笑，比那些老成的文字更与儿童的世界接近了。③

---

① 高圆．杨志成：在西方讲中国故事[J]．出版人，2020(1)：68.

② YOUNG E. About Ed [EB/OL]. [2023-05-03]. http://www.edyoungart.com/sample-page/.

③ 周作人．自己的园地[M]．石家庄：河北教育出版社，2002：110.

周作人的这番话点明了优秀儿童文学的堂奥，从某种意义上说，也道出了杨志成绘本的魅力所在。简言之，他的绘本兼收并蓄，跨越了文化的藩篱，既好看又好读，寓教于乐，表现出简单而纯粹的快乐。

就阅读对象而言，儿童文学存在三个层次：幼年文学、儿童文学和青少年文学。从表面上看，杨志成的绘本主要受众群体是幼童，但因为其精湛的艺术手法和深邃的创作思想，让作品跨越了年龄，成为老少咸宜的艺术佳品。杨志成在西方世界的成功值得国内绘本创作者深思和参考。

## 第二节　杨志成绘本的太极叙事

杨志成作品中的“中国风”与他本人的人生经历和个人信仰密切相关。20 世纪 60 年代，杨志成在美国师从太极名家郑曼青，领悟东方哲学和智慧。他不仅平日里喜欢练太极拳，还长期坚持向周围社区里的人讲授太极拳，这种热爱延续了三十多年。杨志成在多次公开采访中提及太极对自己的重要性，认为太极可以“被描述成一种移动的冥想形式，对人的整个身心皆有好处。这种运动对我的思维方式和我的工作产生了深远的影响”①。他还表示太极拳为他的艺术创作“奠定了个人根基。在这一基础上，我找到了我想要的生活方式”②。从这一系列的表述中不难发现，太极哲学不断渗入他的生活，势必影响到他的绘本创作，构成他艺术观念和创作思想的底色。

对于杨志成的绘本创作，近年来国内外学界已经开始关注，但大都是从艺术的角度探讨他某部作品的叙事特征，鲜有人论及杨志成的太极哲学以及太极哲学与他艺术创作的关系问题，而这可以说是理解杨志成创作及其艺术思想的一把关键钥匙。那么“太极哲学”到底是如何影响杨志成的绘本创作的呢？他绘本中的“太极叙事”有何表征和意蕴呢？对这些问题的回答无疑有助于我们从更深的层面理解杨志成的艺术。基于此，本章以他的代表性绘本为例，对杨志成绘本中的太极哲学进行深入探究，讨论杨志成如何将“太极”融入其绘本创作，试图从更深的层次理解他绘本创作的叙事风格

---

①　COMMIRE A. Something about the authors[M]. Detroit：Gale Research Inc，1976：206.

②　MARANTZ K，MARANTZ S. Artist of the page：interviews with children's book illustrators[M]. Jefferson：McFarland，1992：238.

和艺术理念。

## 一、绘本主题与太极哲学

太极拳历史源远流长，其理论基础是道家阴阳八卦学说，蕴含着深刻的辩证思维和中国智慧。道家哲学具有丰富的哲学思想，其核心概念“道”有着丰富的意蕴。何谓道？万物皆生于道。道的核心方法论是辩证法，是对立统一之法。正所谓：“道生一，一生二，二生三，三生万物。万物负阴而抱阳，冲气以为和”。道家认为，矛盾双方并非截然对立，而是相互转化，互为因果。因此，太极哲学强调系统性思维，重整体，讲分合，重变化和转换。这些观念集中表现在太极图上。在太极图中，阴阳两极，相辅相成，阴阳之间具有互补性，阴阳图因此成为道家辩证统一哲学的标志。对太极拳和太极哲学，杨志成有过较为深入的研究，在多部绘本中都曾加以介绍和阐释。例如，在绘本《心之声》(*Voices of the Heart*，1997)的前言中，他对太极拳进行了阐释，认为“太极拳根植于中国宇宙学的冥想和体育锻炼体系”[①]。绘本《天气的赌注》(*The Weather's Bet*，2020)的题词就引用了《道德经》里的一句话——“重积德则无不克”，强调积累德行所能达到的境界，强调行善积德的重要性。在《我是一个篮子》(*I，Doko：The Tale of a Basket*，2004)的扉页上，他引用“己所不欲勿施于人”来揭示整部绘本的主题，起到了画龙点睛的作用。基于对太极哲学的深入理解，杨志成的绘本创作就是在探索艺术和生命之“道”，直接或间接地反映出太极哲学和东方智慧。

他的名作《七只瞎老鼠》改编自广为人知的“盲人摸象”的故事。众所周知，这个故事虽然篇幅不长，却传递了一个深刻的道理：局部之间是相互关联的，正是基于这种联系性才构成了一个有机整体。如果只盯着某个局部看，就看不见它和周围的关系。因此，我们不能以偏概全，而应该以整体的、系统的角度来审视我们的世界。这个深刻的道理暗合了太极哲学中的“整体分合思维”[②]，即从整体和局部的关系出发来看宇宙万物，从阴阳结构、阴阳关系的变化中认识事物，强调事物本身的阴阳结构或阴阳关系的和谐统一。通过改写盲人摸象的故事，杨志成图文并茂地向小读者展示了太极的

---

① YOUNG E. Voices of the heart[M]. New York：Scholastic Press，1997.

② 杨成寅. 太极哲学[M]. 上海：学林出版社，2003：266.

整体性思维,以生动活泼的方式对小读者进行太极哲学启蒙。

杨志成的绘本《塞翁失马》取自《淮南子》中的一个典故,讲述了一个名叫塞翁的人因为丢失一匹马而经历了一系列有得有失的事件,用极为简洁却又不失深意的词句和图像生动诠释了"塞翁失马,焉知非福"这个成语,揭示了道家"祸兮福所倚,福兮祸所伏"的哲学思想。这部薄薄的绘本,包含着深刻的人生哲理,是古老太极哲学的闪光点,揭示了老子的"反者道之动"思想。道家时刻提醒我们在得意的时候,不能忘乎所以,要明白"盛极必衰""月满则亏,水满则溢"的道理。

杨志成喜欢为弱小者发声,创作了许多"以弱胜强""以柔克刚"的经典故事。《道德经》曰:"天下莫柔弱于水,而攻坚强者莫之能胜,以其无以易之。"[①]太极讲究阴阳转换,认为柔弱是一种力量。在竞争双方之间,弱势一方虽然弱小,但在正视现实并采取有效的对策之后,还是有可能战胜强劲对手的。例如,在《狼婆婆》中,三姐妹和狼婆婆位于善恶两端,如同太极图中的阴阳两极。随着双方矛盾冲突的发展,力量强弱的情势发生了改变,最终三姐妹以阴克阳,以柔克刚,实现了最后的胜利。《公主的风筝》讲述了身材娇小的公主如何巧用风筝帮助皇帝父亲摆脱囚禁的困境。《小梅》(*Little Plum*, 1994)则讲述了一个小男孩利用智慧打败恶魔拯救一个村庄的故事。《叶限:中国的"灰姑娘"故事》(*Yeh-Shen: A Cinderella Story From China*, 1982,简称《叶限》)讲述了一个孤儿如何在强势的继母的各种压迫下找到真爱,摆脱困境的故事。这些绘本都形象地阐释了"柔弱胜刚强"的自然辩证关系。在这些绘本的图像叙事中,杨志成有意地凸显了主人公身材的弱小,展现了她们弱小身躯中所蕴含的惊人力量,彰显了她们的韧性和勇敢。值得一提的是,上面这些故事中的主人公大都是女孩,不仅凸显了她们柔弱背后的坚韧,还从某种意义上象征了太极图中的"阴"。

《饥饿山的猫》改编自一则古老的中国寓言《白米饭的故事》。故事的主角是一只住在饥饿山上的财主猫。财主猫富有且自私,唯利是图,过着奢靡浪费的日子。直到有一年发生了干旱和饥荒,没有吃的,财主猫只好下山乞讨,遇到山下一位乐善好施的和尚,发现这位和尚原来是用财主猫浪费的粮食来救济当地灾民。老子有言:"五色令人目盲。五音令人耳聋。五味令人

① 南怀瑾(著述):老子他说续集[M].上海:复旦大学出版社,2019:277.

口爽。驰骋畋猎，令人心发狂。难得之货，令人行妨。”①“罪莫大于可欲。祸莫大于不知足。咎莫大于欲得。故知足之足，常足矣。”②“金玉满堂，莫之能守；富贵而骄，自遗其咎。功遂身退，天之道也。”③这些几乎都说明一个道理：我们不应耽于物质享受，汲汲于名利，而应清心寡欲，知足常乐，适可而止，节制地获得财富和使用财富才是长久之道。道家的“无为”思想意味着应有节制地生活，任何违背人的本性和自然法则的肆意妄为都会受到应有的惩罚。《饥饿山的猫》中的财主猫恰恰是因为私欲泛滥，肆意浪费粮食，无节制地追名逐利，最终才过犹不及，为财富所累，迷失了本心，最终下场落魄。

在道家哲学中，自然乃万物之本，是人类赖以生存的基础。道家哲学讲究“天人合一”，强调人与自然的和谐共生。老子有言：“人法地，地法天，天法道，道法自然”。“道”即自然，万物法道，归根结底还是法自然。人生的最高境界也是回归自然，放弃一切人为的活动，完全顺应自然趋势，达到“无为”的境界。自然和谐也是阴阳和谐的体现。杨志成学习太极拳的最终目标就是回归生命之道，回到大自然一切生命本源的和谐与平衡之中。他在创作中非常关注人与自然的关系，钟情于自然题材的创作，关注动物的生存问题。他本人十分热爱自然，平日里喜欢徜徉于自然山水间，在创作中也常常“取法自然”，在绘本中呈现大自然中的美好景物，探索生命之道。纵观杨志成的绘本，其中不乏自然和动物主题的作品，出现了很多鲜活灵动、栩栩如生的动物意象，例如《生肖鼠的故事》《月熊》(*Moon Bear*，2010)、《雪山之虎》(*Tiger of the Snows*，2006)和《我想要一只小狗》(*A Pup Just for Me*/*A Boy Just for Me*，2000)等。

在道家思想中，人与自然息息相关，互为补充和平衡。人类应该顺应自然，贴近自然，掌握并利用自然规律，而不能滥用技术，对自然进行掠夺性开发和滥用，破坏生态平衡。人类作为地球的主宰，各种活动足以对自然产生影响，稍有不慎便会带来生态灾难，造成不可挽回的损失。

在创作晚期，杨志成频频表达应与自然和谐共生的理念，越来越关注环保问题，表达了他对生态危机的忧思，对地球的现状和未来深深的忧虑意

① 南怀谨(著述)：老子他说[M].上海：复旦大学出版社，2017：160.

② 李剑，刘道英(主编)：老子・庄子[M].西宁：青海人民出版社，2003：33.

③ 赵杏根：老庄经典百句[M].台肥：黄山书社，2009：16.

识。这种意识从他为许多绘本在扉页上的题词中可见一斑。杨志成在《一个叫作家的奇怪地方》(*A Strange Place to Call Home*，2012)上写道：“我们脆弱而又岌岌可危的星球必须得到我们的尊重，否则星球上的生命无法延续。”[①]如何才能有效地保护自然呢？基于他的自然主题创作，要想与自然和谐共生，人类应该对自然保持敬畏之心，积极主动顺应自然。人与自然只有和谐共生，才是生态危机可行的解决之道。他为《海边的淘气猫》(*Catastrophe by the Sea*，2019)这部绘本写下的献词是：“献给那些仁人志士——将治愈之光洒向我们这个病恹恹的世界。我们的理性和远见丧失殆尽，使世界长期处在阴影之中。”[②]结合这部绘本的海边生物主题，笔者认为，杨志成这番话是在批判目光短浅而欲望泛滥的现代人，只会从海洋(自然)中索取而不懂得感恩，使地球陷入了生态危机。杨志成在绘本《月熊》的扉页上写道：“献给正直之心(integrity)，我们的‘灵魂之熊’，正是因为‘正直之心’，我们才可能重获丧失在毫无限制的‘欲望’中的绿色人性，这些‘欲望’却伪装成我们的需求。”[③]该绘本讲述了在野外濒临灭绝的亚洲黑熊，呈现了它们的生活习性，强调任何动物都有其存在的价值，不应破坏万物的和谐关系，而物种灭绝的危机很大程度上与人类的贪婪不无关系。道家崇尚克制、节欲、不争。人类要管住自己的欲望，遏制私欲的无节制膨胀。只有与自然和解，与自然和谐共生，才能真正解决人类的精神危机。他强调了环境保护的紧迫性，凸显了“生态正义”理念，赋予作品以时代的气息。

简言之，杨志成的身后是延绵不绝、生生不息的太极哲学和东方传统。通过改写和讲述这些中外故事，杨志成直接或间接地表达了他的太极思想，引导中外读者了解和认识中国智慧，进而认同中国文化。

## 二、融合叙事与和合共生

在艺术创作中，杨志成一直保持着“海纳百川，有容乃大”的开放性心态，采取了融合的叙事策略。在他看来，排他性的创作是自我封闭，最终必

---

① YOUNG E，SINGER M. A strange place to call home[M]. San Francisco：Chronicle Books，2015：title page.

② YOUNG E，PETERSON B. Catastrophe by the sea[M]. Berkeley：West Margin Press，2019：title page.

③ YOUNG E，GUIBERSON B. Moon bear[M]. New York：Square Fish，2016：title page.

然曲高和寡。要想在国际童书市场占得一席之地，需要兼容并蓄，对各国文化和各种创作手法和媒介保持开放的态度。这其实也暗合了太极拳中的“和合文化”。中国传统文化认为，阴阳对立统一是宇宙的普遍法则。孤阴不生，独阳不长，有阴有阳宇宙万物才能繁荣发展，而有阴有阳就意味着差异和矛盾的存在。这种和谐辩证观，从视觉上主要是由阴阳太极图式来表现。太极图示是道家的核心符号，由黑眼白鱼与白眼黑鱼互相环绕而成，构成一个和谐的圆。黑与白互生互动，表现出和谐之美。中国太极文化在看到事物的差异和矛盾的同时，也看到了两者的协调与和合。太极图中的阴阳鱼就形象地表达了阴阳对立互补、和谐共生的思想。

杨志成绘本中的“和合之美”表现在很多方面，例如文与图、动与静、光与影、黑与白等。更重要、更值得关注的是，作者采取“拼贴”的叙事手法，在文字语言、媒介手段和艺术风格等方面进行融合叙事，使异质性元素“联手”产生出最佳的叙事效果，实现了和谐共生的文化图景。

杨志成创作的绘本故事基本都是用英语作为语言媒介讲述，但有趣的是，读者却能频频在图像上见到汉语的踪迹，这是杨志成有意为之的结果。换言之，“双语融合”是杨志成有意采取的文化叙事策略。在英文绘本中融入汉语元素，既彰显了中国文化意蕴，传递出一种东方韵味，从太极哲学的角度而言，也践行了东西两种文化“和谐共生”的理念。

作为一种象形文字，汉语经过几千年的历史变迁具有丰富的文化底蕴，成就了汉字书法这种艺术形式。正如李泽厚所言，中国艺术“不是书法从绘画而是绘画从书法中吸取经验、技巧和力量。运笔的轻重、疾涩、虚实、强弱、转折顿挫、节奏韵律，净化了的线条如同音乐旋律一般，它们竟成为中国各类造型艺术和表现艺术的魂灵。”①汉字是象形文字，汉字因书法而具有无限生动的形式之美，因而汉字本身就适合作为绘本创作的素材。杨志成在这方面颇有心得，做出了积极的尝试。他创作过一部关于汉字的绘本，书名为《心之声》，是一部走“心”之书。《心之声》展现了26个具有“心”这个部首、表达人类情感的汉字，每个汉字都用英文诗歌加以阐释，并伴以一些图像符号的并置。他还曾发下宏愿，要以图画的形式将更多的汉字进行艺术呈现。

---

① 李泽厚.美的历程[M].北京：生活·读书·新知三联书店，2009：42.

杨志成对汉字书法的挚爱与他对汉字和中国画的深刻领悟是分不开的。在绘本创作上,杨志成十分看重“图文互补”,这种理念源于中国传统书画观。如他所言:“中国绘画常常配以文字。图文之间具有互补性。有些效果图画完成不了,但文字可以实现,同样有些文字描述不了的事物,图像能够呈现。”①他也十分喜欢“书画同源”的艺术理念。中国古代文人画强调“书画同源”,认为文字和图像之间是一种融合的关系。杨志成对此十分认同,曾在一次采访中如是说道:“一幅传统的中国文人画若没有题字,往往便失去了中心。文与图是相辅相成的。文字能传达的意涵,有时是图画永远无法传递的,反之亦然。文与图共存时,便建构了整体的阅读经验基础。”②在这些理念的引导下,“书法入画”自然成为应有之义,成为他创作的特点之一。

《孺子歌图》,又译《中国鹅妈妈童谣》,是由罗伯特·温德姆编辑文字,由杨志成配图共同完成。杨志成采用中国传统剪纸工艺,为41首中国古代童谣配上精美图像。整本书采取长方形的版面格式,文字竖排书写,如中国古代的卷轴一般。书中每一首英文童谣旁都配有中文童谣,保留了中国文化独有的韵味,使两种文字并置出现,让两种语言平等对话。再比如,在绘本《高山外》(*Beyond the Great Mountains*,2005)中,杨志成呈现了一首诗歌和各种汉字图像符号。整部绘本如同宣纸画,是一首视觉诗歌。作者甚至在绘本临近结尾的时候,将某些常见汉字的古体和现代体并置,向读者展现汉字字体的变化轨迹,让读者从另一个角度感受汉字文化的博大精深。除了这两部绘本之外,他完成的双语并置绘本还有很多,例如《高山上》《塞翁失马》《天生一对》(*Mouse Match*,1997)等。

除了“双语并置”的叙事策略之外,汉字还以其他形式融入杨志成的绘本。在为别人的故事配图时,即使是“非中国题材”的故事,杨志成也会有心地融入“汉字”这一典型的中国元素,展示东方魅力。例如,杨志成常常将篆体书写的汉字以玉玺刻章的形式巧妙融入他的绘本。在绘本《天气的赌注》中,杨志成不仅在封面用篆体呈现自己的英文名,使名字显得富有艺术气

---

① YOUNG E. About Ed [EB/OL]. [2023-05-03]. http://www.edyoungart.com/sample-page/.

② 曾梦龙. 华裔绘本家杨志成,一个特殊历史情境下诞生的人[EB/OL]. (2019-12-18)[2023-05-03]. https://news.sina.com.cn/c/2019-12-28/doc-iihnzhfz8899293.shtml.

息，还在版权页上给出了一段序言，介绍“风”“雨”和“日”这三个汉字的“篆书体”(seal character)及其丰富意蕴，并引入这些汉字的不同书写方式，介绍自己是如何将象形文字融入绘本里的。在绘本正文中，前几页画面的背景是暗黑色的星空，前景则是晕染手法绘制的篆书体的“风”“雨”“日”三个白字，这三个大字如氤氲的雾气，朦胧曼妙，十分写意。杨志成还在每一页画面用这些篆书汉字符号辅助介绍故事内容，使这个西方寓言[①]更具一番东方韵味。如此创作既有助于读者进一步理解故事主题内容，同时在一定程度上有效地传播了中国汉字文化。

在他的某些绘本中，汉字不仅发挥了装饰性功能，还在绘本的主题和情节上发挥了重要的叙事功能。在绘本《猎人》(*The Hunter*，2000)中，每一张跨页的右下角都会出现一个中文词语，总结整张跨页所呈现事件的主题内容，帮助读者更深入地理解图像叙事，同时也增加了故事的东方韵味，让这个古老的故事有了视觉张力。在《叶限》的首页，杨志成没有呈现任何人物图像，而是将整个故事所依据的两张古代手稿展示出来，手稿上的汉字采用从上往下、从右往左的古汉语书写顺序。同样，这些文字是对整个绘本故事的总结，也对图像叙事起到了预叙的作用，增添了绘本的文化韵味和艺术趣味。

杨志成绘本的“和合之美”还表现在“媒介”的融合，主要表现为将不同媒介拼贴成一个“不违和”的整体。“媒介拼贴”的创作手法在他大部分作品中都有所体现，赋予传统故事以视觉张力和思想新意。

在创作回忆录绘本《爸爸造的房子》时，杨志成从家族成员那里搜集了大量旧报纸、旧海报、老照片和旧物件，其中许多照片和海报已经泛黄，颇具年代感。书中因此出现了各种各样具有不同质感肌理的媒介和材质，例如照片、木炭画、撕纸画、剪纸画、人物漫画、侧影画等。杨志成将拼贴画与老照片融合在一起，产生了多层次的立体感，多维地呈现了那个年代的生活图景。这种“简单粗暴”的创作方式也许更容易表达出强烈的情感。

绘本《如果你是一条河》(*Should You Be a River*: *A Poem About Love*，2015)主要源于他个人的情感体验，是杨志成为家人创作的另一部杰

① 该书改编自著名伊索寓言《风与太阳》(“The Wind and the Sun”)。原故事情节大致如下：风与太阳为谁更厉害而争论不休。为了展示自己的力量，他们决定，谁能使一位路人脱下外套，谁就胜出。北风使劲地吹，路人裹得更紧了。太阳暖洋洋晒了会儿，路人很快把外套脱了。这个故事本身就包含了丰富的太极哲学意蕴。

作,杨志成借此向亡妻表达他内心的深沉之爱。他用一种寄情山水的态度表达了作者对爱情的理解。该书的第一页便是一首用繁体字写就的古体诗,文字隽永优美,书法飘逸灵动,直抒胸臆地赞美了爱情。该书正文部分的配图采用剪纸、照片和书法三者相结合的方法,拼贴画面抽象有意蕴,色彩浓烈,在视觉上充满了创意,将爱之深、情之切的热烈情愫表现得淋漓尽致。画面中摄影照片包含了大量自然景物——绿树、烈火、乌云、夕阳、残月、小溪、江河、瀑布,人物剪纸则根据情境表现出千姿百态,现实与艺术相融合,交相辉映,生动地表达了作者对亡妻最深沉的怀念以及对孩子最真切的爱。该书部分书页还有折叠延展设计,更加强化了这种视觉享受,将诗歌节奏推向高潮。除了图片的拼贴之外,作者还同时使用文言文和英文这两种风格迥异的语言,着实给读者一个强烈的语言文化视觉冲击,让读者深切体会到了东西方文化之间的差异以及多元文化融合的魅力。

《侘寂之美》(*Wabi Sabi*,2008)是一部竖开本的绘本,讲述的是一只生活在日本的名叫“侘寂”的猫咪找寻自己名字的含义的故事。故事最初采用了剪纸加拼贴制造效果,但随着故事的推进,画面中看到的不仅仅是剪纸,还有各式各样的照片,包括胡须、树叶、毛发、垫子、松针、温度计等,各种图像都极具质感,美得令人窒息,让人忍不住想动手摸摸。为了展现无法言表的侘寂之美,杨志成在书中将普通人生活中被遗弃的、不太好看的“边角废料”,通过拼贴方式呈现出老子《道德经》追求的“大巧若拙”的自然之美、质朴之美,呼应了“侘寂”一词的含义——简单、自然、不完美。同时又因为不同媒介和材料的碰撞凸显了不同材料的质感与表现力,产生出多层次立体感,让其更具视觉冲击力。

简言之,杨志成在艺术创作中大胆创新,将不同的材料和媒介拼贴在一起,运用混合媒材和拼贴艺术制造出特殊的叙事效果,不断探索自我创作的边界,展现出强大的艺术生命力。

“太极”理念还表现在东西方艺术风格之间的融合。在艺术创作上,他广泛借鉴中国水墨画、剪纸、皮影戏等传统艺术手法,同时吸纳世界各国的文化精髓,例如法国印象派的光影、印度的微型艺术、日本的侘寂文化、马蒂斯的拼贴手法等,根据创作需要巧妙地将东西方艺术理念、手法和技巧融合在一起,实现了两种或多种艺术样式的平衡与和谐。在杨志成的努力下,中国的美学观点与西方的设计技巧有机融合,最终形成一种国际化的图像语言。

例如，绘本《促织》（*Cricket Boy*，1977）既采用了中国文人画的手法，又广泛借鉴铅笔、炭笔、拼贴等多种西方材质和手法，将中西方艺术风格融会贯通。在《叶限》这部绘本中，杨志成将色粉、彩铅、水彩等材料结合使用，使整部绘本色彩细腻柔和，画面呈现一种朦胧美感，带有几分法国印象派的特点。在《狼婆婆》中，画面的处理既像中国画的水墨渲染，又似油漆的喷涂，斑驳迷离的色彩营造出朦胧而迷幻的气氛。这其中既表现了真实的颜色在微光条件下的模糊，也表现出温度的冷暖、力量的对比、正邪的对抗、情绪的紧张与舒缓等内容。杨志成主要采用粉彩和水彩材料创作，"却把它画出了一种悠远的水墨意境，写意而非写实，更让人感受到这个东方故事的神秘与诡谲"①。中西艺术技法和理念的并置与融合互补，使这些故事有了新的生命。

概而言之，杨志成不拘一格，是中西合璧的典范。不同艺术媒介、中西方文化的交汇和对话成为他艺术创作的一大主题，也是他的主要特色。身处两种文化中，他并没有感觉自己受到束缚，而是"左右逢源"，大胆地腾转挪移，博采众长，融会中西，展现出全球性视野，践行了"中学为体，西学为用"的创作原则。

## 三、留白叙事与气韵生动

杨志成曾在一次采访中介绍他从师父那里悟到的道理："做一个好画家并非只靠聪明才智，更需穷尽毕生之力去学习中国人所谓的'生气'——赋予万事万物生命的冥冥之灵。"②所谓"气韵生动"即是一种"生命的节奏"或"有节奏的生命"③。"气"是个抽象的概念，看不见也听不到，那杨志成如何用绘本表征生命之"气"呢？在这方面，杨志成主要借用留白来表现。气韵乃中国传统文人画论中的核心概念，"留白"则是中国文人画中常用的叙事技巧。留白笔简意长，可以承载情感空间和想象余地，余味无穷。

在中国传统艺术中，少即是多，一切尽在不言中，这其实就体现了太极哲学。从阴阳之道来看，留白可以看作"阴"，图画和文字可以看作"阳"。虚

① 彭懿. 世界图画书：阅读与经典[M]. 南宁：接力出版社，2011：37.
② 高圆. 杨志成：在西方讲中国故事[J]. 出版人，2020(1)：66.
③ 宗白华. 宗白华全集(第2卷)[M]. 合肥：安徽教育出版社，2008：109.

与实是相生相成的，正所谓“虚实相生，无画处皆成妙境”。留白看似什么也没有，却充满了气韵，衬托了生命存在的空间。再者，留白有助于凸显画中的内容，有助于产生流动的气韵，表现纯真之气。中国古人常常对构图进行极简化处理，不设多余的细节，只是呈现主要人物的轮廓和行为，给人一种独特的审美体验。杨志成借鉴了古人的创作手法，在构图中常常采用以简胜繁的叙事策略，广泛采用叙事留白的手法，彰显流动的气韵。

在《公主的风筝》中，杨志成以瑰丽的剪纸艺术呈现出一个颇具东方魅力的中国古代世界。全书的主要情境基调以剪纸的方式发展铺陈，几乎没什么背景画面，也没有多余的细节，蕴涵了一种不动声色的留白和空灵。在这部绘本中，风筝是小公主救下父亲的关键物件，也是展示公主智慧的重要凭证。为了展示风筝在天上飞舞的动态，杨志成在画面构图上有意省略了很多细节，留下了大片留白，画面气脉连通，空灵透气，使气韵流动其间，表现出返璞归真的简约之美。《公主的风筝》中的留白如同音乐中的沉默，既衬托出剪纸的艳丽，也给予读者充分的想象空间，赋予读者一种独特的审美体验。画家所营造的古老而神秘的世界里充满宁静，充满了中国文人特有的气韵，风格高雅脱俗。如此留白也有助于丰富故事的主题意蕴。大片的留白让人物的形象更加突出，凸显了公主身材的小巧，突出了绘本主体的情绪，进而彰显了小公主营救父亲的努力的伟大，让读者更能用心感受到从“小”到“大”的转化，让东方的智慧与禅意，在书页间流动。

《白波》（*White Wave*，1979）以《田螺姑娘》为创作原型，讲述了一个农夫和一个仙女之间的爱情故事。与原故事情节不同的是，绘本结尾没有让

农夫和仙女最终幸福地生活在一起,而是让仙女离开了农夫,演绎了一个残缺的爱情故事。杨志成只采用黑色和白色绘制该书,并有意地在画面上创造大片留白,“传达虚无飘渺之感,将中国道家的存在之思具像化”①。另一个改写自中国民间故事的绘本《猎人》讲述了英雄猎人海力布为了拯救村民生命而牺牲自己的悲情故事。书中,杨志成采用黑色和褐色两种主色,以刻画海力布的英雄形象为主,对次要角色的村民群像只画轮廓而不画眉目。寥寥数笔,海力布的英雄形象就跃然纸上,呼之欲出。大片留白将细节最小化处理,聚焦于猎人的表情和动作,传神地表现了这位大英雄及其感人事迹。

这种“留白叙事”在他的名作《叶限》中也有充分的体现。《叶限》的文字部分由美籍华裔作家路易·爱玲(Louie Ai-Ling)改编完成,故事源自唐代笔记小说《酉阳杂俎》,比西方灰姑娘的故事早了将近一千年。故事情节与灰姑娘十分相似:叶限是中国南方一位心地善良、落落大方的姑娘,年幼丧母丧父,与继母一起生活。继母对她态度傲慢,总是安排她干家里的脏活累活。叶限养了一条聪明的鲤鱼,与这条鱼成为好友,自己食不果腹的时候还留食物给鱼吃,但这条鱼却被继母残忍杀掉。叶限将鱼骨头找到,悲伤不已。一次当地举办盛大的节日,在鱼骨的帮助下,叶限盛装出席,却不小心丢掉一只金缕鞋。国王寻找这只鞋的女主人,最终找到叶限,与她结为连理。

杨志成在《叶限》中采用“屏风式构图”进行留白叙事。该绘本的跨页基本都是一幅幅完整的图像,切割成三四幅红线框小图,如同中国屏风一般,呈现类似国画中连屏的结构。画框之间留有大片空隙,既有助于让读者聚焦图片中的细节,又能激发读者想象,引发读者无尽的遐思,邀约读者填补空白。如此屏风式的构图巧妙地结合了西方的造型审美和中方的意境留白,使该作品完成了跨越时空、跨越文化的精彩呈现。

值得一提的是,这部绘本的“气韵生动”不仅与每一页的留白相关,还与象征了太极图的“鲤鱼”这一视觉符号有关。在中国传统文化中,鱼是重要的文化意象,是中国的文化图腾,具有深刻的文化内涵。《叶限》中的鲤鱼具

① 谈凤霞.民族文脉与共生美学:杨志成对民间故事的图像重述[J].南京师范大学文学院学报,2019(3):51.

有好运、富足、幸福、婚姻和家庭等多层含义。在《道德经》里，水和女性是重要意象。绘本中的鲤鱼与水和女性都有着紧密的联系。鱼的存在指向了阴阳结合、万物转化的太极哲学。鱼儿的图形从封面到封底出现在绘本的每一页中。封面上，叶限与金鱼融为一体。在书中大多数页码中，鱼儿的身体占据画页的主体部分，从某种意义上说，成了主角。鱼儿既是情节的一部分，又与书中人物（主要是叶限）进行各种互动。故事临近结尾，叶限再次与鱼儿融为一体，以正脸的全身造型现身，如同美人鱼一般。这种鱼中有人、人中有鱼的巧妙构思使整个故事最终达到了高潮。从某种意义上说，鱼儿象征着叶限，是她的生命力量。鲤鱼自由自在地在每一幅画面中游弋，摆出了各种奇特的姿态，使画面呈现出一种流动感，赋予绘本以流动的气韵。画中鱼儿的线条和游动的轨迹就如同太极拳的拳式，灵动写意，颇有阴阳转化的妙趣。杨志成将太极阴阳观念运用到绘本《叶限》的创作中，建构了一个带有太极美学符号的图画世界。

总之，太极拳和太极哲学让杨志成对道家和儒家有了更深刻的体悟，对他的为人处世和创作影响深远。杨志成的绘本不落俗套，不无含蓄之美，契合了蕴涵太极意蕴的东方美学的要求。这些充满东方美学和智慧的绘本可以在儿童心里种下美和智慧的种子。对于如何在新时代创作出具有中国特色的绘本艺术这一问题，可以说，杨志成的“太极叙事”为我们提供了一个很好的思路。“太极”不仅是他的叙事策略，构成杨志成作品的内核，也成为他艺术创作的灵魂，衍化为杨志成的文化潜意识。他丰富多彩的作品展现了他丰富的精神世界，表现出了鲜明的艺术自觉和文化自觉。其用心之巧，运思之深，值得我们仔细体味。

## 第三节　杨志成对中国民间故事的改写

2021 年，习近平在中国文联十一大、中国作协十大开幕式上强调：“广大文艺工作者要坚守中华文化立场……要重视发展民族化的艺术内容和形式，继承发扬民族民间文学艺术传统，拓展风格流派、形式样式，在世界文学艺术领域鲜明确立中国气派、中国风范。”[①]民间文学是儿童文学的重要艺术源泉之一，如何挖掘并创新地继承以“民间文学”为代表的中华民族文化遗产，为儿童创作出富有中国品格和东方风味的优秀文学作品，成为一个重要的时代性课题。许多当代作家都积极进行了尝试，其中美国华裔作家杨志成堪称成功的代表。

杨志成从中国和其他国家民间故事中汲取了大量灵感，图文并茂地推出一大批充满智慧和趣味的优秀作品。在杨志成图文并茂的再创作下，这些民间故事焕发出新的生命力。本节以《狼婆婆》和《七只瞎老鼠》为例进行个案分析，深入探讨作者是如何从儿童视角出发，挖掘、扩展和呈现民间故事的丰富文化意蕴，使其焕发出新的生命力。

### 一、《狼婆婆》的叙事改写

杨志成认为自己在西方创作绘本的一个重要动机就是“引介中国的故事”[②]。他以中国传统民间故事为素材，创作了一大批优秀绘本，其中艺术

① 习近平. 在中国文联十一大、中国作协十大开幕式上的讲话[EB/OL]. (2022-08-22)[2023-05-03]. https://www.ccps.gov.cn/xxsxk/zyls/202112/t20211215_152323.shtml.

② 高圆. 杨志成：在西方讲中国故事[J]. 出版人，2020(1)：68.

造诣最高也最负盛名的就是《狼婆婆》[①]。书中故事和图像皆由杨志成本人操刀完成，呈现出别具一格的叙事风格和美学特征。对于杨志成其人其作，国内学界已开始有所关注，但鲜有人对其代表作《狼婆婆》的叙事艺术进行深入细致的研究。本节从故事重述、图像叙事和副文本叙事三个方面对该作品加以考察，试图揭示其独到的艺术特色和思想意蕴，也希望能为中国本土绘本创作提供一些借鉴。

1. 彰显中国品格的故事重述

在中国，“狼外婆”几乎是家喻户晓的民间故事。“狼婆婆”的故事最早可以追溯到清朝学者黄之隽写的一则童话《虎媪传》，只不过《虎媪传》中假扮成外婆吃人的是老虎而不是狼。后来随着人们对动物的认知和喜恶发生转变，民间故事中的“虎外婆”渐渐被“狼外婆”取代。“狼婆婆”在中国不同地区和不同民族内部有不同的版本，差异表现在人物和情节设置、故事母题等诸方面。杨志成的《狼婆婆》以绘本的艺术形式，借助文字和图像的双重媒介对“狼婆婆”这一中国民间故事的叙事元素进行了筛选、调整和创新，最终完成了这部颇具文化特色和美学价值的经典之作。

杨志成的《狼婆婆》以顺叙的方式和第三人称视角讲述了中国姐妹三人独自在家勇斗大灰狼的故事。故事情节可谓一波三折：母亲离开家去给外婆过生日，走之前她叮嘱三个女儿（阿珊、阿桃和宝珠）天黑之后记得关门，乖乖地待在家里。一只狡猾的大灰狼在野外偷听到母亲跟三姐妹的对话，趁机装扮成外婆的模样，模仿外婆的声音伺机潜入房内。天真善良的三姐妹信以为真，让“狼婆婆”进了家门。大灰狼装困上床，等着吃掉她们。机灵的大姐阿珊看着长相和声音怪异的“外婆”起了疑心，最终发现了狼婆婆的破绽和真相。她急中生智，谎称要到树上给外婆摘白果吃，带着两个妹妹离开了房子。三姐妹爬上了一棵大树，把大灰狼骗出门，又骗说用篮子将它拉到树上一起享用白果。三姐妹将大灰狼拉到空中多次，最终合力将大灰狼摔死。

故事的核心矛盾冲突表现为三姐妹与大灰狼斗智斗勇的情节设置上，并借助重复性叙事策略来凸显人物特征，制造叙事张力，渲染紧张气氛。三姐妹中最机灵的当属大姐阿珊，她与恶狼之间不断的交锋推动着情节的发

① 该绘本已于2008年由河北教育出版社译介到国内。

展。大灰狼敲门的时候，阿珊已经心存疑虑，她接连盘问了大灰狼三个问题，大灰狼也基本滴水不漏地回答了出来。在狼被请进家之后，阿珊依然十分警觉，对大灰狼的行为举动和身体特征连续三次表示质疑，最终发现了“狼婆婆”与“亲外婆”之间的差异，识破了大灰狼的阴谋诡计。三姐妹爬上树后，将狼骗到屋外，阿珊带领妹妹们连续三次将坐进篮子里的狼拉到空中然后摔下，最终以弱胜强，大快人心。在塑造戏剧冲突的时候，作者巧妙地采用了“重复性”叙事策略，目的自然是突出与强化故事的主旨——弱小者依靠智谋才能战胜强敌，并成功塑造了绘本中两个主要人物：机警而机智的阿珊，狡猾而又贪婪的狼婆婆。重复性叙事也是儿童文学中常用的叙事手法，使情节的发展显得自然而又连贯，“可以协助年幼的读者发展理解故事的认知模型”①，更好地把握故事情节的发展脉络。

作为重要的情节，《狼婆婆》的结尾颇为耐人寻味。“正义战胜邪恶”的情节设置符合儿童的心理认知和阅读期待。正如美国著名作家辛格（Isaac Bashevis Singer）所言：“从天性上来说，孩子不喜欢悲惨结尾的故事。孩子期望正义得以伸张。”②从这个意义上说，《狼婆婆》符合孩子们的预期。一番殊死较量之后，整个故事似乎在结尾处复归平静，却别有一番滋味。翌日，妈妈带着食物从外婆家回来，三姐妹“就把有一个‘婆婆’来过的事情，一五一十地说给妈妈听”③，故事随之结束。对于这个结尾，作者用了整整一幅彩色跨页来表现，画面上没有出现任何人物形象，没有表现劫后余生的温馨场景，有的只是自然景色：山野四周一片寂静，只有小屋冒出了一缕青烟，一切看似没有改变。这个叙事结尾显得十分平淡，仿佛昨夜不过是一段小插曲，生活复归平静，一切又回到了故事开始之前的状态。不过，仔细观察不难发现，山坡上覆盖着浓密的棕色山草，那颜色和质感宛如恶狼的毛发，中式渲染画法使整个画面平生几分神秘朦胧，似乎危险并没有完全解除。就审美效果而言，整个结尾画面带有几分写意的美学意境，虽然没有留白，但人物的缺席也产生了一种留白的效果，留给小读者更大的想象空间，更具

① NODELMAN P, REIMER M. The pleasures of children's literature[M]. Harlow: Pearson, 2002: 205.

② WOLKSTEIN D. The stories behind the stories: an interview with Isaac Bashevis Singer[J]. Children's Literature in Education. 1975, 18: 136-145.

③ YOUNG E. Lon Po Po[M]. New York: Penguin Young Readers Group, 1989.

回味的空间，也更具艺术意蕴。

不难发现，在人物设置和叙事结构方面，《狼婆婆》与西方经典童话《小红帽》有几分相像，却也表现出明显的不同。格林兄弟笔下的小红帽的故事举世闻名，妇孺皆知，已经衍化为文化基因，成为全人类共同的民间故事母题。在这个经典故事中，小红帽没有遵守妈妈的叮咛，没有经受住诱惑而选择采野花走小路。小红帽最终被狼婆婆吞进肚子里之后，是伐木工人或猎人赶去营救，最终杀死大灰狼，救出小红帽和外婆，恶狼因此得到了应有的惩罚。虽然某些中国民间故事也有类似的情节设置，但杨志成的版本与之形成鲜明对比：《狼婆婆》中的大姐阿珊不盲信“狼婆婆”的甜言蜜语，颇有主见，勇于承担责任，机警地想办法应对这突如其来的危险，具有超凡的勇气和胆量；她没有求助邻人或天神，而是相信自己的判断力和个人智慧。在阿珊的带领下，三姐妹发挥主观能动性，没有依赖任何外力，团结一致，勇敢地与野狼斗智斗勇，最终没有葬身狼腹，实现了自我拯救。

《狼婆婆》中精彩的情节设置和人物性格体现出作者的用心和巧思，表现出他鲜明的叙事意图和文化自觉。从某种意义上说，《狼婆婆》如同中国民间故事《木兰从军》，在传递一种“性别”力量，即女孩也有力量。西方童话中的女性常常是柔弱的，王子拯救公主是经典的叙事桥段。而在《狼婆婆》中，世间没有什么救世主（如小红帽中的伐木工）来救她们，她们必须依靠自己。在中国文化中，当一个人身处险境，即便有神仙协助，也通常会让主人公经历一番磨难，最终获得拯救。这与中国的文化理念有关，自古以来，我们都以“天行健，君子以自强不息”来激励自己。智慧、镇定、无畏、坚韧等优秀品质是中国人一直追求的理想人格特征。从这个意义上说，三姐妹与野狼斗智斗勇的故事颠覆了西方传统的女性性别角色塑造，完全可以成为孩子的“行为榜样”，有助于儿童勇敢面对成长的问题，培养孩子临危不乱、积极应对的自主意识，帮助孩子（尤其是美国华裔儿童）建构起自我认同。此外，作者也在故事中凸显了团队合作的重要性，这也与强调个人主义的美国流行文化产生了一定对比。在《狼婆婆》中，在面对强大的敌人时，三姐妹没有六神无主，而是临危不乱，表现出快速应变的智慧，联手用篮子将大灰狼摔死。张生珍教授指出：“美国儿童文学中典型的美国式主题就是对个人英雄主义的赞誉。”[①]而《狼婆婆》的人物设置显然不同于传统美国儿童文学中的“孤胆英雄”模式，更强调家人团结合作的重要性，彰显了中国文化中的集体主义精神。简言之，如此改写，杨志成版的小红帽故事内涵显得更加丰富，对孩子也更具启示意义。

2. 颇具东方意蕴的图像叙事

对绘本而言，一个好故事固然重要，但若论艺术表现力，图像叙事则更具艺术魅力和审美价值，更能流传久远，这一点在杨志成的《狼婆婆》中尤为明显。《狼婆婆》中的图像叙事颇具杨志成个人风格，图与文相得益彰。具体而言，杨志成在构图、色彩和光影等方面表现出颇具中国特色的叙事手法，使作品颇具中国文化意蕴和风采。

在《狼婆婆》的构图上，杨志成巧妙地借用中国传统“屏风”艺术进行构图设计，区隔之中又有图像的连续，表现出一种独特的东方美感和叙事意蕴。在表现大灰狼与三姐妹交锋的时候，一页画面常被红色的框线切成几块，分割成连屏的结构：连续三个方格或两个方格并置在一起，这些方格各自独立又彼此关联。在屏风构图中，不同图像的并置并非简单意义上时空的接续关系，而如同叙事框架，能有效地将读者的注意力引向方格内的图画内容，呈现出不同人物之间的对比关系，生动地展现了“狼婆婆”和“三姐妹”双方力量的此消彼长。另外，中国屏风式画面分割的设计很像电影画面中的分镜头特写，减慢了叙事速度，凸显了大灰狼与姐妹三人之间的正邪对立，增强了戏剧性效果。举例来说，当大灰狼在门外试图蒙混过关进家门的时候，连页画面上出现了三个方格：最左侧的方格图里展现的是在黑暗的背景下三张警惕的脸，三姐妹睁大双眼斜瞅着狼婆婆，黑暗的背景凸显出她们狐疑而又恐惧的心理；中间的方格放大了野狼邪恶的眼睛和锋利的牙齿，使它显得面目狰狞可怖；最右边的方格则是野狼身上披着的一团蓝色衣服，显得有些模糊，略带几分神秘。作者在这里将写实与抽象并置，将光与影巧妙结合，使整个画面富有视觉冲击力。简言之，具有东方审美情趣的“屏风式”构图，使得彼此分割的画面串联在一起，有助于读者聚焦画面内容本身，增加了图像叙事的张力和趣味。

---

① 张生珍，霍盛亚. 当代美国儿童文学：批评与探索[J]. 社会科学研究，2020(5)：53.

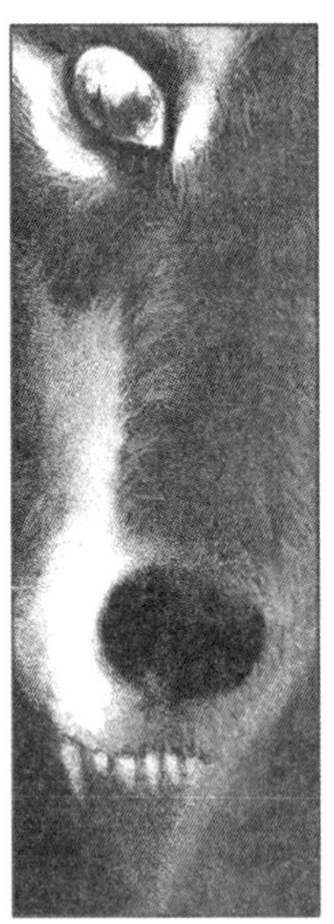

除了屏风式构图之外，《狼婆婆》还借助人物比例和空间位置的不同，生动地呈现了正邪双方的力量消长和对比，从而有效地渲染了气氛，彰显了故事的戏剧性。有学者认为：“人物的大小和在跨页上的位置（高低、左右）可能会反映出他们对于其他人物的态度、他们的心理素质，或者是他们短暂的心情；空间位置的变化则反映了人物本身的变化。”①可以说，杨志成深得此中精髓，这一点在不同页面上大灰狼被呈现的方式中可见一斑。故事开始阶段，大灰狼的身体在画中变得越来越大，远超三姐妹加在一起的大小。大灰狼的身体和周围阴影先是占据跨页画面的三分之一，然后是四分之三的页面，最后是整个跨页画面。如此构图是将大灰狼“前景化”（foregrounding）处理，传递出正邪双方力量对比的悬殊：邪恶力量远胜正义力量。而随后三姐妹爬上大树并想出对付野狼的办法之后，杨志成又将大灰狼“后景化”处理，使它在画面中变成一个小点。在表现三姐妹爬上那棵树时，大树被切割在不同的画面中，粗壮的树干和伸展的枝丫为孩子们形成了天然的保护。三个孩子的比例远远大于树下仰视的恶狼。恶狼由主动转为被动，而孩子则由被动转为主动，读者可以轻松地感受到他们之间力量的变化。前景化和后景化的手法丰富了构图的变化，有效地凸显了冲突双方的力量对比，表现了正邪双方力量的此消彼长，小读者的情绪反应和情感体验自然会随之

① 玛丽亚·尼古拉杰娃，卡罗尔·斯科特．绘本的力量[M]．李继亚，译．上海：华东师范大学出版社，2019：87－88．

起伏。不难发现，与《狼婆婆》相似，杨志成许多绘本都呈现了各种对立的概念：有与无，大与小，刚与柔，强与弱，冷与暖，福与祸，光明与黑暗，这些对立元素此消彼长，遵循了对立统一的辩证法。

除了画面切割和空间构图，杨志成还在色彩和光影对比上下功夫，呈现出中国传统泼墨画（paint-splashing）的味道，营造出一种意蕴悠远的水墨意境，展现出中国式的渲染特色。渲染是中国绘画中的传统技法，可以说，这一技法不仅被杨志成巧妙地用来推动叙事进程，烘托人物的情绪变化和内心活动，还进一步通过渲染达到一种神秘朦胧的意境。甚至可以说，每一幅画面无不充满了被渲染之后的美感。

《狼婆婆》虽是现实主义题材作品，但由于受众是儿童读者，不能讲得太恐怖、太血腥，因此杨志成巧妙地借助色彩和明暗对比，恰如其分渲染了恐怖的叙事气氛，光影的明暗变化也强化了作品如梦幻般超现实的效果。作为叙事开端的首页便完美地诠释了这一点。该书第一页呈现出一个漂亮静谧的中国乡村。一位母亲正在挥手向三个女儿告别。山上洒满夕阳的余晖，看上去像是一幅祥和的画面，其实却危机四伏。首页集中表现整座山的轮廓——一个若隐若现的狼头的形象上。整座山丘如同一个拉长的狼头，隐藏在故事图案的背景中。母亲脚下的土地轮廓就像是狼的鼻子，三姐妹和房子就矗立在狼的眼睛上。她们和妈妈挥手告别的时候，身形在整个荒原中显得弱小、单薄，对即将到来的危险浑然不觉。远处天空闪着金光，透着泛白的乌云，晕染的效果营造出一种神秘的氛围。狼头形状的山丘和隐去的半个太阳，让人隐隐不安，似乎夜幕即将降临，危险也即将来临。简言之，在绘本的叙事开端，作者将水彩画和蜡笔画融为一体，明暗色调的强烈对比，使故事一开始便笼罩在不安全的阴影之中，让人有一种不寒而栗的感觉。

随着情节的发展，野狼如同幽灵一般几乎出现在每一幅画面上。在黑暗中只能看到狼的牙齿和眼睛，而孩子的眼睛很明亮，脸上透出一种富有生气的神情。明暗色调的强烈对比，制造出冲突的张力。杨志成还将孩子高度警惕和镇定的眼神与狼的怨恨眼神并置，形成鲜明的对照，勾画出了孩子们的机智和勇敢。此外，背景颜色的变化对整个故事氛围的渲染也发挥了重要作用。在整个故事中，总存在象征着邪恶的黑暗。例如，在三姐妹打开房门之后，大灰狼如同一道黑影闪过，一下子窜进了家门。速度之快，其头部甚至冲出了图画边框。而身体跨越了那道门分隔的画面,更加凸显了这种速度感和力量感。狼婆婆进入房间之后,整个色调一下子黯淡下来。在三姐妹在树上智斗大灰狼的过程中,整个画面背景色彩则越来越亮,色调从冷变暖,既预示着即将天亮,也暗示了孩子们胜利在望,从黑暗到光明的叙事逻辑也符合儿童的思维方式。对于大灰狼最后摔死的情节,杨志成并没有用血腥的场面来表现,而是巧妙地以一根下落的黄绳,伴着飘落的黄叶,表现出生命逝去的意境,如同电影中一个富有美感的慢镜头。通过阴影的变化和色彩的渲染,杨志成完美地诠释了大灰狼的贪婪恶毒和三姐妹的英勇果敢。

概而言之,《狼婆婆》的图画灵动瑰丽,中国味儿十足,图画与文字互为补充,相互交融。杨志成用水彩作底,再通过蜡笔与颜料交替使用的方法,既保留了材料质感的对比效果,还采用了具有东方审美情趣的屏风式构图,丰富了绘本的叙事内涵,加快了叙事递进的节奏和视觉阅读的趣味性。

3. 别有深意的副文本叙事

对绘本而言,“副文本”(paratext)是需要引起格外关注的文本要素,有助于凸显“图文张力”①。法国著名叙事学家热拉尔·热奈特(Gerard Genette)认为副文本包括书名、封面封底图像和文字、扉页图像和文字、脚注和尾注等内容,“既是一个过渡区域,又是读者与文本相互作用的区域”②。在绘本中,副文本则常常发挥了更重要的叙事功能。著名儿童文学学者玛丽亚·尼古拉杰娃在其绘本研究著作《绘本的力量》中单辟一章对绘本的副文本进行了论述。她认为副文本元素

> 在绘本里要比在小说里重要得多。如果说儿童小说的封面是一种装饰,最多也就是增进第一印象,绘本的封面则常常是故事的一个组成部分,尤其是当封面图片与书中的任何图片都不重复的时候。故事确实可以从封面开始,并从最后一页延伸到封底再结束。扉页也能够传达一些必要的信息。由于绘本的文字有限,标

① 玛丽亚·尼古拉杰娃,卡罗尔·斯科特.绘本的力量[M].李继亚,译.上海:华东师范大学出版社,2019:259.

② GENETTE G. Paratexts: thresholds of interpretation[M]. LEWIN J, Trans. Cambridge: Cambridge University Press, 1987: 5.

题有时也会在其文字信息中占据可观的比例。①

可以说，在《狼婆婆》这部绘本中，书名、封面、封底、扉页都给出了重要的叙事信息，具有重要的叙事价值。

书名如文本之"眼"，设置恰当，便能点出作品的主题和丰富内涵。在书名的设置上，杨志成没有按照字面意思将"狼婆婆"译成相应的英语（如"Granny Wolf"），而是简单地音译成"Lon Po Po"。不难发现，如此处理，颇具口语化特征和中国韵味，既保持了源语的原汁原味和东方特色，而且朗朗上口，方便英语世界小读者诵读和记忆；其拼写的陌生化特征也有助于激发英语小读者的好奇心。该书的副标题是"中国版的小红帽故事"（"A Red-Riding Hood Story from China"），从某种意义上说，该副标题发挥了

① 玛丽亚·尼古拉杰娃，卡罗尔·斯科特. 绘本的力量[M]. 李继亚，译. 上海：华东师范大学出版社，2019：259.

“预叙”的效果，毕竟小红帽的故事在西方已经家喻户晓，其中国视角也必然能够激发读者一定的阅读期待。

对绘本而言，封面和封底的图片常常是绘本最重要的副文本元素，《狼婆婆》也不例外。封面和封底上的图片抓人眼球，颇具特色。封面和封底连起来是一幅完整的图画：在一片血染的荒原上，一匹通体黑色的野狼回眸凝望着读者，眼中泛着白光，显得空洞无物。在金红色背景的衬托下，空洞的双眼与黑色的身体形成巨大反差，营造出一种神秘感和阴森诡异的气氛。结合读者对小红帽故事的了解，这个封面也应该会吊起小读者的胃口，引发悬念，为情节的展开设计伏笔；还能激起小读者的好奇心和一连串疑问，例如，碰到如此凶残可怖的野狼，中国的“小红帽”是不是也会被吃掉？“小红帽”最后能生还吗？

除了书名、封面和封底之外，《狼婆婆》的扉页设计也可谓独具匠心。扉页上再一次出现了封面上的大灰狼图像。不同于封面的是，扉页上的大灰狼身体的细节被模糊化处理，只剩下一个大致的轮廓。有趣的是，从轮廓中隐约浮现出一个人的面容特征：狼头部的轮廓像是一位侧脸俯身平视的老婆婆，狼的前腿如同撸起袖子的胳膊，狼尾巴如同上衣的一角。人形外婆无法完全摒弃狼的特征：闪闪发光的眼睛和两只尖尖的狼耳朵。也就是说，扉页图像与封面产生了某种联系，呼应了标题“狼婆婆”。

扉页图像还配了一段意味深长的话，使整部绘本在思想内涵上更加深刻。作者在扉页上写道：“感谢世界上所有的狼，因为它们把自己的好名字借给我们，生动地象征了我们人类的黑暗。”[①]这段文字与人狼合体图像可以产生奇妙的化学反应，让人不禁遐想联翩：狼婆婆到底是穿着衣服扮演成婆婆的狼，还是披着狼皮的坏人？聪慧的小读者还可能进而将这句话上升到哲学层面：此处“黑暗”到底为何意？作者是否意欲揭示人性中的黑暗（即人性中的恶）？在翻看故事情节之后，这种疑问可能更加呼之欲出，因为故事的核心情节都发生在夜晚，黑暗的夜晚从某种意义上说隐喻了人类内心的黑暗。中国民间的“狼婆婆”故事以及其他类似主题的童话常常将动物塑造成反面形象，与勇敢正义的人类演“对手戏”。但杨志成从这种叙事模式中跳脱出来，巧借扉页上这一段文字避免将“狼”污名化和妖魔化，不想将问

① YOUNG E. Lon Po Po[M]. New York：Penguin Young Readers Group，1989：title page.

题简单地推到狼身上，对狼这种动物表现出了应有的尊重。毕竟，狼是自然生态系统中重要的一环，有其生存的价值和权利，将狼视作邪恶的动物，不过是“人类中心主义”的一厢情愿而已。更重要的是，杨志成无意空洞地说教，而是意欲模糊人与兽之间的界限，将故事提升到人性的层面，使故事具有了更广泛、更深刻的意蕴，表达了他的人文思想。“狼”在这里衍化为一个文化符号，象征了人性的“黑暗”，包括恐惧、贪婪、嫉妒、轻信等人格特征。简言之，配上这句话，整本书的立意一下子深刻起来，既提醒孩子不要随便给“狼”这种动物贴负面标签，又提醒孩子人性的复杂，不要轻易相信别人的甜言蜜语。

从这个意义上说，这部绘本不仅讲了一个精彩的故事，还通过扉页上的文字和图片传递出智慧而隽永的道理，意欲挑战读者非黑即白的善恶观，激发读者的批判性思考，洞察人类内心的阴暗面，帮助他们理解成人世界的复杂，让世界各地的小读者与书中的三姐妹共同成长。

美国华裔绘本大师杨志成的经典之作《狼婆婆》以其精湛的叙事艺术赋予中国民间故事以新的美学价值和时代意义。他坚守中华文化立场，借助文字和图像双重媒介对中国民间故事的叙事元素进行筛选、调整和创新，在内容上打破了性别的局限，彰显了团结合作、自强不息的中国精神；采用具有东方情趣的屏风式构图、色彩和光影对比手法，营造出一种意蕴悠远的水墨意境，传承和弘扬了中华美学精神；在书名、题献和封面封底的副文本叙事上巧做文章，丰富了叙事内涵，增加了思想深度。

正如谈凤霞所言，杨志成的绘本“在东方式的感性渲染中兼备了西方式的智性渗透，细腻而又大气，灵动而又深沉”①。《狼婆婆》的叙事深深植根于中国民间故事和传统文化，同时作者大胆创新，赋予作品以新的时代特征和美学价值，更符合当代读者的阅读品位和审美期待。他借助巧妙的情节设置、精湛的图像设计、别有意蕴的副文本叙事，打破了性别的局限，彰显了勇气、智慧、团结的美好品质，生动展现了智慧与愚蠢、勇气与恐惧、美丽与丑恶、柔弱与凶残等品质之间的对比与较量，表现出丰足的人文精神，在一代代孩子心中激发出无穷的力量，帮助孩子战胜黑暗中的胆怯，让他们在成

① 谈凤霞. 民族文脉与共生美学：杨志成对民间故事的图像重述[J]. 南京师范大学文学院学报，2019(3)：54.

长过程中充满勇气和光明。杨志成的成功证明：中国民间故事具有极强的可塑性，具有巨大的改编潜力，可以改编出不同叙事结构和艺术风格的作品，被建构出新的时代意义，被赋予当代的文化品格。享誉世界的《狼婆婆》可以为中国民间故事的跨媒介改写提供可借鉴的经验。

## 二、《七只瞎老鼠》的儿童性书写

作为儿童文学的重要类型，绘本是当今儿童阅读的重要文类，能有效帮助孩童理解自我、他人和社会。同时，儿童也有自己独特的审美视角和认知方式，成人作家不能简单粗暴地将所谓的“儿童文学”强加给儿童读者。正如朱自强所言：“儿童文学以儿童为本位，它将拆散理性主义、功利主义的算盘珠子，把儿童文学从狭隘的教育主义特别是教训主义那里解放出来。”[①]周作人也有类似的洞见：“儿童的文学只能是儿童本位的，此外更没有什么标准。”[②]但说起来容易做起来难。如今的中国本土原创绘本佳作频出，已经在国内外获得了不少关注，取得了一定的成绩，但正如中国知名绘本作家熊亮所说，中国本土原创绘本如今“过于重视成年人的想法和诉求，多为师长型作品”[③]，似乎还存在着“儿童本位”的问题。要解决这一问题，只能向优秀的作家和作品学习，别无他法。杨志成及其作品就是成功的案例，值得我们深入挖掘和借鉴。

对于绘本创作，杨志成完全站在儿童的立场上，注重儿童本位。他曾在一次采访中说：“我创作的目的就是要激发读者的成长，让孩子积极参与到阅读过程中。我觉得绘本的故事必须能让人兴奋起来，是一个能打动孩子的体验。”[④]杨志成的绘本获奖无数，广受中外儿童的欢迎，可以说是遵循儿童本位原则的成功代表。有建筑和广告设计背景的杨志成，对空间、色彩、秩序和构图的理解比一般画家要更深刻。以他的《七只瞎老鼠》为例，这部清新脱俗的绘本在图像底色运用、图像排列、媒材使用等方面，有许多巧妙设计，值得玩味。就细节来看，七只老鼠的颜色排列顺序、尾巴下垂的角度、

① 朱自强. 儿童文学概论[M]. 北京：高等教育出版社，2009：25.

② 周作人. 自己的园地[M]. 石家庄：河北教育出版社，2002：110.

③ 赵迪. 做有“儿童性”的绘本[J]. 美术观察，2020(6)：5.

④ YOUNG E. About Ed [EB/OL]. [2023-05-03]. http://www.edyoungart.com/sample-page/.

围坐的队形，甚至画面左右布局的轻重对比，都经过他的精心布局。本节主要以该绘本为例，探讨作者在改写民间故事时，如何从儿童本位原则出发，打破常规，从角色造型、整体构图和色彩叙事三个方面，深入分析杨志成如何遵循儿童本位原则，将故事性、趣味性和知识性融于一体，表现出对儿童性的坚守，展现童趣、童真、童心，创作出广受世界各地儿童喜欢的经典之作。

《盲人摸象》最初是印度佛教故事，后来传入中国，因为故事在中国的广泛传播，已经发展为中国民间故事的一部分。在创作《七只瞎老鼠》时，杨志成发挥奇思妙想，大胆地将盲人改成了老鼠，并对情节结构做出了相应调整。故事讲述七只瞎眼老鼠某日在池塘边游玩，遇到一个“庞然大物”，谁也不知道那是何物。七只老鼠遂决定每天派一只老鼠前去探个究竟，回来报告同伴自己的发现，结果每次的答案都不同。老鼠们众说纷纭，莫衷一是。有说是柱子的，有说是矛的，有说是扇子的，也有说是峭壁的，大家争论不休都说自己是对的。最后一天，轮到白老鼠上阵，它从头跑到尾、从上跑到下，仔仔细细考察了一番，终于发现这“怪物”原来是头大象，大家这才恍然大悟。

《七只瞎老鼠》的核心角色无疑是七只老鼠。杨志成这次民间故事改写的成功无疑与老鼠的造型设计是分不开的，实现了多种叙事功能和目的。

首先，角色造型符合儿童的认知。《盲人摸象》的故事在中国家喻户晓。作者为何将原故事中的盲人角色改编成七只好奇心重的小老鼠呢？最主要的原因是与盲人相比，动物造型生动可爱，用活蹦乱跳的老鼠更容易产生亲近感，儿童比较容易接受。绘本中的老鼠除了身体小巧可爱之外，还长着又细又长的尾巴，俏皮又活泼，颇具趣味性。在情节的设计中，杨志成将老鼠人格化，使老鼠具有了人的性情。拟人化的动物形象比较容易拉近儿童与角色之间的距离，比较容易将故事主题带进儿童的想象世界，更契合儿童的心理认知和生活经验，方便儿童理解绘本所蕴涵和传递的信息。此外，在西方英语国家，这部绘本也会让读者联想到一首名叫《三只盲鼠》（*Three Blind Mice*）的英文童谣，能有效唤起西方儿童读者的文化意识。当然，从社会意义上来说，如此改写也巧妙地避开了原故事中对“残障人士”的隐性歧视，使故事既有童趣又容易接受。

其次，作者还借助角色造型之间的反差来制造某种“夸张”的效果，既最大程度满足儿童的视觉要求，又方便孩子认知不同的形状和本质。在《七只瞎老鼠》中，小老鼠和大象在跨页左右两边并置出现，大小对比强烈，有助于吸引儿童的注意力，符合孩子的认知特点，如此设计在他其他许多绘本中也频频使用，例如《公主的风筝》中公主小小的身躯与大大的风筝之间的对比。每当跨页左图呈现前六只老鼠对其他老鼠讲述自己的所见所闻时，右图都会呈现那个被描绘的物体（圆柱子、蛇、长矛、峭壁、扇子和绳子）。七只老鼠对圆柱体、蛇、长矛、峭壁、扇子和绳子等的联想，能有效地帮助孩子认知形状。此外，中文版本中出现了很多量词，无疑会帮助孩子从故事里学习计量单位词（例如，一根大柱子、一条蛇、一支矛、一座峭壁、一把扇子、一根绳子）。

最后，优秀的绘本除了要有趣味性之外，也要有一定的教育性，只不过这种教育性不是说教式的教育，而是小读者在潜移默化中习得的。在《七只瞎老鼠》中，除了物体形状之外，杨志成还传递了时间和数学的基本知识：通过一周七天每天派一只老鼠打探这个重复的叙事技巧，有助于孩子认知一周七天的知识，培养孩子的时间意识，还对数字有了基本的认识，真正实现了寓教于乐。因此，他的绘本有助于满足儿童教育成长需求，对儿童认知世界和社会生存具有现实意义。

“儿童本位”还表现在趣味性上。充满童趣的造型设计能有效帮助孩子感受快乐，提升孩童的审美品位。除了老鼠可爱的形象之外，《七只瞎老鼠》的趣味性还表现在一些小细节上。作者十分有心，会以其他方式在绘本中设置一些颇有童趣的“小彩蛋”，采用“剪影”画法，在一些图像中暗藏了人物脸部轮廓或人物形状，例如，在紫色老鼠去看大象的时候，画面中峭壁的轮廓巧妙地呈现出作者父亲的侧影，等着小读者去发现。这种有趣的造型设计还出现在其他绘本中，例如，杨志成还曾将自己的脸部轮廓巧妙地设计在《高山上》和《红线》（*Red Thread*，1993）中的一些页面中。在《月熊》中，杨志成将他的妻子、女儿和恩师都“画”进了绘本中。在介绍卓别林生平的绘本《微笑》（*Smile*，2019）中，每一个跨页的右下角都会呈现一个小巧的卓别林扮演流浪汉的剪影，读者迅速翻转书页能看到流浪汉小人跳舞的动态模样。

简言之，在造型设计上，杨志成独具匠心，大胆演绎，将许多有趣的小细节融入画面，使画面内容更加丰富，增添了更多的趣味性和可读性。

有戏剧性的故事比较容易出彩，而戏剧性取决于悬念的制造，而绘本的悬念制造与构图紧密相关。《七只瞎老鼠》的悬念在封面就体现了出来。封面只呈现了六只老鼠的身影,充满动感的姿态:它们挤在一起,尾巴直立着,似乎有些惊慌失措。那么问题来了,六只瞎眼老鼠为何惊慌?不难发现,旁边还有一条细细耷拉着的尾巴,第七只小老鼠好像在往反方向逃跑,难道前面遇到了什么可怕的事情?再看书名,“七只瞎老鼠”的书名却是彩色的,这又是为何?儿童有探知的好奇心,这个封面一开始就设置了一个不大不小的悬念,必然会激发幼童的阅读兴趣。而在绘本的封底上,六只老鼠规规矩矩排排坐,很认真地听着前面的一只老鼠讲话。这是哪只老鼠在讲?和封面连起来,小读者会发现,原来就是最先逃走的那只老鼠。

另外,七只老鼠出场时,尾巴先出现,可以产生一种神秘的氛围。翻开封面,第一页先是出现了一根红色鼠尾巴,让人不禁好奇:怎么会有红色尾巴的老鼠?这只老鼠长什么样?其他几只老鼠呢?翻到下一页,也是只见鼠尾不见鼠身,不过这次黑色的背景上出现了七条老鼠尾巴,而且是七种不同颜色,颜色的增加也必将引发读者的好奇。直到红色老鼠被派去池塘边一探究竟,绘本上才出现七只老鼠的“真身”。因此,老鼠尾巴不仅增加了老鼠的可爱度,而且在绘本叙事开场继续制造悬念,有效增加了阅读兴趣和趣味。

进入故事正文,作者在书中采用了平面舞台化构图。关于前六只老鼠的故事,都是以跨页整图呈现故事场面:当右页中出现一只老鼠跑到大象身前打探的时候,其他老鼠一定是在左页满怀期待地望着右页的老鼠;而当这只去打探的老鼠返回的时候,右页则呈现出这只返回的老鼠认为自己所见之物的图像。在向同伴报告的时候,没调查过的老鼠总会凑成一堆儿,而去调查过的老鼠凑另一堆儿,角色的对比产生了戏剧化的效果。

当最终发现原来这是头大象之后,跨页图片上呈现出七只老鼠站在大象头上,连成一排,站姿和神态也都是一致的。如此构图设计似乎暗示了集思广益、团队协作的重要性。

绘本的整体艺术风格有赖于各种视觉要素的整体表现,而颜色无疑是至关重要的,因为儿童对颜色比较敏感,有着极强的感受力,大都是先通过色彩来认知外部世界;而且,儿童充满想象力,其世界本就是五彩缤纷,丰富多彩。这部绘本最成功之处在于采用了精妙的色彩叙事,不仅有助于角色的塑造,还潜移默化地传递了色彩知识,彰显了主题,在故事气氛的营造和叙事节奏的把握上都发挥了重要的作用。

背景颜色可以在故事中营造出一种特殊的情绪和气氛。杨志成精于此道，在《七只瞎老鼠》中展示得淋漓尽致。和一般绘本的大面积留白不同，作者颇为大胆，使用大面积饱和度高的黑色作为背景色，使整部绘本带有强烈的视觉冲击，令人耳目一新。在一般以明亮色彩为主的童书中，如此着色十分罕见，因为黑色背景通常会传递出较为负面的印象，给人以恐惧感或凝重感，但在《七只瞎老鼠》中，黑色承担了衬托角色、彰显主题等多种功能，取得了不错的叙事效果。黑色背景与七彩的老鼠形成鲜明对比，凸显了七只老鼠身上的斑斓色彩，增加了戏剧性张力。更重要的是，“黑色背景”是个绝妙的隐喻，巧妙地暗示了七只瞎眼老鼠黯淡无光的世界，象征着盲人的世界之黑暗，让小读者感受到盲鼠的心境。颜色是情感的语言，作者通过背景色间接表达了对盲鼠或盲人的同情。当然，聪慧的小读者也可能会联想到一个小知识：老鼠都是在晚上出来活动的。

七彩老鼠的设置也表现了杨志成的良苦用心。七种不同的颜色可以引导儿童认识色彩，也便于孩子利用色彩辨识内容，激发小读者不同的艺术想象，颜色的变化也可以吸引孩子的目光和思考。每一只老鼠的颜色与它想象之物体的颜色也都一一对应。例如，绿色的老鼠想到的是绿色的蛇，橙色老鼠想到的是橙色的扇子，紫色老鼠联想到的是紫色的峭壁。最后一只老鼠是白色的，在摸过大象全身之后，明白了大象的全貌，看到了土黄色的真实大象。好奇的小读者可能会问：为什么只有白老鼠猜出了大象呢？这里蕴涵了一个颜色小知识：只有将各种颜色的光混合起来才能获得本来的自然颜色，即白色。借助如此巧思，彩虹色和白色的知识就这样巧妙地融入绘本中。

当然，更重要的是，作者在引导小朋友学会应该如何认识并观察新事物：凡事只有从不同角度去看待，才能领悟到事件的真相。小读者可能会继续追问：为什么每只彩色老鼠猜测的颜色都和自己的颜色一样？这个简单的问题更富含深意，更考验读者的思考力。作者这里似乎想说：五彩老鼠的瞎不是真瞎，是只看部分不看全面的“瞎”，是“自以为是”的瞎，是“以偏概全”的瞎。既然“盲人摸象”是一则寓言，就必然有教育意义。杨志成无意说教，而是化道理于无形，润物细无声地向小读者传递为人处世的道理。

以儿童本位为理念的儿童文学，才是真正具有生命力的儿童文学。葆有童心并不是每一个成年人都能做到的，从某种意义上，这是杨志成的“天赋”，让他能够准确地感应到儿童性，因此使其每一部绘本“都传递出自然和人文的关怀，从一朵花到一个不起眼的角落，都能捕捉到横跨文化和时空的情感。他的绘本艺术是对世界各地孩子的心灵说的话”①。杨志成没有居高临下地俯视儿童，而是尊重儿童的阅读接受心理，蹲下身来从孩子的视角观察世界，把孩子当作独立的个体来对待。杨志成秉持儿童本位的儿童观，以儿童为中心，将故事性、游戏性和趣味性融入文本中，正确处理了儿童与绘本之间的关系。

《七只瞎老鼠》文字简明扼要，内容通俗易懂，恰到好处地配合图像建构故事；图像叙事构思巧妙，颇多童趣，精美的视觉表达很抓人眼球。作者恰到好处的改写，使故事更切合幼儿的生活经验和心智发展，获得了不错的叙事效果，最终兼具民族性、时代性、文学性和趣味性。简言之，杨志成赋予这则民间故事以新的艺术光彩，丰富了故事的阅读价值，令人回味无穷。

① 高圆．杨志成：在西方讲中国故事[J]．出版人，2020(1)：68.

# 第二章　叶祥添：美国华裔历史的“记录者”

## 第一节　生平与创作

20 世纪 70 年代之前，少有美国华裔儿童文学作家出现，美国华裔儿童文学发展缓慢。受克莱尔·毕肖普的《中国五兄弟》等童书的影响，美国主流儿童书界呈现的多是负面刻板的华人人物形象。美国华裔作家赵健秀(Frank Chin，1940—　)将书中人物称作是“丑陋的五个中国小兄弟”，他表示：

> 也许没有哪本书如此阴险地将中国人塑造成《中国五兄弟》的刻板印象。这部“经典图书”出版于 1938 年，现在依然广受欢迎。因为这本书，每一代美国儿童都会认为所有亚洲人和亚洲血统的人都有着令人厌恶的黄皮肤，眼睛都眯成一条缝，长得一模一样，举止傻乎乎。《中国五兄弟》是对美国亚裔的侮辱，就如同《小黑鬼》(*Little Black Sambo*)是对黑人的侮辱一样。①

从这个意义上说，美国华裔儿童文学的一个重要功能就是消解和颠覆美国主流文化对华裔的“刻板印象”。随着六七十年代美国多元文化社会的形成，华裔儿童文学逐渐有了起色，开始真实而又艺术地展现美国华裔的生活

---

① CHIN F. Where I'm coming from: a noted Chinese American playwright's thoughts on Asian Americans in U.S. literature[J]. Interracial Books for Children Bulletin, 1976, 7: 24-25.

经历，在主流儿童文学界发出自己的声音。叶祥添（Laurence Michael Yep，1948— ）是当代美国华裔儿童文学作家的代表，他一改美国文学对华裔千篇一律的脸谱式描写，生动再现了美国不同历史时期华人的喜怒哀乐和悲欢离合，称得上是美国华裔儿童文学的先行者。

叶祥添的父亲托马斯·叶（Thomas Yep）生于广东省，十岁的时候移民到旧金山。叶祥添于1948年6月14日出生于旧金山，是第二代美国华裔。他的父亲开了一家杂货铺，叶祥添从小就在家里的店铺帮忙打理，观察和聆听了很多社会底层百姓的故事，为他的未来创作打下了基础。之后，叶祥添在纽约州立大学获得文学博士学位，先后在加州大学伯克利分校、加州大学圣巴巴拉分校任教，讲授美国亚裔文学与写作课程，毕业后与儿童文学作家乔安妮·莱德（Joanne Ryder）结为连理。

叶祥添是一位多产的作家，迄今为止已创作60多部著作。他的处女作是科幻小说《甜水》（*Sweetwater*，1973）。小说讲述了一个名叫泰里（Tyree）的年轻男子，在一个危机四伏的外星球生活，必须克服环境中的各种危险状况。叶祥添的科幻小说与他的个人经历有着深刻联系。作为从社会底层长大成人的华裔作家，他总感觉自己是美国社会的“局外人”。通过在《甜水》里创作一个异乡人的主人公，他其实是想搞明白他的美国华裔身份“到底意味着什么”①。从这个意义上说，小说创作也是叶祥添个人发现和个人成长的过程。他还说：“在创作科幻小说中的外星人的时候，我其实写的是自己，是我作为美国华裔的经历。”②这种“异乡人”叙事几乎贯穿其所有创作，这也是他的小说“成功的秘诀”之一，正如他本人所言：“我的大部分作品之所以受到青少年读者的喜欢，一个可能的原因是我总是探索局外者——异乡人（alien）——这个主题，许多青少年都会感觉自己是异乡人。”③

除了科幻小说，他还陆续推出了奇幻小说四部曲，分别是《龙族：寻找失去的家园》（*Dragon of the Lost Sea*，1982）、《龙钢》（*Dragon Steel*，1985）、《龙鼎》（*Dragon Cauldron*，1990）和《龙战》（*Dragon War*，1992）。这些作品

① MARCUS L S. Author Talk[M]. New York：Simon & Schuster，2000：99.

② JOHNSON-FEELINGS D. Presenting Laurence Yep[M]. New York：Twayne Publishers，1995：22.

③ 转引自 LAWRENCE K. Laurence Yep[M]. New York：The Rosen Publishing Group，Inc.，2004：40.

都是基于中国神话故事创作而成，出版之后广受好评。叶祥添之所以对科幻和奇幻体裁情有独钟，是因为他对当时的现实主义小说并不满意，因为现实主义小说不能完全匹配所有读者的经验。对叶祥添而言，奇幻文学是对现实主义小说的有益补充。叶祥添曾说：

> 对我的情感现实而言，奇幻小说和科幻小说要比20世纪50年代所谓的现实主义小说更真实，因为奇幻小说和科幻小说讲述的是"适应"(adapting)的故事，而这是我每次上下公交车都要做的事情。在这两种类型的文学作品中，我发现了一面镜子，能够照出我能够适应社会的位置。[①]

话虽这样讲，他还是创作了多部以美国华裔历史为主题的现实主义小说，获得了巨大的成功。

1975年，他推出第一部历史小说《龙翼》，讲述了20世纪初美国华人的真实经历，被学界认为是"第一部真正呈现美国亚裔的存在、刻画亚洲人及其美国移民生活的作品"[②]。该书一出版便大获成功，夺得多项大奖。出版《龙翼》之后，他又陆续创作了多部历史小说，围绕一个华人家族的七代人展开故事情节。这些书组成一个庞大的历史系列，名叫"金山编年史"(Golden Mountain Chronicles)，梳理了从1849年到1995年将近150年的华人历史。按照出版时间划分，这些作品分别为《猫头鹰的孩子》(*Child of the Owl*，1977)、《海玻璃》(*Sea Glass*，1979)、《蛇的孩子》(*The Serpent's Children*，1984)、《山光》(*Mountain Light*，1985)、《龙门》(*Dragon's Gate*，1993)、《心之贼》(*Thief of Hearts*，1995)、《叛徒》(*The Traitor*，2003)、《龙路》(*Dragon Road*，2008)、《丝之龙》(*Dragons of Silk*，2011)。在这个历史小说系列中，作者展示了美国华人如何与美国社会互相影响，展现了不同历史时期美国华裔的"泪水和笑声、饥饿与恐惧、希望与梦想"[③]。身份认同和

① YEP L. Playing with shadows[J]. The Lion and the Unicorn. 2006, 30(2): 158.

② MANUEL D, ROCIO G D. Editors' introduction: critical perspectives on Asian American children's literature[J]. The Lion and the Unicorn, 2006(2): vi.

③ 转引自 LAWRENCE K. Laurence Yep[M]. New York: The Rosen Publishing Group, Inc., 2004: 44-45.

身份冲突成为其历史小说的重要主题。可以说,叶祥添的作品填补了美国儿童文学中的一个重要空白。在他之前,没有一部小说介绍过美国华裔的历史,也没有一部作品介绍过不同时代美国华裔的文化身份问题,“包括如何认识自己的族裔身份、如何在两种文化的双重影响下生活、如何在文化冲突中学会取舍和妥协。这些问题都是少数族裔青少年普遍面临的成长困境”①。这也是他的历史叙事能够持续受到欢迎的重要原因。

他是文学创作的多面手。除了科幻、奇幻和历史小说题材之外,他还推出过系列悬疑小说,包括《马克·吐温凶杀案》(*The Mark Twain Murders*,1982)、《汤姆·索亚火灾》(*The Tom Sawyer Fires*,1984)等。他还创作过戏剧,曾将《龙翼》改编成戏剧,在纽约林肯中心和华盛顿特区的肯尼迪中心上演;还创作过两部独幕剧《仙女骨头》(*Fairy Bones*)和《付钱给中国佬》(*Pay the Chinaman*)。他还编辑出版了文学教材《美国龙:25个美国亚裔声音》(*American Dragons: Twenty-five Asian American Voices*,1993)。此外,叶祥添还编辑、改写和重述了很多中国民间故事,出版了《彩虹人》(*The Rainbow People*,1989)。该书收集了20个民间故事,由20世纪30年代在美国加州西部城市奥克兰的华人移民讲述。

他的作品广获好评,获奖无数。他的作品《龙翼》和《龙门》两度获评纽伯瑞儿童文学奖,《猫头鹰的孩子》获得了1977年“波士顿全球—号角书儿童小说奖”(Boston Globe-Horn Book Award)。2005年,他因儿童文学创作的巨大贡献赢得两年一届的“劳拉·英格尔斯·怀尔德奖”(Laura Ingalls Wilder Medal)。他的许多作品还被收录在美国中学文学教材中,成为课堂讨论的必读篇目。

简言之,他的文学创作意义重大,这些作品不仅仅创造了许多受儿童喜欢的人物,而且还为美国华裔先辈正名,成为年轻一代美国华裔重拾族裔自信的源泉之一。

## 第二节　叶祥添小说的唐人街叙事

族裔身份与空间场域之间有着密切的关系。谈凤霞认为:“唐人街无疑

① 芮渝萍,陈晓菊.当代美国青少年文学研究[M].杭州:浙江大学出版社,2017:98.

是最具族裔特色的、最值得反复寻访的地方和空间……作为华人移民及其后代生活的‘流散空间’，唐人街是历史与现在的叠合，是原乡与他乡的拼贴与交杂。”[①]如她所言，叶祥添的“金山编年史”系列小说讲述了一个中国大家族七代人的生活，许多故事场景都设置在唐人街（Chinatown）。我们可以在他的唐人街叙事里看到华人的历史记忆、文化传统和精神面貌。

叶祥添对“唐人街”的书写与他的个人经历与生命体悟是分不开的。叶祥添在唐人街出生，出生之后父母搬进了一个黑人社区。叶祥添每天都要乘公交车到唐人街的双语学校读书。他在唐人街完成了小学和初中教育，熟稔唐人街生活的方方面面。叶祥添表示，他印象中的唐人街“地方不大，那里的人关系亲密，彼此相识”，与他想象中的唐人街是“一致”[②]的。对于文学的写作对象，叶祥添曾坦陈：“你就应该写你亲眼所见的东西，写你思考过的东西，最重要的是，写你内心感受到的东西。所以，我的小说的背景都是小小而又安静的唐人街，因为我在那里长大。”[③]这一点也是受到美国大作家福克纳的启发。叶祥添博士论文研究的是福克纳的小说。他对福克纳小说中的“约克纳帕塔法县”（Yoknapatawpha）很感兴趣。“约克纳帕塔法县”这个“邮票”大小的地方成为福克纳大多数作品的故事背景，也成为福克纳书写乡愁的地方。叶祥添表示自己非常理解福克纳，这也是他为何在历史小说中聚焦“旧金山唐人街”[④]的原因。

他的历史小说常常聚焦唐人街美国底层华人群体，重拾族群集体记忆，传递出文化的乡愁，写出了底层民众的生存状态，凸显了底层关怀。“唐人街”因此成为叶祥添作品中重要的文化空间背景，不仅是在美底层华人居住的空间标志，也成为一个核心主题意象。下面以《龙翼》和《猫头鹰的孩子》两部代表作为例，论述叶祥添表征和阐释唐人街的方式，以及其中所体现出的作者的文化立场。

---

① 谈凤霞.论美国华裔唐人街童年叙事的文化身份建构[J].南京师大学报（社会科学版），2023(1)：17.

② YEP L. Dragons I have known and loved[J]. Journal of the Fantastic in the Arts，2010，21(3)：389.

③ YEP L. Child of the owl[M]. New York：Harper & Row，1977：277.

④ YEP L. Dragons I have known and loved[J]. Journal of the Fantastic in the Arts，2010，21(3)：389.

## 一、建构男性共同体:《龙翼》中的唐人街叙事

在美国历史早期,唐人街“之所以能够生生不息地发展,部分是因为与当时盛行的种族意识形态密不可分,部分也是因为华人努力建立一个自给自足的社区”①。第一代华人远涉重洋来到美国,他们与白人主流社会在语言、饮食、生活习惯、处世之道、教育理念等诸多方面都不一样。人生地不熟,再加上广泛存在的种族歧视,促使华人对美国主流社会采取一种怀疑和排斥的态度,产生强烈的自保和抱团意识。他们聚集到一起,渐渐形成了唐人街社区,建构起了华人文化圈。从某种意义上说,唐人街是美国排华浪潮的产物。

作者在《龙翼》中建构了一个典型的唐人街空间,成功展示了美国华人历史早期的唐人街景象。故事开始于1903年,生活在中国的八岁男孩月影(Moon Shadow)自出生之日起就没见过父亲,因为在他出生之前父亲就离开中国前往美国赚钱。他离开母亲和其他亲友,独自一人前往美国与父亲“乘风者”(Windrider)相聚。这是月影第一次出国,也是他第一次见父亲,是一次全新的经历。初来乍到的月影对唐人街的文化景观进行了细致入微的体察。虽初入唐人街,月影却感到有几分熟悉。他发现唐人街的街道并不宽敞,街道两旁大都是三层楼高的中式建筑,有各式杂货铺、中医铺、衣服店、洗衣房,街头有叫卖的货郎,路边有杀鸡宰羊的屠夫,月影“感觉自己仿佛回到了家”②。唯一让月影感到新鲜的是,他在街头看不到一个女性的身影,“唐人街的男性都在户外聚集,站在人行道上,双手背在身后,友好地交流着”③。作者寥寥数笔,展现了美国华裔历史早期的“单身汉社会”(bachelor society)风貌。

“单身汉社会”是人为制造出来的一种扭曲的社会形态。19世纪末有超过17万移民从中国抵达旧金山,他们大都从事低收入的体力劳动,在美国辛勤劳作,艰难度日。在美第一代华人几乎都是男性,华人女子寥寥无几。这一方面是因为出国路费昂贵,为了省钱,华人男性通常不会携家带口

---

① 王保华,陈志明.唐人街:镀金的避难所、民族城邦和全球文化流散地[M].张倍瑜,译.上海:华东师范大学出版社,2019:30.

② YEP L. Dragonwings[M]. New York: HarperTrophy, 1975: 18.

③ YEP L. Dragonwings[M]. New York: HarperTrophy, 1975: 19.

前往美国；更重要的原因是美国社会的排华浪潮。早期华裔移民因语言和文化差异无法融入主流社会，常常被视作对主流文化的威胁。在大量华人涌入美国之后，白人认为是华人抢走了他们的工作，肆无忌惮地对华人施以暴力。美国国会1882年通过《排华法案》(Chinese Exclusion Act)，实施严厉的排华政策，进一步限制了中国女性入境，肆无忌惮地表达反华情绪，这个法案直到1943年才被美国国会撤销。生活在"单身汉社会"的华人男性都是社会边缘人，他们必须忍受歧视、孤独和暴力。他们没有将美国看作自己的家，幸运的话，可以五年回一次家，然后再返回美国继续务工，但相当一部分华人在美期间无法回国，甚至最终客死他乡。

谈凤霞认为："洗衣店和中餐馆是唐人街底层服务行业人员的生存空间、商业空间和文化空间，是充分反映吃苦耐劳的中华传统精神的劳作场所，也是底层华裔儿童的生活空间和耳濡目染族裔品质的成长空间，因此成为华裔儿童文学中常见的叙事空间。"[①]叶祥添在《龙翼》中便建构了"华人洗衣店"这样一个文化空间。月影的父亲"乘风者"与几位同乡在唐人街一家洗衣店工作，这家洗衣店名叫"桃园三结义洗衣公司"(Company of the Peach Orchard Vow)。至于这家洗衣店为何取这个名字，月影的叔叔告诉他："桃园三结义是一个很有名的誓言，由一个后来成为战神的男子与他的两个结拜兄弟完成，他们发誓为百姓服务，互相扶持。"[②]不难发现，洗衣公司的创办者十分认同中国历史和文化传统，认同忠义诚信的传统价值。

在来美国之前，月影对美国有一种矛盾的认识：美国，一方面是一个布满金山的地方，黄金遍地都是；另一方面，美国也是魔鬼生活的地方，白鬼子随意殴打和杀害华人。来到旧金山之后，月影发现美国并不如人们想象得那么美好，他没有看到"金山"，却真切地感受到了"魔鬼"的存在。月影在来到唐人街住的第一晚就感受到了"魔鬼"的恐怖。父亲所在的洗衣店被白人暴徒包围，不断有人朝他们的洗衣店扔砖头，地上都是碎玻璃。月影详细描述了他看到的恐怖场景：

　　某一刻，我瞥了一眼那些满头汗水、不断号叫的白色面孔，扭

---

① 谈凤霞.论美国华裔唐人街童年叙事的文化身份建构[J].南京师大学报(社会科学版)，2023(1)：17.

② YEP L. Dragonwings[M]. New York: HarperTrophy, 1975: 21.

> 曲成丑陋的面具，满是仇恨和残忍，在我们店外面，有一大片洋鬼子人头攒动。我不理解他们嘴里咆哮的语言，但他们的意图显而易见。他们想要纵火，抢劫，杀人。看到那些面孔，就像看到人类灵魂深处最丑陋的部分。[①]

这段描述真实地再现了早期华人所遭受的歧视和迫害。

面对反华浪潮，第一代移民被迫住在唐人街里，与其他种族疏远，这一点在月影身上就已有体现。正如月影本人所述："已经在唐人街一个月，却从未离开这里。"[②]他频繁地听到或看到华人离开唐人街后遭受迫害的事件："有许多华人因为穿越了我们唐人街与这个魔鬼城市其他地方之间的隐形边界，而头骨碎裂，胳膊或肋骨骨折。有时候魔鬼男孩朝华人扔石头，还有时一群躁动不安的成年魔鬼在唐人街外伺机等候猎物。"[③]由于种族歧视，月影在美国上学成了一个问题。白人不允许月影去"几个街区外任何一家白人学校读书"[④]，只能在唐人街一个破破烂烂的华人学校里读书。偶尔走在唐人街和白人居住区的边界上，还会有白人男孩对他大肆辱骂，甚至朝他扔石头。可以说，身处异乡的月影过早地体味到世间的人情冷暖。

对于华人遭受白人种族主义迫害的历史，叶祥添还通过"乘风者"的父辈和祖辈的悲惨遭遇展示出来。"乘风者"常常跟月影讲述家族历史，让月影倍感震撼和难过：月影的曾爷爷在鸦片战争中因反抗白人而被残忍杀害；月影的爷爷来美务工，正好碰上一些醉醺醺的白人男性，他们戏弄爷爷，想要剪掉他脑后的辫子，爷爷誓死不从，奋力反抗，最后被白人杀害吊在路边的灯柱上。通过"乘风者"的个人口述，叶祥添既展现了早期华人的苦难史，也宣扬了老一代华人自强不息、自尊自爱的精神。

在西方流行文化中，唐人街常常被塑造成藏污纳垢之地，是罪恶的渊薮。一个典型的例子是，臭名昭著的"傅满洲"的宫殿便藏匿于唐人街最隐秘的角落里。《龙翼》则颠覆了唐人街这种极度负面的形象，对其加以正面刻画呈现，尤其表现在"乘风者"所在的洗衣店这一代表性空间上。这家洗

---

① YEP L. Dragonwings[M]. New York: HarperTrophy, 1975: 29-30.

② YEP L. Dragonwings[M]. New York: HarperTrophy, 1975: 52.

③ YEP L. Dragonwings[M]. New York: HarperTrophy, 1975: 51.

④ YEP L. Dragonwings[M]. New York: HarperTrophy, 1975: 50.

衣店就如同一个大家庭，由不同年龄段的华人男性组成，遵循着父慈子孝、长幼有序的中国传统伦理，表现出强烈的共同体意识。这家洗衣店已经开了几十年，能延续如此长的时间，是因为店里的华人能精诚团结，肝胆相照。正如月影的叔叔所言，这不仅仅是一家洗衣店，还是一个“观念”，一个“梦想”，“在危险的时刻和危险的地方，男人必须互帮互助”①。洗衣店既是这些华人移民谋生的场所，也是他们共同的精神家园。在这个“男性共同体”里，人们无话不谈，虽然偶有争论，但最终都能顺利解决。月影进而发现，唐人街里的华人都是一家人，“在一个陌生土地上的陌生人，团结一致，互相帮助，相互保护”②。唐人街成为华人的精神家园，成为寄寓乡愁、慰藉情感、疗愈伤痛之地。故事人物对洗衣店的认同还表现在洗衣店里俯拾即是的中国文化的痕迹。“桃园三结义洗衣公司”的门上写着两个门神的名字用来辟邪，窗户上贴着“福”“禄”“寿”几个汉字。洗衣店内部的墙上则贴着一些红纸，上面用毛笔写着李白的诗歌《静夜思》，以及《易经》和其他中国典籍里面的著名词句，表达了华人对故乡的思念和与祖国文化的深刻勾连。

不过，这家洗衣店里也有不和谐的因素，那就是洗衣店员工“黑狗”(Black Dog)。“黑狗”是洗衣店老板“明星叔叔”(Uncle Bright Star)的儿子。由于父亲管教不严，“黑狗”染上了吃喝嫖赌的恶习，甚至为了一己私利，不惜做出伤害族群的事情。一次，月影在从顾客那里收钱后回家的路上，被“黑狗”偷袭。“黑狗”抢走了月影身上的钱，还打了他一顿。“乘风者”怒不可遏，到“黑狗”所在的黑帮老巢替儿子伸张正义。在与“黑狗”搏斗的过程中，“乘风者”出于自卫杀死了一个黑帮成员。为了避免报复行动，“乘风者”立即带着儿子月影离开了唐人街，租了一处由马厩改建的房子住，女房东是一位名叫惠特劳(Whitlaw)的白人女性。乘风者找了一份维修工作，专门修理白人家里的各种设备。

在唐人街里，“乘风者”爱家庭，讲义气，懂合作，认同中国传统价值观，但他也懂得入乡随俗，愿意积极融入主流社会，表现出了开阔的视野和格局，是早期优秀华人移民的代表。虽然长期生活在唐人街里，但“乘风者”保持着一种开放的心态，对唐人街外的世界充满好奇，一闲下来就找来英文报

① YEP L. Dragonwings[M]. New York: HarperTrophy, 1975: 25.
② YEP L. Dragonwings[M]. New York: HarperTrophy, 1975: 49.

刊学习。他也鼓励月影学好英语，与白人社会接触，吸收消化新的文化。他带着儿子与白人积极交流，“这种互动关系不仅跨越了族裔的界限，而且还超越了阶级、年龄、宗教和性别的界限”①。在父亲的鼓励下，月影不再惧怕与白人沟通交流，心态也更加开放。这也促使月影对中西两种文化的异同进行深入的思考。

叶祥添在《龙翼》中借月影的视角和叙述，展示了丰富的中国文化因素，并有意地对中西方文化进行比较，展示了中西方文化的差异和不同，彰显了主人公对中国文化的认同感，引发读者对文化差异和文化霸权等问题进行思考与反思。月影在叙述中多次采用直译的方式来表达中国人名、事物和风俗，例如“Dry Cup”（干杯）、“Jade Emperor”（玉皇大帝）、“Drunken Genius, Lee the White”（酒仙李白），展现了月影的文化自信，还可以产生一种陌生化效果，激发西方读者的阅读兴趣。在学习英语、与白人接触的过程中，月影敏锐地发现中美文化之间的诸多差异，例如，汉字与英文、阴历与阳历、宣纸与白纸等，借助孩子之口深入浅出地阐释这些文化差异，既展示了文化如何塑造华人儿童对文化差异的感知，也有助于白人青少年读者感受中国文化，理解文化差异，培养跨文化意识。值得一提的是，为了表达对美国种族歧视的恐惧，月影从小说开始就频繁使用“魔鬼”（demon）来称呼美国白人。如此称呼，必然会引发很多白人读者的不适甚至是不悦，好奇背后的原因，而这可能恰恰就是作者想要实现的叙事效果。儿童视角有很强的代入感。借助这种叙事策略，有助于白人读者从华人儿童视角理解唐人街华人的生活困境，可以让他们重新认识美国历史和美国价值观，反思其社会文化中的白人至上主义。

除了差异之外，天真的月影还洞见到中美文化和中美人民之间的共通之处。这一点较为明显地表现在他与女房东的交往中。离开唐人街之后，“乘风者”带着月影去见白人女房东，从未跟白人深交过的月影展开了丰富的想象：

> 她是我第一个近距离看到的女魔鬼，我盯着她看了半天。我

① JOHNSON-FEELINGS D. Presenting Laurence Yep[M]. New York: Twayne Publishers, 1995: 42.

原以为她会有十英尺高，蓝色皮肤，脸上长满了疣子，耳垂一直耷拉到膝盖，走路的时候，耳垂会从膝盖上弹开。她可能有一个像镜子一样闪闪发光的大肚腩，胸部有两大团肉，没准身上只缠了一条腰布。①

这个描写滑稽可笑，却清楚地描摹出小月影内心的不安和恐惧。但在与女房东惠特劳女士近距离接触之后，他发现这个“女魔鬼”耐心、温和、友善、坦诚，根本不是他所想的那样。月影很快就与惠特劳女士及她的侄女罗宾(Robin)交上了朋友。女房东不仅不可怕，还带着侄女指导他英文，教他读书写作，如同家人一般。月影在她身上看到了人性的美好，看到了不同族裔和不同文化的人们和谐相处的可能，这也是作者叶祥添想要传递的重要观念。

这个观念在小说中通过一个重要历史事件传递出来。1906年，旧金山发生大地震，大量房屋倒塌，大批市民无家可归，流离失所。旧金山唐人街几乎被夷为平地，惠特劳女士的住处也未能幸免，所幸的是，小说中大部分人都幸免于难。“乘风者”父子与惠特劳及侄女前往金门公园，在那里与“桃园三结义洗衣公司”的华人同胞重逢。他们一起寻找幸存者，一起吃饭，彼此倾诉和安慰，如同一个大家庭。在经历了诸多事情之后，月影不禁感慨：“我找到了我的金山，构成金山的不是金块，而是人，就像桃园三结义公司和惠特劳一家的人”②。虽然后来美国军队赶到公园驱赶华人，将不同族裔的人区隔开，但叶祥添似乎想传递这样一个讯息：在尊重彼此人性和彼此文化的基础上，唐人街与白人社会之间的“高墙”是可以被打破的，不同族裔可以和谐共处，形成一个“命运共同体”。如此叙事，作者希望西方年轻一代能够跨越种族差异的藩篱，像“乘风者”一样摒弃“我们”与“他们”的二元对立思维，求同存异，互相欣赏，和谐共生。这里也反映出叶祥添对种族融合的乐观精神。

不管如何与白人社会融合，早期美国华人表现出强烈的文化身份认同，唐人街永远都是华人的精神家园，这一点在小说最后表现得淋漓尽致。旧

---

① YEP L. Dragonwings[M]. New York: HarperTrophy, 1975: 101.

② YEP L. Dragonwings[M]. New York: HarperTrophy, 1975: 210.

金山大地震后，旧金山华人不想离开自己的唐人街家园，“桃园三结义洗衣公司”积极与当地政府沟通和谈判。在华人的共同努力下，当地政府最终准许华人在旧址重建一个新的唐人街。“乘风者”与其他同乡一道加入对新唐人街家园的建设中，“共同参与到一个伟大的事业中”①。在他的艰苦努力下，他终于造好了飞行器，却不知如何将飞行器运到适合起飞的地点，正当他一筹莫展的时候，唐人街的同胞及时赶到，齐心协力将飞行器运到山头，助他一臂之力。在试飞成功之后，“乘风者”感悟到亲情和乡情的可贵，他重新搬回唐人街，回到洗衣公司，回归家庭，赚足钱将月影的母亲接到美国，共享天伦之乐。

从以上分析可以看出，在叶祥添的历史小说中，唐人街这一空间的文化内涵并非固定不变的。唐人街成为抵抗白人主流社会的一个庇护所，但并非一座封闭的孤岛，而是一个开放性的空间。借助“乘风者”的传奇经历，作者展示了美国华人对自己中国人身份的深刻认同，同时也表达了对中西文化和谐共处的美好希望。

## 二、回归母国文化：《猫头鹰的孩子》中的唐人街叙事

《龙翼》讲述的是第一代华人移民史，聚焦于父子关系；《猫头鹰的孩子》则是关于移民后裔的当代生活，聚焦于祖孙关系。《猫头鹰的孩子》出版于1977年，主人公是一个名叫凯西·杨(Casey Yang)的第三代华裔女孩，故事发生在20世纪60年代初期。小说从凯西的视角出发，采取第一人称叙述，展现了旧金山唐人街这一地理和文化空间如何促成凯西文化身份认同的转变。

从某种意义上说，这是一部具有自传色彩的作品，呈现了叶祥添本人儿时的困惑和困境。小说主人公凯西在唐人街的遭遇巧妙地折射出作者本人矛盾的文化情结。在成长过程中，叶祥添总感觉自己是异乡人，总感到自己在美国主流文化和中国文化之间左右为难。他曾在自传里写道：“我是个在黑人社区长大的美国华人。孩提时代，我太过美国化，因此无法融入唐人街环境；又太中国化，无法融入其他地方。”②这种纠结的心理感受和无力的疏

---

① YEP L. Dragonwings[M]. New York: HarperTrophy, 1975: 194.

② YEP L. The lost garden[M]. New York: Simon & Schuster, 1991: 91.

离感恰如其分地在《猫头鹰的孩子》中表现了出来。

华人女孩凯西自小就没了母亲，一直跟着父亲巴尼（Barney）长大。妻子去世后，巴尼离开了唐人街，带着女儿四处闯荡，居无定所。他让女儿接受西方文化的哺育，因为他不认同自己的华人身份，一心想要摆脱与华人族群的联系，渴望在美国主流社会过上体面的生活。但事与愿违，巴尼总是四处碰壁，始终无法融入美国白人社会，只能从事社会底层收入微薄的工作（如餐馆侍者、洗碗工、厨师），有时还要靠在当铺当掉家里值钱的东西（如他的婚戒）来生活。巴尼找不到归属感，最终自暴自弃，染上了赌瘾，总想着能够通过赌博而飞黄腾达。在凯西 12 岁那年，巴尼靠赌博赢了一大笔钱，却不幸在街头被一群匪徒抢劫，还被暴打一顿，住进了医院。小说开场便是父亲躺在医院病床上的情景。他没什么朋友，身边除了凯西之外没有其他亲人探望照顾。

巴尼在医院里自顾不暇，将凯西托付给她的舅舅菲尔（Phil）。菲尔是一名功成名就的律师，他势利、自私、自以为是，对凯西表现出傲慢和冷漠的态度。搬进菲尔的豪宅之后，凯西发现自己与舅舅一家人在价值观和生活习惯上大不相同，相处并不融洽。舅舅一家的势利让凯西感到了几分自卑。舅舅在家里还不时会教训她两句，例如“你吃我家的饭，睡在我家的床上。你应该感恩，年轻女士，不是所有人都像你父亲那样”[①]，他甚至还对她施加暴力，曾用手拍打过她的脑袋。舅舅全家都不喜欢“桀骜不驯”的凯西，菲尔还担心凯西给他的女儿带来负面影响。为了惩罚凯西，舅舅决定将她送到唐人街与独居的外婆一起住，这成为凯西人生的重要转折点。

舅舅开车将她送进了唐人街，凯西感觉自己仿佛来到了一个美国之外的地方，“好像穿过一堵无形之墙进入另一个世界”[②]。唐人街拥挤的街道、各种中式建筑都让凯西备感新奇，最让凯西感到惊讶和错愕的是唐人街里的华人。凯西如此描述：

> 我有生之年从未见过这么多中国人。有的人皮肤黝黑；有的人皮肤惨白得像白人。有的人个子不高，圆脸，大嘴巴，厚嘴唇，塌

① YEP L. Child of the owl[M]. New York：Harper & Row，1977：19.
② YEP L. Child of the owl[M]. New York：Harper & Row，1977：25.

> 鼻梁；有的人高个子，瘦脸庞，高颧骨，眼睛挤得像面具里的两条缝一样。有的人身穿普通的美式服装；有的人则穿着配有衬垫的丝绸夹克。他们所有人都挤进旧金山这一小方土地上。有些滑稽，但我觉得尴尬。[1]

以上是凯西对旧金山唐人街的初印象。唐人街位于美国地理、经济、社会和政治的边缘地带，对于已经美国化的凯西而言，当然陌生而又奇特。从她对唐人街华人的第一印象来看，凯西此时是戴着东方主义有色眼镜看待唐人街里的华人，她已经内化了种族歧视却不自知。

在这个异文化环境中，凯西突然发现自己身上似乎起了变化，遭遇了肤色的冲击。受不了唐人街嘈杂的人声，凯西连忙将车窗摇上，却突然发现自己的手

> 好像涂上了蜂蜜般的褐色，就像街上那些人一样……我的双手不应该是这样的……也许这是因为我将自己视作美国人了，所有美国人都应该有白皮肤，就像电视、书籍或电影里呈现的那样；而我现在觉得自己就好像被那些怪物电影里某个疯狂科学家换了一具身体一样，一觉醒来发现身体已经不是自己的了[2]。

身处华人社群的同时，她发现了自己的“华人”身份，因为肤色提醒了她的族裔身份。她第一次意识到自己与美国白人不同，不由自主地厌恶起自己的肤色和身体，一种自我憎恨（self-hating）的情绪油然而生。从这一刻起，她意识到自己是中美两种文化的“双重局外人”。作为第三代美国华裔少女，她无法融入西方主流社会（如舅舅家），在唐人街又迷失了自我，内心难免会产生焦虑感和疏离感。唐人街四周仿佛真的有一座无形的围城，将她困在城中，无处可逃。

凯西的身份危机在遇到外婆之后才得以缓解。这是她第一次见外婆。在舅舅眼里，外婆是一个“古怪”[3]的老太太，食古不化，不近人情。来到外

---

① YEP L. Child of the owl[M]. New York: Harper & Row, 1977: 26.

② YEP L. Child of the owl[M]. New York: Harper & Row, 1977: 26-27.

③ YEP L. Child of the owl[M]. New York: Harper & Row, 1977: 24.

婆家，凯西看到的并不是一个性情古怪的“老巫婆”，而是一个“身材小巧、和蔼可亲、圆脸的女子”①。外婆满脸笑意，就像见到久别重逢的亲人一般，用力地给了她一个大大的拥抱，这个拥抱意味着跨越文化的代际联通。两人很快就熟络起来。外婆十分亲切，边说边笑，富有感染力的笑声让凯西也跟着开怀大笑，凯西已经很久没有感受过这种亲密无间的感觉。

凯西在唐人街住下后，虽然外婆让她倍感亲近，但她并不是生活在真空中，而要面对具体而微的生活细节，免不了要与周围形形色色的人和事物打交道，起初那种疏离感和焦虑感似乎没有减少几分。在唐人街里，她感觉自己就是一个“异类”，与周围环境格格不入，感受到了诸多不适和不便。她的外婆仍然按照中国传统习俗生活，但凯西希望过纯正的美国生活。她不习惯外婆家狭小的房间、与邻居共享卫生间和杀不尽的蟑螂。她不会说中文，也不懂华人的文化传统，难免经受文化冲击，唐人街的食物和饮食方式为凯西的身份认同带来了巨大的挑战。来唐人街前，吃饭时她习惯使用刀叉，而住在唐人街的人却只用筷子，而她根本不会。来唐人街前，凯西喜欢喝可乐或牛奶，而唐人街的人却喜欢喝茶。最让凯西感到尴尬的是她在唐人街的读书经历。凯西虽然长了一副华人面孔，但由于不懂中文，她在班级里频频受到同学排挤，也屡次被老师批评。她从未学过中文，在中文课上像个傻子一样，看着方块字如同看天书一般，还常被老师误解和奚落，让她想要“逃离唐人街”②。值得一提的是，叶祥添在这里巧妙地将一个中国孩子与美国教育系统之间“相遇”的常见情节进行逆转，使美国主流文化读者与中国华裔互换身份，深刻体会中国孩童在美国读书的特殊体验。

为了帮助凯西克服内心的不适，更好地理解美国华裔坚守其文化根脉的原因，外婆给她讲述了一个猫头鹰变身为人的故事，这个故事也成为整部小说的主旨隐喻。就像《龙翼》一样，作者在小说中用了二十多页的篇幅插叙了一个由他改写的中国民间故事，引入了重要的奇幻元素。故事讲述了在森林里有一个猫头鹰家族，一个人类家族的三儿子在捕猎时射死了猫头鹰家族中年迈的母鹰。母鹰的两个女儿茉莉和牡丹悲痛欲绝，决定报复，故意赶跑这家人追逐的猎物。一家人打不到猎物快要饿死，大儿子只好卖身

① YEP L. Child of the owl[M]. New York：Harper & Row，1977：29.
② YEP L. Child of the owl[M]. New York：Harper & Row，1977：45.

为奴，二儿子则割下自己身上的肉供养父母，最后还跳进了锅里，以缓解父母的饥饿。二儿子的灵魂被猫头鹰捉到葫芦中，失去了自由。三儿子听到哥哥痛苦的呻吟声，决心要救哥哥。他趁着猫头鹰家族狂欢的时候，偷走了羽衣，要求他们释放哥哥的灵魂，并娶其中一只猫头鹰为妻。最终猫头鹰茉莉牺牲自我，答应下嫁人类。由于渴望自由，茉莉最终恢复了猫头鹰身份，留下了一块猫头鹰玉坠。讲完故事，外婆拿出她拥有的一个猫头鹰形状的玉饰，称她们都是猫头鹰精灵的孩子。

叶祥添在自传《失落的花园》中写道："《猫头鹰的孩子》这个书名象征了她（凯西）的处境——也是我和大多数美国华裔的处境。"[①]这个猫头鹰的故事是叶祥添对中国民间故事的改写，里面既包含了颇具中国色彩的道德观念（如孝道和忠诚），又具有美国价值观特点（如注重自我价值、遵从生命欲求）。故事情节意蕴丰富，很难简单地区分是非对错。从这个意义上说，这个故事象征了美国华裔的双重身份，"传达了身份错置带来的漂泊感、孤独感和失落感"[②]，有助于凯西理解她的文化身份。在故事的启发下，凯西开始从一个全新的视角看待自己的身份，逐渐认同华人身份，甚至晚上梦到自己变成了一只猫头鹰。

影响凯西身份认同的不仅仅是猫头鹰的故事，还表现在她在唐人街的文化生活上。青少年生存的文化空间会形塑他们的身份选择。随着凯西发现更多中国传统，她也不断成长和改变。外婆不厌其烦地跟她讲述家中摆放的寿星、八仙、财神爷等神像的来历，介绍太极拳、中国麻将、中国象棋等华人娱乐方式，还教她怎么用筷子，如何品尝中国美食。一次，外婆带凯西在唐人街看中文电影。凯西发现，唐人街里放的电影与好莱坞电影不同：中国人不仅是主角，而且"中国人的形象是真实可信的人，可以表现出勇敢和悲伤"[③]。电影中的华人形象给她很大的触动，让她心里不由得涌起了一种民族自豪感，让她有想哭的冲动。外婆还告诉凯西她的中文名是"春味"（Cheun Meih），意思是"春天的味道"。凯西生动地描述了她当时激动不已的情景："我跟着外婆连读了几遍，直到我能吟咏出我自己的名字。我的第

① YEP L. The lost garden[M]. New York: Simon & Schuster, 1991: 1.

② 谈凤霞.论美国华裔唐人街童年叙事的文化身份建构[J].南京师大学报(社会科学版)，2023(1)：24.

③ YEP L. Child of the owl[M]. New York: Harper & Row, 1977: 87.

一个名字,我的真名,我真正的名字!”[①]名字是身份的重要组成部分,是一种特殊的身份记号,对名字的认同表明她已经开始认同她的华人文化身份。

在唐人街生活的日子里,凯西深切地感受到华人历史和文化的魅力。外婆领着凯西对唐人街进行了深入探访,讲述了其近百年的历史。外婆住的唐人街是历史和现在的叠合,处处能看到历史的痕迹。凯西睹物思人,不禁体会到华人先辈在美国创业时的艰辛和坚韧。外婆还讲述了凯西母亲珍妮(Jeanie)少女时期的故事,让母亲的形象在凯西心中活了起来,为凯西提供了安慰和希望。一想到这是母亲生活过的地方,凯西心里油然而生一种亲切感,让她有一种“回家”[②]的感觉。

住在唐人街里,凯西不仅感受到外婆的呵护,也看到一大批可亲可爱的同胞,体会到周围街坊邻居的关爱,真切地认识到华人的精神底蕴。唐人街地方不大,人们大都互相认识,也都尽可能地互相帮助。在外婆的引导下,凯西与唐人街其他华人建立了深厚的友谊。在街头、在茶馆里、在旧金山唐人街的公共空间里,华人之间的嘘寒问暖让凯西倍感温暖,看到了华人之间血脉相连的情谊。外婆受伤住院期间,唐人街华人热情相助,这让她不禁感慨:“一想起他们是怎样努力帮我的,我知道我并不孤独。”[③]在这样一个华人共同体中,凯西可以健康地成长,自然更加认同自己的华人身份。

住了几个月之后,凯西发生了明显的转变,她慢慢地发现自己喜欢唐人街的氛围,喜欢上了中国文化,产生了文化亲近感。她学会使用筷子,喜欢上了中国茶。她不再回避华人的屈辱历史和边缘人身份,而是以积极的姿态接受自己的双重身份。她最终结束了“漂泊无根”的生活状态,在唐人街找到了她的“根”[④],发现唐人街就是她的家。

在《猫头鹰的孩子》中,唐人街是一个中国传统道德规范的生活空间,而外婆就是传统道德模范的代表。作为第一代华人,外婆深知自己的来处,对自己族裔身份有清晰的认知。她吃中餐,信佛教,看华语电影,认同华人文化,恪守中国传统习俗;她与人为善,心态平和,信奉“温良恭俭让”的处世之道。她勤劳谦让,省吃俭用,富有家庭责任感和自我牺牲精神。外婆没多少

---

① YEP L. Child of the owl[M]. New York: Harper & Row, 1977: 143.
② YEP L. Child of the owl[M]. New York: Harper & Row, 1977: 88.
③ YEP L. Child of the owl[M]. New York: Harper & Row, 1977: 195.
④ YEP L. Child of the owl[M]. New York: Harper & Row, 1977: 195.

退休金可取，但从不怨天尤人，而是在一家工厂里缝制衣服赚钱，自食其力开创美好生活。外婆看重亲情人伦，虽然手头不宽裕，但每次晚辈来看她，她“总会留点钱为她所有的孩子和孙辈买小礼物”①。对她而言，家人的快乐要远大于自己的快乐。外婆成为凯西学习的榜样，潜移默化地影响了外孙女的文化身份建构。

外婆虽然十分传统，但心态开放，思想开明，从容地游走于中西文化之间，乐于学习和接受新鲜事物和外来文化，例如她会模仿美国人敲桌子避邪，还喜欢听收音机里的摇滚乐。与凯西的男性长辈不同，外婆非常尊重凯西的个性发展和个人选择：“你不可能和我一样，也不可能和你妈妈一样。你只能是你自己。”②在与凯西相处的日子里，外婆尊重自己与凯西之间的文化差异，同时珍视两者之间的共同点。她有一次跟凯西分享了自己的处世哲学：“尊重差异，珍视你跟他人的共同之处。”③可以说，外婆在凯西面前精彩地示范了何为关爱、理解和无私。凯西对外婆身上的中国文化认同，更是对外婆兼容并包的精神的认同。

外婆严于律己，宽以待人，兼具了西方女性的独立自强和东方女性的宽容慈爱。有一天，外婆家里进了贼，外婆在跟盗贼搏斗中受伤住院，但她没有报警，因为她在搏斗中发现盗贼竟然是她的女婿巴尼。外婆宽宏大量，对巴尼的盗窃行为表现出了理解和谅解。在外婆出院之后，外婆的三个儿女（包括菲尔）都不愿为外婆支付住院费用，凯西对此感到不解和愤怒，但外婆却宽慰她说：“不要对他们太过苛求。他们的头脑中有两种理想家庭的图景：一个是美式家庭，另一个是中式家庭，这两种家庭类型并不总是相吻合，这一点也许使他们成为最可怜的人。”④如此宽容，说明外婆意识到儿子菲尔在文化夹缝中的可怜处境，同时也彰显了外婆自尊独立的精神。对生活方式的选择无疑体现了人的身份认同和价值取向。外婆这里暗示了她的孩子和巴尼都是在二选一，选择美式家庭生活而摈弃中式家庭生活，清楚地点明了他们生活的问题所在。

谈凤霞认为：“在美国白人种族主义强势文化的压迫或引诱下，凯西的

① YEP L. Child of the owl[M]. New York：Harper & Row，1977：147.
② YEP L. Child of the owl[M]. New York：Harper & Row，1977：104.
③ YEP L. Child of the owl[M]. New York：Harper & Row，1977：125.
④ YEP L. Child of the owl[M]. New York：Harper & Row，1977：198.

父亲巴尼和舅舅菲尔走向了被动或主动地‘美国化’道路，在他们的价值天平上，美国资本主义社会推崇的金钱观胜过了中国伦理社会重视的亲情。”[①]如她所言，巴尼和菲尔是第二代移民，在美国长大，认同美国主流文化，试图忘记过去，无视他们与其他族群之间的差异。对巴尼和菲尔而言，唐人街是他们一心要逃离的地方。菲尔不愿意跟母亲住在一起，只想着将母亲送到养老院里撒手不管。外婆住院需要大笔钱的时候，菲尔以投资失败、孩子学费高昂为由拒绝支付医疗费。事实上，菲尔事业有成，家里并不缺钱，他住豪宅、开豪车，已经实现了美国梦。他的选择说明他坚信个人利益至上和物质至上的价值观，却无视家庭亲情和温情。巴尼虽然没有发迹，却跟菲尔相似，一心想要跟唐人街撇清关系。他背弃了孝道，摈弃了中国文化之根，这间接地导致了他悲剧的下场。他心里只想着发财，却不肯踏实工作。为了偿还赌债，他做事毫无底线原则，甚至偷走岳母的猫头鹰玉坠。他只是看到猫头鹰玉坠的商品价值，却忽视甚至无视其中的文化传承。在他眼里，如此精致的玉坠不应该属于生活在底层的外婆，而应该戴在上流社会漂亮女子的脖子上。巴尼主动割断自己与中国文化传统的联系，只剩下对金钱的追求，内心也必然是空虚的。巴尼不希望女儿认同中国文化。巴尼从医院康复之后，一心要带她离开唐人街，他坚信自己培养女儿的目的是“让她成为一个美国人”[②]。但在外婆的感召下，凯西最终还是违背了父亲的意愿，选择认同华人文化。

叶祥添在《猫头鹰的孩子》的后记中写道：“唐人街与其说是一个地方，不如说是一种精神状态，或者更准确地说，是一种心态。这种精神状态和心态，正是我竭力向读者和我自己解释清楚的。”[③]对于第一代美国华人，唐人街是一个温暖的庇护所，就像凯西说的那样，“如果外婆生活的唐人街四周真有隐形之墙的话，那么这墙就像是乌龟壳一样，躲在墙后面的人可以保持温暖，充满活力”[④]。与长辈不同，凯西的生活环境已明显改善，族裔之间相互尊重、平等相待已经成为新的共识。这也为她的双重文化身份的形成铺

① 谈凤霞.论美国华裔唐人街童年叙事的文化身份建构[J].南京师大学报（社会科学版），2023(1)：21.

② YEP L. Child of the owl[M]. New York：Harper & Row，1977：129.

③ YEP L. Child of the owl[M]. New York：Harper & Row，1977：277 - 278.

④ YEP L. Child of the owl[M]. New York：Harper & Row，1977：92.

平了道路。唐人街不再是一个封闭的空间，她可以打破周围隐形的墙，向外寻求更好的发展；唐人街也不是一个需要逃离的场所，因为这里是她的根，能够给她滋养，助她成长。正如芮渝萍所言："凯西对华人文化的认同，并不意味着抛弃了美国文化和美国人身份，而是在认同美国文化和美国人身份的同时，又接受了华人文化和华裔身份，使自己的文化身份增添了多元维度。"[①]来到唐人街之后，凯西从一开始对唐人街的无知和鄙夷，渐渐表现出认同和亲切感，最终为自己兼有两种文化身份而感到自豪，完成了身份上的蜕变，完成了从背离到回归的转变。

著名美国华裔作家汤亭亭（Maxine Hong Kingson，1940— ）曾高度评价《猫头鹰的女儿》，认为小说的许多场面能启发美国华裔孩子直面自己的中国文化身份，并"感到心灵受到抚慰，感觉自己不再特殊，不再孤独"[②]。对许多美国华裔儿童而言，在进行文化身份选择时，要么坚守中国传统文化，要么自觉归顺美国文化。而在这两种道路中间，叶祥添给出了一条中间道路，那就是在中国文化和美国文化之间达成某种平衡。《猫头鹰的孩子》中的唐人街叙事清楚地表明了叶祥添这种文化立场，也充分体现了叶祥添所支持的共存互补的多元文化主义思想。

值得一提的是，美国华裔文学中的唐人街书写通常有两种范式：在第一代华裔笔下，唐人街常常是一处安全的港湾；而在第二代和第三代华裔笔下，唐人街则是一个封闭落后的地方，让居于其中的华人感到压抑，试图逃离。不同的是，在叶祥添的历史小说中，唐人街是介于两者之间的一种空间存在，呈现出一种多元的态势，展现了当代华人开放包容的文化心态。

叶祥添表示，在他之前，儿童文学作家

> 用最粗鲁、最生硬的方式塑造美国亚裔人物。有时，他们笔下的美国亚裔人物是无法同化的异乡人，永远都与美国社会保持距离；另一种情况是，这些作家将亚裔描绘成极度渴望成为美国人的人。跟美国相关的一切事物一定是好的，而与亚裔相关的一切事物都是坏的。超过四千年的文化被描写成落后腐朽、迷信的或十

---

① 芮渝萍，陈晓菊. 当代美国青少年文学研究[M]. 杭州：浙江大学出版社，2017：108.

② JOHNSON-FEELINGS D. Presenting Laurence Yep[M]. New York: Twayne Publishers, 1995: 11.

分危险的。[①]

叶祥添的唐人街叙事无疑是对这两种写作倾向的反拨。他的《龙翼》和《猫头鹰的孩子》等作品中的人物塑造和文化叙事策略等方面体现了以他为代表的新一代华人作家的文化自信和民族情怀。

## 第三节　叶祥添小说的龙叙事

叶祥添曾说：“孩提时代，我讨厌汉语学校，当时我想尽可能地像美国人那样生活。然后，在我 20 岁出头的时候，我开始对我的中国根产生浓厚的兴趣。多年之后，我意识到作为一个美国华裔作家，我应该在中美两种文化之间扮演桥梁的作用。”[②]为了扮演好文化之桥的角色，叶祥添不断从中国传统文化中寻找灵感和力量，中国神话中的“龙”成为他创作的一个重要源泉。

叶祥添深受中国“龙”文化的影响，最直观地表现在他众多作品的书名上：他有十多部作品的书名中都含有“龙”的字眼。这些作品不仅包括多部奇幻小说，还包括以写实为主的历史小说和民间故事集，其中就包括他最著名的两部作品——《龙翼》和《龙门》。他还出版过一部名叫《龙的孩子：一个关于天使岛的故事》的历史小说，讲述他的父辈移民美国的经历。在书名中融入“龙”的字眼，叶祥添并非随意之举，也非哗众取宠，而是要“将他的书与中国传统文化联系到一起”[③]，彰显中国文化的独特魅力和美国华裔高贵的尊严。可以说，“龙”成为他多部青少年文学故事主题和情节中的关键要素，龙的精神构成他作品的精神内核。

### 一、叶祥添与中国龙

众所周知，“龙”几乎是中西方奇幻文学标配式的角色。西方世界的“龙”通常是邪恶和暴力的象征。在以《指环王》（*The Lord of the Rings*）为

---

① YEP L. American dragons: twenty-five Asian American voices [M]. New York: HarperCollins, 1993: 235.

② MARCUS L S. Author talk[M]. New York: Simon & Schuster, 2000: 100.

③ MARCOVITZ H. Laurence Yep[M]. New York: Chelsea House, 2008: 71.

代表的西方奇幻小说中，龙常常让人联想到黑暗、邪恶、无序、混沌，是人类和世界秩序的破坏者，是英雄人物的对立面，是人类的敌人和对手，成为必须被消灭的他者。值得一提的是，美国儿童文学市场推出过不少与“中国龙”相关题材的童书，例如希尔曼（Elizabeth Hillman）的奇幻小说《敏优和月亮龙》（*Min-Yo and the Moon Dragon*，1996）、斯托克（Catherine Stock）的《艾玛猎龙》（*Emma's Dragon Hunt*，1984）、雷切尔·辛（Rachel Sing）的《中国新年之龙》（*Chinese New Year's Dragon*，1992）等。但多部书对龙的刻画都与中国文化不符，例如《敏优和月亮龙》中的龙竟然住在月亮上，长相颇似恐龙。

与西方神话传说中的邪恶飞龙形象不同，中国神话传说中的龙具有截然不同的意蕴。龙是数千年的华夏文化和集体记忆的象征，是中国文化的核心符号，具有丰富的文化内涵，象征着祥瑞和威仪。在古代中国，神龙能够上天入海，还能够呼风唤雨。龙掌管着天气，在干旱时节能带来丰沛的雨水，因此龙图腾成为中国农民的崇拜对象。中国文化还将龙与权力联系在一起，因此中国古代皇宫、黄袍、王座常常用飞龙来装饰。

关于中国龙的知识，叶祥添主要是从他的外婆那里获得的。叶祥添小时候，外婆讲述了许多中国民间故事，这些故事对他启发很大。那些中国故事不仅仅是打发时间的娱乐，而且还“展示了如何在贫困中找到尊严；那些故事将悲伤转为胜利，将死亡置于生活全景之中”①。外婆讲的最多的就是中国龙的故事，叶祥添从她那里知道“中国龙是一种乐善好施的生灵，能为人间带来雨水，帮助农作物生长”②。等他上学识字之后，他发现在很多儿童奇幻小说里，“龙是邪恶的生灵，毁灭村庄，绑架少女，无恶不作，是外婆讲述的祥龙的反面”③。在充分了解了中国龙的故事之后，叶祥添惊讶地发现“中国的系列神话中不存在终极的邪恶……在我们西方神话世界中，超自然力量和自然力量是相对，甚至是敌对的力量……但在中国神话世界中，超自

① YEP L. Dragons I have known and loved[J]. Journal of the Fantastic in the Arts，2010，21(3)：390.

② YEP L. Dragons I have known and loved[J]. Journal of the Fantastic in the Arts，2010，21(3)：386.

③ YEP L. Dragons I have known and loved[J]. Journal of the Fantastic in the Arts，2010，21(3)：387.

然力量和自然力量不过是同一个光谱的不同两端”①。从某种意义上说，对中国龙的深入了解帮助他重新认识博大精深的中国文化和哲学。

在了解了中国龙的故事之后，叶祥添对中国文化开始产生强烈的认同感。他说：“如果有哪种动物与亚洲神话和艺术乃至心灵密不可分的话，那种动物一定就是中国龙。”②他还说：“我们每个人心中都有一条龙，潜伏在意识深处，就如同在池塘水面之下沉睡的龙。一段轻声祈祷、一声喊叫、一阵清风可以唤醒这条龙……如果要选一种能代表亚洲神话、艺术，乃至心灵的动物的话，那就是龙。”③他还表示：“我的文学创作路上布满了龙的轨迹。”④从这个意义上说，他的所有文学作品都是进行龙叙事，都在宣扬“中国龙”的精神。

需要指出的是，叶祥添对龙的理解和书写融入了美国华人历史和文化，具有双重文化特征，已非中国传统神话中原汁原味的龙叙事，但这并没有背离中国龙的精神内核。叶祥添曾说：

> 龙有很多不同的表现形式，总是能适应环境，能挺过各种艰难险阻。美国亚裔在他们的亚洲文化和他们的美国文化之间来回转换，也表现出同样的多样性。正如菲利普·斯莱特在《追逐孤独》中所言的那样，一方面，美国强调竞争、个人主义、独立和技术；而另一方面，亚洲文化则强调合作、共同体、互相依赖和传统。两种文化朝着相反的方向互相拉扯，美国亚裔的灵魂恰恰成为这场拔河比赛中的绳子。⑤

叶祥添这里清楚地阐释了两种文化之间的张力，以及这种张力对美国亚裔的深刻影响。

---

① YEP L. A garden of dragons[J]. ALAN Review, 1992, 19(3): 6-8.

② YEP L. American dragons: twenty-five Asian American voices [M]. New York: HarperCollins, 1993: xi.

③ YEP L. American dragons: twenty-five Asian American voices [M]. New York: HarperCollins, 1993: xi.

④ YEP L. Dragons I have known and loved[J]. Journal of the Fantastic in the Arts. 2010, 21 (3): 389.

⑤ YEP L. American dragons: twenty-five Asian American voices [M]. New York: HarperCollins, 1993: 1.

## 二、叶祥添小说的龙叙事

在他的历史小说中，几乎没有出现什么具有魔幻色彩的龙角色。龙叙事更多是一种隐喻意义上的叙事，目的是展现健康向上、真实可信的美国华裔男性形象，消解文化刻板印象，展示美国华裔丰富的历史经历。

小说主人公“乘风者”是以美国早期华裔“冯如”(Fung Joe Guey)为原型塑造的。1909年，冯如开着自己建造的飞行器在美国加州成功首飞，飞行时间长达20分钟，他因此成为开飞机的华人第一人。叶祥添是在读旧报纸时无意中发现了这个人，经过一番调研之后，他深受触动，决定以他为人物原型进行创作。

在《龙翼》中，中国少年月影只身一人前往美国旧金山，第一次见到他的父亲“乘风者”。对月影而言，美国是一个“异文化”环境。他对美国社会和文化的方方面面都感到新奇，对中美文化进行了饶有趣味的比较，其中就包括中西文化在理解“龙”上的差异。在了解西方人心目中龙的形象之后，月影不由思忖道：“大多数的龙都是善良的生物。它们从水里升腾而出，在天上翱翔，将雨水带给农民。龙可以充满仁爱和智慧，完全不同于洋鬼子想象中口吐烈火、恶毒贪婪的生物。”①他这里清楚地点出了中西文化中龙的差异，为父亲“乘风者”讲述梦中与龙王相遇的故事做好铺垫。

关于中西文化在龙形象上的差异，书中还出现了一个重要细节。白人女房东惠特劳女士曾向月影展示她家漂亮的彩色玻璃窗户，窗户上的图案展示了基督教圣乔治屠龙的画面。她跟月影说龙是“一种非常邪恶的动物，口中喷火，到处吃人，摧毁城镇”②。月影听了之后感到困惑和恐惧，对父亲说：“你应该告诉她关于龙的真相。”③父亲不想让女房东扫兴，就忍住没说，但月影对父亲的沉默并不满意。在听惠特劳女士讲了更多关于龙的观点之后，月影反而对惠特劳女士生出几分同情，因为她不知道真正的龙是“智慧而又仁慈的”④。

他后来再次拜访惠特劳女士家的时候，忍不住向她解释龙的形象，让她

---

① YEP L. Dragonwings[M]. New York：HarperTrophy，1975：34.
② YEP L. Dragonwings[M]. New York：HarperTrophy，1975：107-108.
③ YEP L. Dragonwings[M]. New York：HarperTrophy，1975：108.
④ YEP L. Dragonwings[M]. New York：HarperTrophy，1975：111.

重新认识龙的本质。在听了月影的一番描述之后，惠特劳女士总结道：“也许关于龙的真相存在于美国版本和中国版本之间的某个地方。龙不好也不坏，不善良也不具有毁灭性……如果你爱它，你就会接受它的样子”①。听到这番话，月影不禁对女房东肃然起敬，称赞她是个有智慧的女性，因为她洞见到世上不存在唯一的“真相”：对世间万物的理解取决于视角。在与女房东平等的跨文化交流过程中，他与惠特劳女士和她的侄女罗宾结为挚友，不仅跟她们学会了英文，还了解到更多的美国文化。通过月影和惠特劳关于龙的交流，叶祥添似乎在引导读者理解、包容，甚至欣赏不同文化之间的差异。

除了以上文化的比较，《龙翼》中的龙叙事集中表现在“乘风者”这个人物身上。“飞翔”一直都是人类的梦想。月影的父亲虽然是个洗衣工，却怀揣着这样一个大大的梦想，而这个梦想是与他的一个梦境有关。“乘风者”是月影父亲的绰号，是他到了美国之后获得的。这个名字不是他的同胞起的，也是来自于这个梦境。这个梦对他影响巨大，形塑了他对自我身份的认知，驱使他不断努力追逐飞翔的梦想。

月影来到旧金山不久，父亲有一天带儿子到他个人的工作间里，那里七七八八地摆着一些飞行机器零件。“乘风者”跟儿子讲起了他来美国的第一天晚上做的一个奇特的梦。在梦里，他来到海边的一片沙滩，在沙滩上竟然看到了一条巨龙。巨龙威仪万千，气场强大，原来它是龙王。龙王告诉月影的父亲，他前生的身份是“龙”而不是“人”，“乘风者”是他“前世的名字”②，因为他特别喜欢在空中自由飞翔。“乘风者”是一位“医师”，医术高明，在龙族赫赫有名；他心灵手巧，可以用纸张做出小巧玲珑、栩栩如生的蝴蝶和鸟儿。一天闲来无事，“乘风者”突发奇想，将身体变得硕大无朋，“不断扇动龙翼，想要将太阳上的火扇灭”③，幸好龙王及时制止，否则后果不堪设想。龙王将“乘风者”斩首处死，将其降格为人。他投胎为人后，身上不再带有任何“龙”的特征，但手巧的特点还是保留了下来——他擅长制作风筝。在梦中，“乘风者”又一次发挥他高超的医术治愈了龙王的伤口。为了表示感谢，龙王送给“乘风者”一套熠熠发光的透明龙翼。“乘风者”穿上了这套龙翼，与

① YEP L. Dragonwings[M]. New York: HarperTrophy, 1975: 132-133.
② YEP L. Dragonwings[M]. New York: HarperTrophy, 1975: 32.
③ YEP L. Dragonwings[M]. New York: HarperTrophy, 1975: 38.

龙王一起飞上了天，腾云驾雾一番之后，又跟随龙王一起潜入海底的龙宫。龙王举行盛大酒席招待“乘风者”，还召集他的九个龙子龙女和众多龙孙赴宴作陪。对于“乘风者”未来的命运，龙王跟他坦诚说道：“除非你能证明自己配做一条龙，否则你将永世不可能再次为龙。”①要想成龙，他必须“通过一系列的考验”②。宴席结束，“乘风者”告辞离开，龙王还有些依依不舍，提醒他“记住要留心各种考验，要坚守你柔软身躯中的‘龙性’”③。龙王频频鼓励“乘风者”勇敢通过一系列考验，希望他能超越凡人的世界，回归龙族。作者巧妙地借助这个梦境揭示了他的前世今生，为故事情节的发展做好了铺垫。叶祥添曾经表示，在创作《龙翼》时，他借助“神话故事”来“聚焦小说中的情节设置和人物的成长过程”④。“乘风者”梦想与“龙”一起飞行，他对变身为龙的渴望“形塑了他的选择，决定了故事中发生的事件，并引导了他和儿子两人的成长”⑤。显而易见，这个梦境就是这个神话故事，一个脱胎于中国神话的故事。通过借用中国神话故事，叶祥添将神话和现实有机地融为一体，阐释了华人的龙根和龙魂。

这个故事的时间设置值得玩味。这个梦是“乘风者”抵达旧金山当晚做的。这意味着，他失去的龙的外形实际上是他作为“中国人”的身份，被他留在了中国。保持“龙性”就意味着不能忘本，不能忘记自己的中国身份。

月影的父亲从梦中醒来之后，原原本本地跟其他人讲述了这个奇怪的梦。其他同乡都认为这一切都太不真实，不过是个梦而已；儿子月影却表现出积极的态度，鼓励父亲勇敢追梦，这让“乘风者”大受鼓舞。看到父亲踌躇满志的样子，月影心里不禁感慨道：“我感到，在这个魔鬼居住的城市里，我仿佛终于找到了自己真正的父亲，更重要的是，他是我的朋友和领路人。”⑥月影更加信任父亲，决心帮助父亲实现飞行的梦想。不管别人怎样看，这个梦境让“乘风者”感到无比真实，唤醒了他心中的“龙魂”，给予他力量和信

---

① YEP L. Dragonwings[M]. New York: HarperTrophy, 1975: 40.

② YEP L. Dragonwings[M]. New York: HarperTrophy, 1975: 40.

③ YEP L. Dragonwings[M]. New York: HarperTrophy, 1975: 46.

④ YEP L. Dragons I have known and loved[J]. Journal of the Fantastic in the Arts, 2010, 21(3): 388.

⑤ YEP L. Dragons I have known and loved[J]. Journal of the Fantastic in the Arts, 2010, 21(3): 389.

⑥ YEP L. Dragonwings[M]. New York: HarperTrophy, 1975: 47.

心，让他找到了生活的意义和目标。他决心要继承龙的精神，证明自己的“龙性”，成为真正的“龙人”(The Dragon Man)。

值得一提的是，“乘风者”跟儿子讲述故事的行为具有一种文化意义，隐喻了两代人之间的“文化传承”。因为美国苛刻的法律，早期华人移民只能独自赴美国打工，无法将妻儿老小一并带上，因此他们常常只是将美国视作一个暂时的落脚点，毫无归属感可言。用叶祥添的话说：“因为远离家人，他们喜欢讲故事，不仅是为了提醒自己家在远方，而且是为了展示一个睿智的人如何能在一片陌生且充满敌意的土地上生存下来。”[①]随着美国移民条款的放宽，开始有华人将家人接到美国，有越来越多的华人将根扎在了美国的土地上。华人这时依然还在讲述中国故事，因为“故事可以提醒他们离开或从未见到过的中国。更重要的是，中国故事也会教育他们真正的中国人是如何做事的”[②]。在《龙翼》中，通过讲述飞龙的故事，“乘风者”不仅是在表达自己的文化认同，从某种意义上说，也是在唤醒月影心中的“龙”。有了梦想和底气，月影便可以无所畏惧，勇敢追求自己的生活。

在龙王的召唤下，“乘风者”更加愿意接受各种人生挑战和考验。对于同乡黑狗欺负弱小的恶劣行径，“乘风者”不惧危险，勇闯黑帮，伸张正义；在离开唐人街后，他没有畏难情绪，没有封闭自我，而是积极融入白人社会，努力工作，自食其力；在经历了旧金山大地震后，他不忘初心，重回唐人街，与华人同胞一道在废墟上重建唐人街家园。

对“乘风者”而言，他面临的最大挑战无疑是制造并驾驶飞行器在天空翱翔，用他的话说，这“最终也能最真实地考验我是否配得上再一次变成龙”。[③]“乘风者”热爱制作风筝，但在他做了那个奇幻的梦之后，他开始对机械产生了浓厚兴趣，并梦想着有朝一日开着飞机上天。当听到莱特兄弟驾驶飞机成功试飞的消息后，“乘风者”认为他用不着等下辈子才能飞上天，他这辈子就可以做到。制作和驾驶飞行器是他能飞上天空的唯一希望，也是证明他“龙性”的关键。为了阅读与机械设备相关的英文科学杂志，他在繁重的工作之余挤出时间苦学英文。为了追逐梦想，他愿意忍受痛苦、贫困，以及与妻子长时间的分离，与儿子在十分艰苦的环境下生活。功夫不负有

---

① YEP L. Tongues of jade[M]. New York: HarperCollins Publishers, 1991: viii.
② YEP L. Tongues of jade[M]. New York: HarperCollins Publishers, 1991: viii.
③ YEP L. Dragonwings[M]. New York: HarperTrophy, 1975: 196.

心人，他用了三年的时间终于造出飞行器，并一飞冲天，完成了自己的飞翔梦。“乘风者”成为儿子月影的榜样，也必然会成为新一代亚裔读者的榜样。

在创作《龙翼》的过程中，他发现自己对美国历史早期的中国移民知之甚少，他对美国华裔历史愈加感兴趣，发现了更多值得书写的历史事件和历史时刻，其中就包括华人参与美国州际铁路建设这段历史。为了深入了解这段历史，叶祥添阅读了16本与美国铁路史相关的书，查阅了旧金山和美国其他地方的大量报纸，最终完成了小说《龙门》。

《龙门》的故事以美国淘金热和跨大陆铁路建设为故事背景，讲述了美国华人男孩水獭与父亲和叔叔的故事。水獭的父亲在美国做劳工，水獭跟随父亲和叔叔的脚步，前往梦想中充满机遇的新世界——美国。然而，现实却给他泼了一大盆冷水，在陌生的环境里，这些中国劳工做着最危险的工作，食物少，工资低，还遭受歧视和压迫，过着毫无尊严的生活。这些冲击带给水獭不一样的成长经历。

我们在《龙门》中见证了华裔劳工的勤劳、智慧和英雄主义气概。小说的书名“龙门”无疑指向了“鲤鱼跳龙门”的故事，反映了美国华裔向往美好生活的追求。早期在美华人在建造州际铁路中忍受了极大的困难和不公，这种精神就如同跳跃龙门的鲤鱼。小说除了书名之外，正文中几乎再也没有提及“龙”的字眼和概念，但“龙”的精神贯穿小说始终。小说再现了中国劳工在修筑跨州铁路时的艰辛，同时也表现了华人顽强的生命力。叶祥添不是想要展现美国华裔痛苦的生活，而是要展现他们坚忍不拔的精神，展现他们是如何与其他美国人一道为建设美国作出重要的贡献。

叶祥添在《龙翼》的“后记”中写道：“有数以万计的中国人来到这片海岸，我们却知之甚少。他们一直都是面目模糊的群体：不过是社会学家使用的数字而已，或历史学家操控的死气沉沉的抽象存在，但这些中国人都曾是活生生的人。”[①]他还发现美国流行文化对华人形象的污蔑和伤害及其造成的严重后果。他写道：

> 我一直都有一个目标，那就是对抗媒体中呈现的各种刻板印象。傅满洲博士和他的黄皮肤手下、陈查理和他的幸运饼干的智

① YEP L. Dragonwings[M]. New York：HarperTrophy，1975：247.

> 慧、西部题材电影和电视剧中的洗衣工和厨子，以及各种喜剧中的男仆，所有这些人物形象都并不真实，只是存在于美国白人的想象中。我想要展现的美国华裔是真实可感的人类，美国对他们产生了独特的影响。①

为了应对以上问题，叶祥添创作了“金山编年史”系列小说，书写了近150年的美国华裔历史，塑造了一大批美国华裔形象，将真实可信、有血有肉的华人形象呈现给全世界的读者，这是他创作华裔历史小说的重要目的。

如此孜孜不倦地书写美国华裔历史也是回应叶祥添成长过程的个人困惑和诉求。他曾如此描述他成长时的感受：“我感觉自己很像埃利森笔下的‘隐身人’，无形无状。就仿佛我脸上的所有特征都已经被抹除，我不过是一面空镜子，照出了其他人的希望和恐惧。”②他还说：“如果我想要看清我脸上的特征，我只能戴上好莱坞道具室里散落一地的面具。”③好莱坞创造了很多负面的华人形象，给美国华裔带来了深远的负面影响。华人仿佛千人一面，而且都是丑陋的面孔。叶祥添不希望美国年轻一代继续生活在一个没有族裔身份意识的世界里。从某种意义上看，他的小说就是在唤醒美国华裔潜意识中的那条“龙”。通过塑造积极乐观、自强不息的华人形象，传播中国龙的精神。

在叶祥添的奇幻小说④中，“龙”不仅成为故事主题，更是故事的核心人物。他曾推出过一个“龙”系列的奇幻小说，包括《龙族：寻找失去的家园》《龙钢》《龙鼎》和《龙战》。这些奇幻小说都取材于中国的神话故事，而不是欧洲的恶龙神话。贯穿四部小说的是一条名叫西莫(Shimmer)的龙。她不是一般的龙，而是龙族的公主。一个名叫西威特(Civet)的邪恶巫师盗走了龙族家园“内陆海”(Inland Sea)的水，使龙族无家可归，流散到世界各地。

---

① YEP L. Dragonwings[M]. New York: HarperTrophy, 1975: 247-248.

② YEP L. Writing *Dragonwings*[J]. The Reading Teacher, 1977, 30(4): 360.

③ YEP L. Writing *Dragonwings*[J]. The Reading Teacher, 1977, 30(4): 360.

④ 叶祥添还创作过一本名叫《龙王子》的绘本，这是一个中国版的“美女与野兽”的故事。一条巨大的金色巨龙胁迫一个农民，要求他将一个女儿嫁给他。年纪最小、最聪明伶俐的女儿“小七”为了救父亲，答应嫁给这条龙。巨龙将小七带到他海中的龙宫里，然后他一下子变成一个帅气的王子。小七的三姐嫉妒她，将她从桥上推进水里，试图杀死她取代她的位置，但小七没有死，在好心人的帮助下，小七最终与龙王子重逢。

在《龙族：寻找失去的家园》中，西莫肩负了一个重要的任务：找到并打败巫师西威特，恢复龙族失去的家园。在四部小说中，另一个核心人物是一个名叫“索恩”（Thorn）的人类孤儿。龙公主对索恩的孤独感同身受，与他结下了深厚的友谊，一道经历了各种艰难险阻，完成了各种冒险。作者书写了人类与龙族之间互相信任和互相依赖的关系，展现了勇敢、信任、友谊的价值和意义。叶祥添笔下龙的形象高贵、果敢，具有英雄气概，象征了中华民族不畏艰难、顽强奋斗、生生不息的精神品质。有评论家认为，叶祥添创造的龙王国“不仅是对‘龙主题书籍’的有益补充，而且也是对儿童文学的有益补充”①。

他的奇幻小说的故事主线基本上都是龙族寻找和重建自己失去的家园。从某种意义上说，这些故事隐喻了华人在海外的流散生活：如同龙族一般，无法融入主流社会，精神无所寄托。寻找家园就如同美国华裔重新获得的龙的精神，修复美国华裔传统的基础。在奇幻故事中，叶祥添不仅讲述了精彩动人的故事，还彰显了美国华裔心中的龙魂和龙的精神。

程爱民认为，美国华裔作家“采用、混用或移植中国文学传统中的一些叙事手法，大量使用中国经验、中国神话传说，一方面旨在增强作品的异域性和吸引力，另一方面则试图来对抗美国主流文化，表现他们作为美国族裔的生存体验和民族身份价值”②。诚如斯言，借助龙叙事，叶祥添试图讲述美国华裔丰富的历史经历。在叶祥添的笔下，“中国龙”成为美国华裔自我认可的一种精神力量，龙文化重塑了美国华裔的文化身份认同，能够为美国华裔读者赋能，增强文化认同感。

① JOHNSON-FEELINGS D. Presenting Laurence Yep[M]. New York: Twayne Publishers, 1995: 6-7.

② 程爱民. 论美国华裔文学中的“中国叙事”——以汤亭亭和谭恩美的小说为例[J]. 外国文学研究, 2013(1): 126.

# 第三章　林珮思：中国叙事的“多面手”

## 第一节　生平与创作

林珮思（Grace Lin，1974—　）是美国最负盛名的华裔童书作家之一。林珮思的父母是来自中国台湾的初代移民，而她则在美国土生土长。林珮思没有像两位姐姐一样，走华裔常规的科学家路线，而是选择了画插图和文学创作这两个“冷门”工作。她相信书籍的价值，认为：“书可以消除偏见，使不寻常变得平常，让平凡的生活充满风情。书可以让不同的文化都被大众接受。”[①]

1999 年，她推出处女作绘本《难看的蔬菜》（*The Ugly Vegetables*），从此一发而不可收拾。她创作的作品类型繁多，包括绘本、桥梁书、自传小说、奇幻小说等。迄今为止，她已经创作出版了近 30 部著作，其中大部分图书插图都由她亲自操刀完成。她推出了几个系列，包括中国奇幻小说系列、玲玲和婷婷系列（Ling & Ting series）[②]和“珮思系列”（Pacy series）。2020 年，她推出花木兰电影小说《花木兰》（*Mulan：Before the Sword*）。2023 年，她与凯特·迈斯纳（Kate Messner）共同创作完成绘本《曾经有本书》（*Once Upon a Book*）。

在林珮思的众多作品中，《月夜仙踪》（*Where the Mountain Meets the*

---

① LIN G. About Grace[EB/OL]. [2022-03-24]. https://gracelin.com/about-grace/.

② 该系列包含了四本书：《真不是一模一样》（*Not Exactly the Same!*，2010）、《一起过生日》（*Share a Birthday*，2013）、《傻里又傻气》（*Twice as Silly*，2014）和《一年四季在一起》（*Together in All Weather*，2015）。该书系通过不同的主题将玲玲与婷婷的多个生活场景串联起来。

Moon)最为著名。《月夜仙踪》荣膺 2010 年美国纽伯瑞儿童文学奖银奖[①](Caldecott Honor Book)和儿童文学神话奇幻奖,该书还被收录进美国小学五年级语言课本,作为精品范文要求学生精读赏析。她还荣获很多其他奖项,奇幻小说《海泛银光》(*When the Sea Turned to Silver*,2017)荣获国家图书奖银奖;《小星星的大月饼》[②](*A Big Mooncake for Little Star*,2018)荣获 2019 年凯迪克图书奖银奖;"玲玲和婷婷"系列中的《真不是一模一样!》获得苏斯博士图书奖银奖;她的作品还获得过"美国华人图书馆员协会年度优秀图书奖"(Chinese American Librarians Association Annual Best Book Award)。因她在儿童文学领域中的突出表现和贡献,美国图书馆协会于 2022 年授予她"儿童文学遗产奖"(The Children's Literature Legacy Award)。她不但是《纽约时报》畅销书榜的常客,还曾在白宫展出过作品,被时任总统奥巴马授予"变革先锋"的称号,以表彰她为改变美国亚裔群体的生活所作出的贡献。林珮思的作品在中国也有广泛的知名度,已经有近十部绘本和小说被译介到国内。[③]

作为华裔作家,她的创作具有浓郁的中国风,几乎无一例外都围绕美国华裔生活和中国文化的主题创作完成,大部分人物都是华人,大部分故事都包含中国元素,对其华裔身份和中国传统文化表现出了深刻的认同。她曾在一篇名叫《白雪公主为什么不能是中国人?》的文章中写道:"那些会让读者欣赏美国亚裔文化的书、那些跟当代孩子生活相关的书、那些能鼓舞美国亚裔儿童学会正视自身的书,都是我的努力方向。"[④]通过创作各种类型的文学作品,她把有关华人和中国的故事讲述出来,分享给同样对华人生活和中国文化感兴趣的人们。

她还把童书比喻成"镜子"和"窗户"。她希望她的书不仅是一面镜子,让像她一样的孩子可以正视自己,不会感到孤单。同时,她也希望,她的书

---

① 林珮思是美国历史上第二位荣膺纽伯瑞儿童文学奖的华裔作家。

② 《小星星的大月饼》还荣获"美国图书馆协会 2019 年最值得关注童书""多元文化儿童文学研究中心 2018 年度图书奖""芝加哥公共图书馆 2018 年度最佳绘本""纽约公共图书馆 2018 年度童书奖""《出版人周刊》年度最佳图书奖""《科克斯评论》年度最佳图书奖""《波士顿环球报》年度最佳图书奖"等诸多奖项。

③ 已经译介到中国的林珮思绘本有《难看的蔬菜》(明天出版社,2018)、《玲玲和婷婷》(安徽美术出版社,2018)、《小星星的大月饼》(中信出版社,2019)、《小雪的大被子》(中信出版社,2019)等。

④ LIN G. Why couldn't Snow White be Chinese? [EB/OL]. [2022-03-24]. https://gracelin.com/wp-content/uploads/essay-snowwhite.pdf.

可以为那些西方人打开一扇窗，让他们看到不一样的世界，看到其他民族和族裔的人，意识到不同族裔的人的共通之处，学会共情、分享、理解和包容。

## 第二节　林珮思绘本的中国叙事与中华文化认同

林珮思至今已创作20多部绘本，其儿时的梦想便是成为一名绘本作家，初中时代就开始绘本创作，后来在罗德岛设计学院（Rhode Island School of Design）主修插图专业。毕业后，她正式开启自己的童书创作生涯，职业处女作是一部以美国华裔生活为主题的绘本——《难看的蔬菜》。之后，她创作了多部以华人生活和多元文化为主题的绘本，还多次为其他知名儿童文学作品配过插图。[①] 她的绘本设计精美，趣味盎然，获得绘本界广泛的认可。其中大部分都含有中国元素[②]，深受西方读者的喜爱。虽然林珮思生在美国，不怎么会说汉语，但对于中国，林珮思一直怀有深厚的情谊。她的绘本及其成功正是源自她对中国文化的挚爱，源自她对华裔身份的认同。

近年来，已有多部林珮思的绘本译介到国内，深受国内儿童读者的喜爱，但国内学界却鲜有人关注其绘本的艺术和文化价值。林珮思的绘本充满了中国元素，是传递中国价值观的绝佳范本。本节拟对林珮思独立创作的绘本进行整体性观照，探究她是如何在绘本中进行文化叙事，传递中国价值观，期冀能对国内绘本创作有所借鉴。

### 一、家和万事兴：中国文化绘本的家庭叙事

绘本在儿童生活中发挥了重要作用，因为绘本是幼童观察世界、认知文化、开启社会化的重要媒介，可以激发儿童的审美感受力。作为美国新生代华裔儿童文学作家的优秀代表，林珮思精心挑选了一些颇具代表性的中国传统节日和民俗，创作了一系列介绍中国文化的绘本，例如《点心人人有

---

① 这些作品包括《我的面包圈哪儿去了？》（*Where on Earth is My Bagel?*，2001）、《我最爱的食物》（*My Favorite Foods*，2001）、《玉项链》（*The Jade Necklace*，2002）、《新屋顶》（*A New Roof*，2002）、《中国七姐妹》（*The Seven Chinese Sisters*，2003）等。

② 她也创作过几部“非中国”主题的作品，例如《好，很好，好得很！》（*Okie-Dokie, Artichokie!*，2003）、《奥尔维纳会飞》（*Olvina Flies*，2003）、《罗伯特的雪》（*Robert's Snow*，2004）、《圣诞快乐，大家一起欢唱》（*Merry Christmas, Let's All Sing*，2004）等。

份!》(*Dim Sum for Everyone!* ,2001)、《放风筝》(*Kite Flying*,2002)、《迎新年》(*Bringing in the New Year*,2008)、《感恩月亮:欢庆中秋节》(*Thanking the Moon*:*Celebrating the Mid-Autumn Moon Festival*,2010)等。这些文化绘本大都呈现了华人家庭缤纷多彩的日常生活,建构出特色鲜明、意蕴丰富的中国文化图像,搭配简单易懂的文字说明,生动地介绍了原汁原味的中国文化和民俗习惯,巧妙地诠释和传递了中国传统价值观。

在林珮思推出的文化绘本中,占首要地位的主题当属中国节庆文化,《迎新年》便是其中优秀的代表作。林珮思在这部绘本中展示了一个华人家庭庆祝春节活动的全过程。绘本主要是一种视觉艺术,视觉符号是核心叙事媒介,图像叙事通常占据主导性作用。《迎新年》便集中地展示了中国春节的各种文化符号。绘本封面就让人感受到浓烈的新年气息:整个封面图像的底色是鲜亮的中国红,占据图片前景的是一位华人女孩,穿着一身充满喜庆色彩的新衣服,衣服上印着喜庆的中国传统图案,头上罩着一个憨态可掬的舞狮狮头,身旁还配上了"新年快乐"几个大字,过年的喜庆气息呼之欲出。进入第一页,林珮思没有急着讲故事,而是展示了中国农历新年的一些常见符号,如福字、红包、饺子、旗袍、对联、鞭炮、灯笼等,帮助读者熟悉和学习与中国春节相关的各种事物。接着,作者呈现了一系列华人家庭齐家庆祝新年的画面:新年前夕,一家五口(一对父母与三个女儿)齐上阵,参与到各种迎新活动:大扫除,放鞭炮,贴春联,贴福字,包饺子,穿新衣,发红包,舞龙舞狮等,年味十足,热闹非凡,一家人忙得不亦乐乎。整个绘本的底色依然是中国红,色彩浓郁,年味十足,颇具中国特色。在整部绘本中,童趣在颜色鲜艳的画面中流动,年味在明亮温馨的灯笼中闪动,尽显东方文化的魅力。

中国元素也明显地体现在其他文化绘本中:《感恩月亮》详细介绍了赏月和吃月饼等中秋节的传统和习俗;《点心人人有份!》介绍了精致的广式早茶文化;《放风筝》则介绍了放风筝的习俗和文化意蕴(如风筝可以带走晦气,与天上的神灵对话)以及重阳节的文化传统。这些中国文化绘本都是以孩子的视角来进行构图,讲述华人孩子的文化体验,容易获得孩子的认同,拉近与小读者的距离。中国元素不仅表现在中国主题上,还表现在色彩的运用上。林珮思主要借用水彩和水粉展现出一个五彩缤纷的明亮世界,并借鉴了丰富的中国图案,其艺术匠心在细微处展现得淋漓尽致。她在多部绘本中引入中国传统纹样（如祥云纹、如意纹），展示了中国传统图案和装饰的风采与韵味，表达了喜庆、吉祥、幸福的愿望。例如，在《点心人人有份！》中，从筷子上的纹理到人物服装上的花纹，用色都大胆明亮，看似稚拙的笔触，实则每个细节都十分讲究，饱含心思。对西方小读者而言，阅读林珮思美轮美奂的文化绘本既是一种审美享受，又是一次很好的中国文化启蒙，是了解中国传统文化的绝佳媒介。

林珮思不仅用绘本介绍中国传统习俗，更重要的是，还巧借“家庭叙事”将中国传统价值观以“润物细无声”的方式传递给读者。不难发现，她的绘本人物几乎无一例外都是以家庭为单位呈现，以家庭团聚和集体活动为主，营造的大都是亲密和谐的家庭氛围。书中人物没有具体名字，而是用拼音的传统方式称呼彼此（例如 Ba－Ba、Ma－Ma、Mei－Mei），既凸显人物的“家庭”身份，又让人物更具代表性和普遍性。家庭和睦是家庭幸福生活的基石，在内容上，她的文化绘本弥漫着浓浓的人情味，让人感到平实温暖，传递了“团结”和“分享”的中国传统观念。例如，在《放风筝》中，林珮思用图像呈现了一个华人家庭一起制作龙风筝的全过程。一家人在当地的工艺品店购置好各种原材料，然后分工协作，妈妈负责将棍子粘成飞龙的骨架，爸爸负责将纸张黏在棍子上，妹妹负责剪裁龙的胡须，姐姐则负责画笑脸，最后一家人“画龙点睛”，大功告成，然后一起到户外放风筝。在《点心人人有份！》中，华人一家在中式餐厅里围坐在一张圆桌周围，从装满食物的手推车中挑选早茶，分享彼此的点心，呈现了“分享美食”的中餐饮食传统。值得一提的是，林珮思还巧妙借助人物的空间位置关系来表征中国家庭伦理。在绘本图像中，人物的空间位置常常具有一定的叙事意蕴，特别是两个或两个以上的人物之间的相互位置关系，这种位置关系经常“揭露了两个人心理上的亲密程度或者亲属关系”[①]。在人物设置和布局上，她的绘本跨页左侧常常是父母的图像，右侧则是孩子的图像，这种一左一右的设置从某种意义上表达了“尊重长辈”“长幼有序”的中国儒家人伦关系和秩序理念。

林珮思不仅用绘本介绍中国传统节日，还增加了很多互动性环节，提高了参与性和阅读的趣味。以绘本《放风筝》为例，作者在书中详细介绍了制

① 玛丽亚·尼古拉杰娃，卡罗尔·斯科特．绘本的力量[M]．李继亚，译．上海：华东师范大学出版社，2019：87.

作风筝的全过程。林珮思在图书的封二位置列出了制作风筝所需要的材料，例如纸张、胶水、剪刀、涂料，并用可爱的图像一一呈现，清晰晓畅地讲解了整个制作流程。这种互动性不仅表现在她大部分的绘本中，还出现在她的个人网站上。她的几乎每一部绘本的专题介绍板块都配有相关的互动活动。例如，在介绍绘本《迎新年》内容的同时，作者还设计了四个新年活动：写福字、发电子新年贺卡、制作简单安全的鞭炮、绘制中国龙。[①] 这种多媒介互动式的呈现方式可以有效地传播中国传统文化。简言之，在林珮思的绘本中，华人大都崇尚家庭和睦，彼此包容，相互协助，齐心合力共建幸福生活。作者总是以或显或隐的叙事方式传递出中国传统价值观，表达了"家和"才能"万事兴"的中国传统文化观念。这一系列中国文化绘本浓墨重彩地呈现了中国文化元素，隐性地表达了中国传统价值观，并因互动性而颇具趣味性，符合幼童的阅读和参与习惯。只是，这些绘本并非以情节为导向，故事性不是很强，这种美中不足在她近年来的创作中得到了弥补。

2018 年，林珮思在创作了几部小说之后，再一次转向中国文化主题绘本，创作完成了《小星星的大月饼》，围绕一对华人母女讲述了一个相对完整的故事。

故事中，一位华人母亲做了一个又大又圆的月饼，挂在夜空中。她特别叮嘱名叫"小星星"的女儿不要偷吃。"小星星"把妈妈的话谨记心中，提醒自己不要贪吃；但半夜醒来却忘得干干净净，心里只记得那块月饼。她悄悄地溜去偷吃了一小块；第二天晚上，她又忍不住去偷吃一小块。就这样，她连续几天每晚偷吃一点，直到吃完为止。小碎屑撒了到处都是，如同布满天空的繁星。整部绘本故事发生在黑夜，所以背景颜色为黑色，妈妈和"小星星"穿的睡衣底色也是黑色。另外一个主色调是明亮的柠檬黄，用在了大月饼、月饼屑和睡衣上的星星上。黄色是明亮的颜色，就像点点星光和柔和的月光，点亮了这部绘本，冲淡了黑色可能给小读者带来的恐惧，照亮了儿童读者的心。黑色的夜搭配了黄色的月亮和星星，色彩对比非常强烈，颇具张力。

在阅读过程中，相信很多小读者都会产生两个疑问："小星星"偷吃了月

---

① LIN G. Bring in the New Year [EB/ OL]. [2022 - 08 - 06]. https://gracelin.com/bringing-in-the-new-year/.

饼，妈妈会责怪“小星星”吗？月饼没了怎么办？林珮思最后给出了一个近乎完美的结尾：妈妈没有责怪“小星星”，而是脸上挂着慈祥的笑容，宽宏大度，温柔且有智慧，决定与孩子一起重新做月饼，用“我们一起来解决”的方式化解了小读者心中的困惑和担心。故事中母女之间这种和谐包容的亲子关系是一种至真至美的情感，同时也会启发年轻的父母，探讨应该如何正确对待孩子嘴馋等毛病。

这部可爱又俏皮的作品不仅创造了一个充满童心童趣的小故事，还匠心独具地将科学知识融在故事情节之中，给孩子做了一次成功的科学启蒙。其“科学叙事”最主要表现在“小星星”偷吃月饼的过程。月饼被偷吃剩下的模样正好对应天上月亮变化的样子。借“小星星”吃月饼的全过程，作者把月亮由圆变缺的盈亏变化呈现得清清楚楚，帮助小读者了解月相变化的全过程。[①] 潜移默化中，小读者了解了不少天文知识，甚至还可能悟到“生命循环”的哲学内涵。

著名的儿童文学家郝广才认为，优秀的绘本“会在图中隐含许多讯息，以激发读者的想象，引导孩子产生更多的好奇”[②]，《小星星的大月饼》自然也不例外，暗藏着一些让人意想不到的惊喜。除了故事情节中所呈现的丰富的天文知识，绘本图片细部也蕴含了丰富的天文知识，例如墙上时钟上的月相图、打翻的牛奶在抽屉里流成银河系的模样、食物包装上印着狮子座和射手座的图像。游戏是孩子的天性，阅读绘本因为寻找而有发现的快乐，这样的快乐会激励读者继续寻找，继续发现，最终形成一个正循环。林珮思深谙此道。通过有意设置这些科学“小彩蛋”，林珮思等小读者继续探索科学知识。作者还在书中绘制了擀面杖、竹蒸笼、捣蒜的臼杵等中国厨具以及月亮娃娃等玩具，都颇具中国特色，等着好奇的读者去寻找和发现。

简言之，林珮思匠心独具，巧妙地将中秋节吃月饼的中国民俗与月亮阴晴圆缺的科学常识结合起来，讲述了一个温馨的亲子故事，表现了人伦亲情所带来的乐趣，将中秋节的那种静美、快乐和家人之间的爱传递给每一位小读者。将中国传统文化注入新的创作元素，赋予中国传统文化新的生命，也

---

① 此外，林珮思还创作过一部类似的“亲子故事”绘本——《小雪的大被子》(*A Big Bed for Little Snow*，2019)。该书讲述了一个孩子将羽绒被当作玩具来对待，因为把羽绒被弄破而羽毛纷飞，紧接着户外也下起了雪，借此将冬季下雪的自然现象与孩子的玩闹联系在一起。

② 郝广才．好绘本如何好[M]．南昌：二十一世纪出版社，2009：77.

更容易让西方读者接受。

## 二、和而不同：美国华裔生活主题绘本的文化叙事

除了中国文化主题叙事之外，林珮思还在多部绘本中关注华人在美国的移民生活，从孩子的视角讲述美国华人的日常体验，表现了美国华裔积极向上的生活态度，强调美国华裔文化身份的独特性，引导孩子包容和珍视不同族群和文化的差异性，借助美国华裔家庭的点滴生活来传递“和而不同”的中国文化观念。

她的处女作《难看的蔬菜》便是这方面的代表。该书讲述了一对美国华裔母女，她俩生活在一个不同族裔混居的美国中产社区。“种菜情结”似乎已融入每个中国人的血液里，书中的妈妈也不例外。一年春天，书中的华裔女孩（也是叙述者）跟随母亲在自家后院里种菜，女儿发现周围的邻居都在院子里种花。很快，邻居的花园开满了彩虹一样的鲜花，四周弥漫着香甜的味道，每户人家的花园都漂亮极了。相比之下，她家的菜园则难看许多：只有黑紫色的藤蔓，毛茸茸、皱巴巴的叶片，还有带刺儿的茎和一些小黄花，蔬菜长大成熟之后，菜园的景色也毫无改观，“有些很大，还有疙瘩；有些叶子薄薄的，绿绿的，还有凸起；有些就是黏糊糊的黄色。它们都是难看的蔬菜”①。对此，华裔女孩非常失望和沮丧，对母亲执意种菜心怀不满。但情节很快来了个大反转。一天，微风拂过，整个社区香气弥漫，这“神奇的香气”原来是从女孩家的厨房里飘出来的，是美味可口的“蔬菜汤”的味道！紧接着镜头拉近，一碗热气腾腾的蔬菜汤被置于画面前景，母女二人满是期待地围坐在汤碗周围。华裔女孩尝了一口，不由拍案叫绝：“汤汁的美味好像在舌尖上跳舞，一路笑着进入我的胃里。”②周围邻居也都被菜汤的香气吸引，抱着自家的鲜花纷纷登门拜访，希望能用鲜花换一碗蔬菜汤喝。妈妈不仅与邻居分享了菜汤，还大方地分享了蔬菜汤的做法。故事中的妈妈，用一碗热乎乎的汤，收获了邻里之间的情谊。来年春天，品尝过中国美食的邻居们纷纷在自家花园旁种上了蔬菜，而华裔母女则从邻居那里得到了花的种子，在菜地旁种上了鲜花，整个社区一片其乐融融的氛围。在绘本最后一

① 林珮思．难看的蔬菜[M]．王睿，译．济南：明天出版社，2018．

② 林珮思．难看的蔬菜[M]．王睿，译．济南：明天出版社，2018．

页，作者列出了空心菜、苋菜、韭菜、丝瓜、苦瓜等"难看的蔬菜"的中文名、拼音读法以及简短的介绍，旁边还简要地介绍了"好喝的蔬菜汤"的材料和做法，宣传中华饮食文化，让读者去亲身体会做中国菜的乐趣。读了这个故事，读者们不仅能够认识各种蔬菜，了解播种、收获蔬菜的过程，也能感受到大自然的美丽与神奇。

在主题上，林珮思在这部绘本中意欲彰显"差异"的价值，强调对"差异"的包容。华裔母女在种菜过程中就表现出了与邻居之间的诸多差异：邻居用铁铲铲土，华裔母女则用铁锹翻土；邻居将"英文种子袋"插在花园里标记鲜花位置，而华裔母女则用"中文卡片"插在菜地里标记蔬菜位置；邻居用喷壶给花园浇水，而华裔母女则用水管给菜园子浇水。诸多差异隐喻式地表现了文化身份之间的差异。通过栽种中国蔬菜，华裔母亲表达了自己对文化身份的认同，"华人菜园"也成为一个彰显中国文化差异性的空间。在母亲的引导下，华裔女孩也发现了中国文化的独特价值；而鲜花和蔬菜在绘本结尾图像中的并置则表达了作者"和而不同"的文化观点：不同文化之间的差异是不可避免的，不同文化之间应该是平等的关系，没有哪种文化高人一等，不同文化身份的人应该尊重和接受彼此的差异。

这个绘本故事立意巧妙，意蕴深远，让人不由想起费孝通先生提出的"文化自觉"的十六字方针："各美其美，美人之美，美美与共，天下大同。"[①] 这是费先生认识和处理不同文化与文明之间关系的一种理想。费先生认为：

> "各美其美"就是不同文化中的不同人群对自己传统的欣赏。这是处于分散、孤立状态中的人群所必然具有的文化心理状态。"美人之美"就是要求我们了解别人文化的优势和美感。这是不同人群接触中要求合作共存时必须具备的对不同文化的相互态度。"美美与共"就是在"天下大同"的世界里，不同人群在人文价值上取得共识以促使不同的人文类型和平共处。[②]

① 费孝通. 反思·对话·文化自觉[J]. 北京大学学报(哲学社会科学版)，1997(3)：22.

② 费孝通. 跨文化的"席明纳"——人文价值再思考之二[J]. 读书，1997(10)：4-5.

其理论的要义就是“和而不同”。在故事的最后出现了两个场景：一个是华裔母女与左邻右舍济济一堂，围坐在餐桌前，餐桌上摆放了一大碗蔬菜汤和一盆五颜六色的鲜花，一屋子的人边吃边聊，共享美味的蔬菜汤，脸上洋溢着满足的笑容；另一个场景则近似于社区俯瞰图，社区居民在没有栅栏的草地上聊天玩耍，花园和菜地毫不违和地出现在每户家庭的后院上。中国菜园和美国花园融于一体，共生共荣，是那么和谐与美妙，表现出较高的立意。因此，从某种意义上说，这个故事的主题也契合了费孝通先生所提倡的文化共同体和谐共存的旨趣，折射出中国文化一以贯之的整体思维方式。此外，她在《圆形！圆球》(*Circle! Sphere!*, 2020)、《最后的糖稀》(*The Last Marshmallow*, 2020)等绘本中呈现了不同肤色的儿童互帮互助、和睦相处的共同体生活，表达了某种“文化共同体”的理念。

对于“美国华裔”生活的呈现还表现在林珮思的另一个绘本系列——《玲玲和婷婷》(*Ling & Ting*)。《玲玲和婷婷》讲述了一对美国华裔双胞胎姐妹的故事，记录了两人成长过程中一段段充满温情的小事件。每一本书都包含了六个构思巧妙的小故事，每个故事都以一个机智幽默的玩笑做结尾，令人忍俊不禁。故事以儿童的视角呈现了古怪精灵的双胞胎姐妹戏剧性的日常生活，记录了她们点点滴滴的生活小乐趣。

从某种意义上说，这个系列绘本也传递出“和而不同”的文化理念。玲玲与婷婷虽然长得几乎一模一样，但作者在绘本中并不想表现出她们之间有多像，而是意欲表现她们之间的差异。她们就像镜子，映照出彼此的相同与不同。玲玲与婷婷的不同从两人一起理发开始便有所显现。乖巧安静的玲玲在理发店理发时一动不动，而活泼好动的婷婷却在座位上左扭扭右扭扭，给理发师制造“麻烦”。一不小心，本该“一模一样”的她们，一下子有了标志性的区别：玲玲的刘海整整齐齐，而婷婷的刘海多了个缺口。发型的不同因此成为读者区别两姐妹的重要视觉标志。此外，两个人还有着不同的穿衣风格，她们穿不一样的鞋子，有着迥异的个性。她们之间的不同还表现在日常生活中。例如，两人在家里帮妈妈包饺子，结果两人最终包的饺子样子迥异，一个光溜溜一个胖嘟嘟，因此婷婷打趣说：“你的是玲玲牌饺子。我的是婷婷牌饺子。”[①]在吃饺子的时候，婷婷用筷子吃饺子，而玲玲嫌筷子麻

① 林珮思. 真不是一模一样[M]. 张瑾，译. 合肥：安徽美术出版社，2018：2.

烦,也不接受婷婷喂她的建议,而是改用叉子吃饺子。两人自食其力,各得其所。虽然性格迥异,但玲玲和婷婷总是待在一起,相处融洽,做事有商有量,生活有滋有味。她们喜欢一起行动、一起包饺子、一起理发、一起许愿、一起变魔术。与《难看的蔬菜》中的主题相似,双胞胎姐妹在生活中没有强迫对方与自己一致,而是颇具独立和思考的能力,能够“和而不同”,处处包容、尊重和欣赏彼此的差异。作者意欲强调,无论与谁相处,都应该相互尊重,积极理解、沟通和分享。

创作这个系列,林珮思还有一个重要的目的,那就是打破美国华裔的刻板印象,颠覆人们对于性别的成见。在美国儿童文学史上,有许多讲述华人故事的儿童文学作品戴有东方主义的有色眼镜,强化了中国人或美国华裔的刻板印象,《中国五兄弟》便是其一。林珮思曾在其自传小说《狗年》(*The Year of the Dog*,2005)中讲述了她小时候几乎找不到能客观呈现中国人的书,《中国五兄弟》是她在校图书馆里能找到的唯一一部中国主题书籍。[①]她对此耿耿于怀,在多次采访中提及此事,对这部书的抨击也自然出现在她的绘本中。《中国五兄弟》的开场是:“从前,在中国有五个兄弟,长得一模一样。”[②]而《真不是一模一样!》的开场则是:“婷婷和玲玲是一对双胞胎。她们俩长着一样的黑色眼睛、粉扑扑的脸蛋,连开心的笑容也一样。大家见了她们总说:‘你们真是一模一样!’‘我们才不是一模一样呢。’玲玲说。”[③]如此开场是林珮思对《中国五兄弟》进行了某种互文性改写,为的就是消解西方社会对华裔的刻板印象。这个系列绘本画风平实朴素,故事家常温馨,华裔人物得到了充分的刻画,也确实有助于消解美国主流社会对华人的刻板印象。

这种解构刻板印象的绘画策略还延续到林珮思的其他作品中。她曾为凯西·塔克(Kathy Tucker)的《中国七姐妹》配插图。此书是对《中国五兄弟》的改写,强调团队合作和姐妹之间的互补性。在人物形象设计上,林珮思有意创作出体态、发型和样貌各不相同的七姐妹,正是为了消除性别和族裔刻板印象。

简言之,作为美国华裔儿童文学作家的优秀代表,林珮思在绘本中以美

---

① LIN G. The year of the dog[M]. New York: Little, Brown and Company, 2006: 71.
② 毕肖普. 中国五兄弟[M]. 费方利,译. 杭州:浙江人民美术出版社,2018:1.
③ 林珮思. 真不是一模一样[M]. 张瑾,译. 合肥:安徽美术出版社,2018:2.

国华人的家庭生活为载体，每一幅图像无不体现着华人间浓浓的亲情，图文并茂地传递中国传统的家庭伦理观。她的绘本为幼童量身定做，语言简洁易懂，符合小读者的审美认知能力，适合亲子共读，故事主题贴近儿童的生活经验，较容易在小读者中引起共鸣，既能培养华裔孩子的族裔认同感和自豪感，也能帮助其他族裔小读者认识中国文化和价值观。她用绘本这种几乎没有语言障碍的载体让西方小读者了解中国人和中国文化，用西方人能够看懂的方式讲中国故事，成为沟通东西方文化的使者。

## 第三节　林珮思奇幻小说的中国叙事

中国传统民间故事是美国华裔儿童文学的重要艺术源泉，这在杨志成和叶祥添的文学创作中已有所显露，在林珮思身上表现得更加显著。在她创作的众多作品中，有三部历险主题的奇幻小说——《月夜仙踪》《繁星之河》和《海泛银光》脱胎于中国民间故事，在国内外儿童文学界熠熠生辉，是美国华裔儿童文学民间故事改编的佳作。《月夜仙踪》讲述了女孩敏俐为了改变家乡“无果山”一穷二白的现状，改变全家人的命运，只身前往“无穷山”拜访月下老人的途中所发生的各种奇遇。《繁星之河》讲述了男孩仁迪因为厌恶自私恶毒的父亲而离家出走，误打误撞来到偏僻荒凉的晴空村，遭遇的一连串奇人怪事。《海泛银光》则讲述了女孩品梅与男孩一山为了拯救被皇帝绑架的阿嬷(即她的奶奶)，一同前往“明月光城”和“海底龙宫”寻找解救阿嬷的宝物的故事。在这三部小说中，作者独具匠心地将许多中国人耳濡目染的“民间故事”[①]改编串联起来，配上充满中国元素的精美插图，叙事流畅精巧，内容改编更贴近现代人口味，写出了具有跨文化意义的“新民间故事”。

### 一、分层叙述及其叙述功能

林珮思这三部奇幻小说中的人物、情节和叙事空间不尽相同，却具有一个明显的共同点[②]：情节结构具有叙述分层的特点。

---

① 为了凸显她创作态度认真严谨和故事内容真实可信，林珮思在每一部小说的最后都附上了她查阅过的文献资料。

② 其他共同之处是：虎县令和月下老人在三部小说中都出现过；“明月光城”(City of Bright Moonlight)成为《月夜仙踪》和《海泛银光》两部小说中关键的叙事空间。

只要是叙事文学,就必然会有叙述者,就会出现分层叙述。正如赵毅衡教授所说:“单层次的叙述是不可能的,任何叙述都是复层次的,任何叙述世界都需要一个创造者。”[①]在叙述分层的现象中,“高叙述层次的任务是为低一个层次提供叙述者,也就是说,高叙述层次中的人物是低叙述层次的叙述者”[②]。面对叙述分层,为了方便理解和分析,读者需要区分主次:占据大部分篇幅的叙述就是“主叙述层”,构成叙述框架(narrative frame);下一层次就是“次叙述层”,其中的故事是“嵌入的故事”(embedded story);而讲述主叙述层故事的叙述者(不管是否隐身)身处“超叙述层”。超过三个叙述层次的故事可以被看作“嵌入式叙述”(embedding narrative)。嵌入式叙述又称“故事中的故事”(story within a story)、中国套盒或俄罗斯套娃式结构,是中西方叙事文学中常见的叙述结构。

基于这个理论视角,我们发现林珮思的三部奇幻小说都包含了三个叙述层次:主人公的历险经历构成主叙述层;讲述这条故事主线的是第三人称全知叙述者,隐藏在文本背后,不具有人格化特征,身处超叙述层;主叙述层中的多位角色既是人物,又发挥了叙述者的作用,讲述了多个小巧精悍的故事,被镶嵌在主叙述层的不同位置,构成次叙述层。根据叙述者的不同,次叙述层的故事可以分成两类:第一类叙述者讲述的是别人的故事,自己没有介入故事情节;第二类叙述者(例如敏俐母亲、牧童、祥龙和仁迪)讲述的是自己的故事。

以《月夜仙踪》为例,敏俐离家出发、一路克服艰难险阻找到月下老人、最后回家与父母团圆的整条情节线构成主叙述层次,而敏俐的父亲、母亲、祥龙、牛童等人物讲述的关于虎县令、月下老人、吴刚和天上织女等人物的小故事则构成了次叙述层。次叙述层的故事虽然是碎片式的存在,但很多故事并非孤立存在,而是与主叙述层的情节交叉融合,互有联系,构成了有机的整体。需要指出的是,这三部奇幻小说虽然都具有三个叙述层的情节结构,但也存在些微不同。不同于其他两部奇幻小说,《海泛银光》除了讲述主人公的历险之外,还在主叙述层中增加了一条故事线,讲述了黑色神龟所陷入的困境:黑色神龟被皇帝用定海神针封印在地球上,无法逃脱。该情节

① 赵毅衡.当说者被说的时候:比较叙述学导论[M].北京:中国人民大学出版社,1998:75.

② 赵毅衡.当说者被说的时候:比较叙述学导论[M].北京:中国人民大学出版社,1998:58.

与品梅下山营救阿嬷的情节线并置，交错出现，并在整个故事最后交会出现。

在三部曲中，主叙述层都采用了线性时间逻辑，按照事件时序连贯有序地发展。这种线性情节比较传统，但从读者接受的角度而言，却不过时。主故事线将主要事件清楚明晰地展示出来，更容易被儿童读者理解，符合儿童的认知特点。在叙事开端，每部小说都设置了一个大悬念：面对一个危急的问题，小主人公踏上了历险之旅，身单力薄的主人公是否能如愿以偿？对于这个悬念，情节大都进展到最后一刻才给出答案，读者也因此完成了一段完整的阅读体验。

与完整的主叙述层相比，次叙述层的故事短小精悍，相对独立，具有碎片化特征。这些故事看似杂乱无序，其实不然。小故事的呈现经过了作者的精心设计和谋篇布局，发挥了多种叙述功能，在人物塑造、情节发展和主题烘托等方面发挥了重要作用，赋予小说故事以多义主题和丰富内涵。

次叙述层的故事有助于推动情节发展，为叙事进程提供了动力和支撑，是次叙述层在三部曲中发挥的最重要功能。我们先以《月夜仙踪》为例。虽然生活困苦，但敏俐生性乐观，没有感到绝望，特别喜欢听父亲讲故事。在叙事开端，敏俐的父亲讲过两个故事，一个故事是关于"翡翠龙"的传说，翡翠龙在失去四条龙子之后，悲伤得化为翡翠河，"无果山就是翡翠龙破碎的心……除非翡翠龙不再孤单，至少与一个龙子重聚，否则无果山将永远寸草不生"[①]；另一个则是关于充满智慧的月下老人的故事。这两个故事激发了敏俐想要改变生活现状、为家乡带来好运的想法。敏俐最终踏上了前往无穷山寻找月下老人之旅。这两则故事既解答了敏俐的疑问，又满足了她的好奇心，为敏俐出走历险的情节作好了铺垫，构成情节进展的导火索，为故事进展提供了叙事动力。再例如，敏俐后来来到了"明月光城"，也就是《月下老人的故事》中虎县令的儿子受封郡王得到的那座城。在主叙述层中，敏俐向郡王借走了祖辈传下来的命运簿中的一页纸，后来她用这张纸向月下老人传信。而这片神奇的纸最早出现在次叙述层中，是虎县令不满月下老人对他儿子婚事的预言而从月下老人掌管的《命运簿》中撕下来的。这次插叙无疑为后面情节作了铺垫和预示，埋下了伏笔，顺理成章地将敏俐与月下

① 林珮思. 月夜仙踪[M]. 张子樟，译. 石家庄：河北教育出版社，2016：6.

老人这位神仙联系在了一起，使情节发展变得真实可信。正所谓有果必有因。奇幻小说次叙述层的小故事与主叙述层的重要事件构成了因果关系，通过嵌入式叙事有助于读者理解作者的叙述逻辑。

次叙述层对主线情节的逻辑支持还表现在叙事结构的完整性上。如前文所示，敏俐父亲讲述的“翡翠龙”故事引发了敏俐的思考，开启了叙事进程。在叙事结尾，重获飞翔能力的祥龙背着敏俐返回无果山，祥龙有一种回家的感觉。很快，无果山重新焕发生机，变成了“有果山”。显然，祥龙就是翡翠龙的龙子，敏俐的家乡之所以能够变成青山绿水，是因为祥龙与翡翠龙相聚了。这个叙事结尾的果（“无果山重现生机”）呼应了叙事开端的“因”（“翡翠龙因思念龙子惩罚人类”），使整个故事前后呼应，完整地连接起来。

这种前后呼应的结构也出现在《繁星之河》中。叙事开端，仁迪来到晴空村，发现一桩怪事：月亮不见了。当地客栈老板的女儿佩谊讲述了她曾祖父的故事，这个故事取材于《愚公移山》。她的曾祖父带着儿子誓要将家门口的高山移走，山神看到他意志如此坚定，心生恐惧，自行将山移走了。这也解释了为什么她家门口有一大片空荡荡的石地的原因。但情节发展到后面，客栈客人常夫人却给出了另一个版本的故事：对于佩谊曾祖父的移山计划，山神感到痛苦与愤恨，带着山离开了晴空村，由这座大山撑起来的月亮也从空中坠落。故事发展到最后，在常夫人讲述的故事的启发下，找回自我的仁迪也找到了月亮，那座高山也回到了晴空村，将月亮送到空中，“犹如一颗发光的珍珠，让所有人都沐浴在它的光辉之中”①。月亮的消失、找到和升空构成主叙述层的逻辑主线，整个故事线的呼应和闭合（closure）离不开次叙述层故事的铺垫和支持。

有趣的是，在这些奇幻故事中，次叙述层中出现的故事之间也可以互为因果。例如，在《月夜仙踪》中，村童大福向敏俐讲述了“月雨村的故事”：每到月亮出现的夜晚就会下“种子雨”，整座村庄很快就长满月雨树；而叙事结尾，月亮上的白兔向敏俐讲述了“吴刚的故事”：月下老人惩罚月亮上的吴刚，让他每天晚上都要砍树，掉落的种子正好落在了大福生活的村庄。基于以上例子，不难发现，在林珮思的奇幻小说中，次叙述层次为主叙述层（乃至次叙述层）的情节和事件提供解释和补充，使得主叙述层在情节铺陈上能够

① 林珮思．繁星之河[M]．张子樟，译．石家庄：河北教育出版社，2018：239.

做到“轻装上阵”，脉络清晰，自然流畅，集中围绕主人公展开叙述，不至于因为复杂的“前史”而枝蔓横生，增加读者的理解困难。

除了助力情节发展之外，次叙述层的故事还有助于人物塑造，凸显了主人公的形象。例如，《月夜仙踪》中几乎每个人物都讲述了至少一个故事：敏俐的父亲讲述了《月下老人的故事》和《快乐笺的故事》；祥龙讲述了《画龙点睛》的故事；大福和阿福讲述了《绿虎的故事》。这些故事中都出现了一个相同的人物，那就是名叫虎县令的县太爷。在这些故事中，虎县令表现出鲜明的个性特征：横行霸道，色厉内荏，贪得无厌，是一个典型的反面人物。这个人物在其他两部小说中也都出现过，在第三部变成了虎皇帝，性格也基本不变，因此可以算是扁平人物。作为绿叶的他，衬托出了敏俐、品梅和仁迪这三个主人公阳光、果敢、无私的丰富个性，与这三个不断成长、动态变化的圆形人物形成了鲜明的对比。

此外，次叙述层的故事对主叙述层的影响也是主题性的，有助于主题的烘托。《月夜仙踪》中的《快乐笺的故事》与《大阿福祖先的故事》为阿福与敏俐相遇提供了叙事背景，更重要的是，这两个被嵌入的故事进一步强调了家庭的主题意义，回答了何谓幸福这一核心命题。

综上所述，林珮思的奇幻小说中虽然人物众多，涉及了很多看似不相关的小故事，但作者没有胡乱拼凑，而是借助叙述分层的策略，使整个故事成为有机统一的整体。分层叙述使整个情节丰富多元，主人公形象立体饱满，主题更加凸显，更容易被小读者接受。这也是这三部奇幻小说成为中国主题奇幻文学典范的重要原因。

## 二、中国民间故事的跨文化改写

一种文化中，最小的有意义的单位不是词，也不是句子，而是故事。那些记在书本上、口头流传的民间故事，才是文化中最小的自成一体的有意义单位。这些故事是人类千百年经验、智慧和道德的结晶，它们蕴含着的是最平常的道理，但同时也是最深沉的智慧。作家的使命就是捕捉这些穿行于文化丛林中的生灵，在新的语境中赋予它们新的生命，赋予它们更广阔的世界、更丰富的意义。

中国民间故事一代代口头传承下来，蕴含着普遍意义的母题，反映了集体性心理，呈现出民族文化记忆，是中国文化的宝藏。但很多民间故事属于过去的时代，在价值观和思想内容等方面很难不与现代社会脱节，无法完全满足现代读者的口味，因此需要进行改编或改写。林珮思意识到了这一点，并积极实践。在中国传统神话和民间故事的基础上，她将一些“八竿子打不着”的故事“有机”地拼凑到一起，加入自己的理解和想象，进行跨文化改编，为传统故事注入了更多创意和情感，奉献出一道道文化大餐。

神话传说是民间故事的重要组成部分，在林珮思的小说里被广泛改编使用。以《海泛银光》为例，作者在叙事开端借鉴了中国的上古神话，借阿嬷之口讲述了《女娲补天》的故事。女娲的故事早在《山海经》中便有记载，延续至今有不同的版本，一个常见的版本也是林珮思的小说中采用的版本：远古时代，天崩地塌，天河之水注入人间，女娲不忍生灵涂炭，用五色石补起苍天，砍断神鳌四足撑起苍天，五色石用完时天还没补好，女娲牺牲自己的生命补上了天上最后一个大洞，展示了女娲无私奉献、自我牺牲的高尚情操。林珮思没有止步于此，而是结合小说人物增加了许多新的内容，延续了女娲的故事。女娲补天之后，留下了一滴血、一绺头发和一滴眼泪，这些女娲的“遗产”成为《海泛银光》故事情节的重要元素。一绺头发化成“定海神针”被海龙王收藏，这枚定海神针就像孙悟空使用的如意金箍棒一样可长可短，可粗可细。女娲的一滴血化作了“红宝石”，即虎皇帝渴望得到的“夜明珠”。这个创世神话的改写将女娲补天的故事与虎皇帝想要长生不老、品梅营救阿嬷等所有重要情节都串联到一起，没有显得矫揉造作，表现出林珮思天马行空般的想象力和对故事的掌控力。这些神话故事的奇幻色彩不亚于西方奇幻故事，表现了一种中国式的浪漫。

在主叙述层，林珮思讲述的故事主线都是主人公的探险经历，但有时会附上其他人物的故事。例如，在《海泛银光》中，一条重要的情节线是关于孟夫人的故事。虎皇帝亲自率兵到各地抓壮丁给他修长城，孟夫人的丈夫就被强制拉去修长城。孟夫人已经敏锐地感知到丈夫已经葬身长城脚下，便骑着白马一路狂奔赶到长城那里见丈夫最后一面，还将一面长城哭倒。这条故事线显然取自中国孟姜女的传说，林珮思不仅使其成为主叙述层中的重要故事，还将其与主故事线融合。孟夫人骑着白马与品梅和一山在路上偶遇，对他俩表现出同情心和亲和力，热心肠地将他俩送到“明月光城”，引见给郡王。从叙事学的角度而言，孟夫人不仅发挥了揭示虎皇帝贪婪的主题作用，还符合“帮手”（helper）的人物类型，推动了叙事进程，与故事融合在一起。关于孟夫人的另一处改编是,她并非凡人,而是海龙王的女儿,具有神力。她因为长相标致被虎皇帝相中,但最终誓死不从,在为丈夫办好丧事之后纵身一跃跳到海里,恢复了龙女的原貌。经过这一改写,孟夫人的故事带上了神话色彩,更加完整和生动,更令人回味。

三部曲中另一个重要的神话人物是月下老人,也成为林珮思改写的对象。在中国传统神话中,月下老人是专管人间婚姻的。在《月夜仙踪》中,除了这个神力之外,还赋予他知晓天下大事的能力,所以主人公敏俐千辛万苦要找他寻求答案。如此改写,月下老人身份的变化合理可信。在这部小说中,月下老人除了与敏俐和虎县令等人有互动,还与吴刚的故事有关。在中国古代神话中,吴刚是居住在月亮上的仙人,因冒犯天帝而被罚砍桂树。而在林珮思的笔下,吴刚想要修炼成仙,成功拜月下老人为师,但他本性贪婪,欲壑难填,因激怒月下老人而被罚砍树修炼。在《繁星之河》中,月下老人又换了个山神的名字,并化身凡人"山先生"成为故事中重要的次要人物,在情节发展上也发挥了重要作用。

在林珮思的笔下,除了女娲和月下老人之外,后羿、嫦娥、织女、东海龙王、王母娘娘等各路神仙你方唱罢我登场,上天入海,好不热闹,奇幻色彩十分浓厚。这些神仙人物有七情六欲,懂喜怒哀乐,不会拒凡人以千里之外,更符合现代读者的阅读口味。

除了神话故事之外,林珮思还将许多讲述凡人生活的民间故事进行挪用和改编,也别有一番风味。作者借鉴《塞翁失马》的成语故事讲述了在虎皇帝征兵修长城的过程中,村里一名年轻男子不幸而又幸运的遭遇,展示了"福祸相依"的道理;借鉴《大禹治水》的故事讲述了明月光城的郡王为了治理泛滥的翡翠河的河水选择了"疏而不堵"的策略,造福了一方百姓;借鉴《司马光砸缸》的故事讲述了虎县令的女儿看到弟弟仁迪在皇帝赏赐的瓷缸里溺水,急中生智砸碎水缸救出弟弟,却激怒了虎县令,这个故事表现了女孩的机智和虎县令的冷酷,也让读者明白仁迪为何要离家出走。这些故事都被融入主情节结构中,没有拼贴感,润物细无声地传递了中国智慧。

从小受到西方文化熏陶的林珮思在改写中国传统故事时难免会受到西方文化和文学的影响。同时,考虑到西方读者为主要目标读者的情况下,跨文化改写也自然成为她选择的另一个叙述策略。

《月夜仙踪》和《海泛银光》都讲述了女主人公的历险经历,整个情节设计明显带有西方名作《绿野仙踪》(*The Wizard of Oz*)的痕迹。《绿野仙踪》是美国最伟大的儿童小说之一，是西方奇幻小说的经典之作。该书讲述了一个名叫多萝西的女孩的探险故事。她被龙卷风吹到一个神秘国度，她从一位善良的女巫那里得知一位伟大的男巫可以帮她回家。在寻找男巫的旅途中，她结识了一个想要脑子的稻草人，一个想要一颗心的铁皮人，一头想要勇气的胆小狮子，他们经历了重重困难，最终实现了各自的愿望。不难发现，林珮思的三部曲都或多或少带有《绿野仙踪》的影子，这一点在《月夜仙踪》[①]上表现得尤为明显。在人物塑造上，两个女主人公都是没有魔法的普通人，但她们有自己独特的“魔法”：善良天真，勇敢坚毅，助人为乐。她们在不断的磨砺中完成了蜕变，因此两部小说都算得上是心灵成长小说；在叙事类型上，《月夜仙踪》和《绿野仙踪》都是历险叙事，讲述的是女孩在一个陌生环境中的冒险经历，也都遇到了非人类的旅途同伴，最终也都如愿以偿。正如约瑟夫·坎贝尔(Joseph Campbell)所言：“神话中英雄历险之旅的标准道路是成长仪式准则的放大，即启程—启蒙—归来。这可以被命名为单一神话的核心单元。”[②]在这两部小说中，两个女孩在经受了各种磨难的锤炼之后，都渴望“归家”，因为“家”是两位主人公的理想归宿，“回家”是她们能坚持下来的精神支柱。

除了与《绿野仙踪》互文之外，奇幻三部曲中还有不少内容会唤起人们对其他西方经典作品和故事的联想与记忆。例如，分层叙事结构令人不由想起阿拉伯经典文学《一千零一夜》。在《月夜仙踪》中，月下老人向虎县令透露了他的儿子将娶杂货商的女儿为妻的天机，虎县令不满这桩婚事，派手下杀死那名女婴并误以为成功，结果月下老人的预言最终还是成真，此处明显带有古希腊悲剧《俄狄浦斯王》的经典桥段。在《繁星之河》中，嫦娥的丈夫后羿做了一场梦，一位神仙先带他来到“悲惨宫”，那里的人们拿着五尺长的筷子，因为筷子太长无法将食物夹到嘴里而痛苦不已，然后又来到“喜乐宫”，那里的人们则用长筷互相投喂，其乐融融。这个故事显然是借鉴了西方的“长勺寓言”。在《海泛银光》中，阿嬷讲述了一个有关洪水的故事，整个故事与圣经《创世纪》中大洪水的故事颇为相似，只不过上帝的形象变成了

---

① 不难发现，该书中文版的译名《月夜仙踪》也借鉴了《绿野仙踪》的书名。

② 约瑟夫·坎贝尔.千面英雄[M].黄珏苹，译.杭州：浙江人民出版社，2016：23.

神龙，诺亚换成一个中国女孩，方舟换成定海神针。品梅和一山骑着白龙马进入海底的景象也会不由让人想起“摩西分海”的神迹。这些经典的西方故事已经衍化为文化母题，成为文化基因融入西方读者的血脉中，通过将其巧妙植入故事中，能够有效唤起西方读者的集体无意识，必然让西方读者读起来产生几分熟悉和亲切。此外，中国传统民间故事具有强烈的教谕意义，而融入西方故事则丰富和深化了故事主题。

对于中国民间故事的改写，林珮思还有意融入了现代视角和价值观，其中最明显的是女性视角，表现为女性人物的塑造。在青少年成长小说中，“文本一般都会提供一个青少年英雄主人公形象，他/她对外部世界充满激情、好奇，同时也带有鲜明的反抗气质，孤独且勇敢。而且在性别问题上，文本提供了更多的性别平等，以女性为主人公的故事占到了一半”①。不难发现，林珮思这三部小说的人物也大都具有这些范式特征，尤其是女性人物。在奇幻三部曲中，有两部小说的主人公都是女性（敏俐和品梅）。敏俐和品梅聪明、勇敢、善良、乐观、无私，经历了一路探险的磨练，不断认识自己，获得独立性和主体性。通过赋予女主人公充分的行动力并在情节中建构女主人公行为的事件序列，让女性人物成为故事中的绝对主角。《繁星之河》的主人公虽然是男孩仁笛，但书中最有智慧、最正面的人物却是常夫人，通过讲故事和其他实际行动积极影响了仁迪的成长。此外，《海泛银光》中的阿嬷也是一位独立、智慧的女性人物，还鼓励孙女品梅“要做自己，而不要成为别人”②。所有这些独立自主的女性人物为古老的故事赋予新意，可以成为儿童读者（尤其是女性读者）学习和效仿的榜样。

## 三、“讲故事”的叙事意义与价值

听故事和讲故事是儿童读者理解与认知世界的基本方式。世界充满各种不可思议的好故事，能够使不可能的事情变得可能，具有无法抗拒的力量，能够启发和形塑小读者的想象力与价值观。

程爱民认为：“一些华裔小说借鉴了话本小说的‘说故事’叙事技巧，吸收了口头传统所特有的创造性，为读者（包括中国和美国读者）展现了一个

① 沈宏芬．成长小说[M]．北京：外语教学与研究出版社，2022：154.

② LIN G. When the sea turned to silver[M]. New York：Little，Brown and Company，2017：9.

既熟悉又陌生的想象世界。”[①]林珮思这三部奇幻故事的一个核心情节手段和母题就是“讲故事”(storytelling)。三部奇幻小说中几乎每个人都甘之如饴地听别人讲故事，也讲了很多故事，其中还有一些是讲故事的“行家里手”。例如《月夜仙踪》中的敏俐父亲、《繁星之河》中的常夫人和《海泛银光》中的阿嬷。他们虽然是次要人物，但都是充满智慧、受人尊重的智者型人物。这一点在阿嬷身上反映得尤其明显。阿嬷善讲故事，远近闻名。她与外孙女品梅住在半山腰，地段偏僻，但即使是冬天，村民们也会爬山到阿嬷家里，挤在一起听她讲故事。村民、士兵和地牢里的囚犯都直接尊称她“讲故事者”。阿嬷被皇帝抓走关在地牢时，因为阿嬷的特殊身份，狱卒对她也是礼让三分，多给她一些食物，给她送衣服让她保暖。阿嬷的狱友在得知她的身份之后，对她交口称赞：“你能让时间静止；你能带我们到我们从未梦想过的地方去；你能让我们感到悲伤、快乐和平静。你拥有强大的魔法”。[②]这一段话可以说是对“讲故事者”的最高评价。

故事和讲故事的“魔力”集中表现在三位主人公的成长经历上，给予了他们成长的力量和探索未来的信心，帮助他们重新认识自我，找到自我。

在《月夜仙踪》中，敏俐的父亲喜欢讲故事，对生活充满乐观精神；与之相对，母亲则“动不动就叹气”[③]，她“一直不赞同丈夫所讲的故事，因为她觉得这些故事会让敏俐变得不切实际、净做白日梦”[④]。虽然母亲不相信故事的力量，但父亲每天晚饭的时候都会给女儿讲故事听，为的是“让她不会变得像其他村民那样面容暗淡、沉闷无趣”[⑤]。父亲精彩动人的故事也“总让她惊奇，兴奋得双眼发亮，有时甚至连母亲听了也会微笑，虽然同时她还会摇摇头”[⑥]。生活在物资极度匮乏的穷乡僻壤之中，父亲的故事如同一扇窗户，打开了敏俐的眼界，激发了她对美好生活的向往和对家庭的责任感，也促使她决心前往无穷山寻找月下老人。她纯洁的心灵最终让她得到了精神

① 程爱民. 论美国华裔文学中的“中国叙事”——以汤亭亭和谭恩美的小说为例[J]. 外国文学研究，2013(1)：124.

② LIN G. When the sea turned to silver[M]. New York：Little，Brown and Company，2017：151.

③ 林珮思. 月夜仙踪[M]. 张子樟，译. 石家庄：河北教育出版社，2016：2.

④ 林珮思. 月夜仙踪[M]. 张子樟，译. 石家庄：河北教育出版社，2016：7.

⑤ 林珮思. 月夜仙踪[M]. 张子樟，译. 石家庄：河北教育出版社，2016：3.

⑥ 林珮思. 月夜仙踪[M]. 张子樟，译. 石家庄：河北教育出版社，2016：3.

上与物质上的双重财富。

在《繁星之河》中，曾是富家子弟的仁笛最初有几分任性、自私和傲慢，离家出走之后，阴差阳错来到晴空村。他对周围的人一直保持着一定的距离，对他个人的往事三缄其口。客栈的客人常夫人则喜欢讲故事，讲了很多温馨感人的故事，再加上她对其他人的热情和关爱，仁迪逐渐被感动。常夫人也鼓励仁迪讲出他自己的故事："因为我想认识你……人们讲故事时，会分享自己的经历"①。在周围人们的鼓励和信任下，仁迪敞开了心扉，讲述了自己的故事。讲述故事的行为以及听者对他讲述的积极反应，促使他与往事和解，重拾希望，找到自我，最终成长为一个善良、成熟的男孩。

在《海泛银光》中，品梅虽然有个善于讲故事的阿嬷，但她害羞腼腆，将自己定位为一个"胆小如鼠、胆怯懦弱、寡言少语的女孩"②，根本不敢在众人面前开口讲故事。阿嬷被皇帝绑架，她家的房子也被烧毁，品梅在迷惘和矛盾中挣扎，不知如何是好。一山带着她去解救阿嬷，在历险途中，"故事"是品梅打动陌生人、让他们施以援手的唯一手段。在阿嬷等人的鼓励下，在各种艰难险阻的锤炼下，品梅慢慢克服恐惧，实现自我认同，获得自信，大方地给认识或不认识的人讲了很多精彩的故事，最终成功接过阿嬷手中的接力棒，成为受人尊重的"讲故事者"。可以说，通过讲故事和理解故事，品梅不仅拯救了阿嬷，也实现了自我飞跃。

除了助推主人公的精神成长之外，"讲故事"对一些次要人物的塑造也发挥了重要作用。例如，敏俐和祥龙在前往明月光城的路上，遇到一条橘色大鱼，大鱼误将祥龙认作她的亲戚"金姑姑"，并讲述了鱼儿们广为传诵的鱼跃龙门的故事：世间某座山上有道龙门，龙门是通往天空的一道入口。如果有鱼能逆流而上，跳过龙门，就会化为飞龙。祥龙对鱼儿沿着瀑布逆流而上抵达龙门的信念表示质疑，但"小人物"为何不能有"大梦想"呢。在回家途中，敏俐和祥龙发现了一条橘色的飞龙，想必这就是那条想要跳龙门的橘色大鱼或她的金姑姑吧。这里可以说是作者的神来之笔，揭示了讲故事能够让人们忘记绝望，燃烧希望，提醒人们遗忘已久却异常珍贵的东西。在《海泛银光》中，一山的母亲"美雅姑姑"病入膏肓，临死前只有一个愿望，就是让

① 林珮思. 繁星之河[M]. 张子樟，译. 石家庄：河北教育出版社，2018：225.

② LIN G. When the sea turned to silver[M]. New York：Little，Brown and Company，2017：87.

阿嬷讲《人参男孩》的故事。这个故事让她再一次体会人性的复杂，再一次相信正义终将战胜邪恶。听完故事，美雅姑姑不留遗憾地离开了人世，这也成为她与世界告别的方式。对美雅姑姑而言，“讲故事者”如同造世主一般，创造了一个虚构而又真实的美妙世界。她可以将自己代入永恒的故事中，体验平凡生活所不能体验的，为自己平凡的生活画上句号。

从更高的层面上，对林珮思而言，“讲故事”还具有重要的社会功能。正如林珮思在《繁星之河》的后记中写的那样：“我希望自己的书可以让不熟悉这些民间故事的读者产生好奇心，进而去阅读这些故事。”[①]创造性地讲述这些中国故事，可以激发各国儿童读者对中国民间故事和中国文化的兴趣，增进对中国文化的理解；还有助于美国华裔儿童的身份认同，为美国华裔儿童提供了可以替代金发蓝眼灰姑娘的童话人物，[②]在华裔读者中培养和激发“文化共同体”意识。

“讲故事”将存在或不存在的人和事一代代地传递下去，实现了永恒。这也是奇幻三部曲的核心要义。在《海泛银光》中，虎皇帝渴望能够长生不老(immortality)，也做出了各种努力，但都无功而返。主人公品梅最终发现，没有谁可以不朽，能够不朽的只有“故事”。[③] 这就是林珮思的“故事观”，也是她创作这些故事的终极目标，是她从事文学创作所秉持的信念。正如林珮思本人所言，她之所以喜欢“讲故事”，是因为“故事是我们分享我们的生活、分享生命逝去时我们真正哀悼的东西；故事将我们与过去联系在一起，将我们带向未来；故事是我们珍视的东西，是我们的记忆。这就是我为何要创作文学，为何将我的作品作为谦卑的礼物送给你”[④]。这从某种意义上与汉娜·阿伦特(Hannah Arendt)的观点相契合。她认为：“除了通过讲故事，否则我们无法说清生活是什么样子，无法描述造化如何弄人。”[⑤]生活和文化的复杂性无以复加，只能通过精彩的故事来表达和传递，林珮思的

---

① 林珮思. 繁星之河[M]. 张子樟，译. 石家庄：河北教育出版社，2018：247.

② WALTON J Y. Q & A with Grace Lin [EB/OL]. (2012-10-01)[2022-10-20]. http://www.publishersweekly.com/pw/by-topic/authors/interviews/article/43773-q-a-with-grace-lin.html.

③ LIN G. When the sea turned to silver[M]. New York: Little, Brown and Company, 2017: 357.

④ LIN G. When the sea turned to silver[M]. New York: Little, Brown and Company, 2017: 370.

⑤ 汉娜·阿伦特，玛丽·麦卡锡.朋友之间[M]. 北京：中信出版社，2016：440.

奇幻小说可以说做到了这一点。

总之，林珮思将中国传统故事与西方故事原型和经典桥段融为一体，实现了故事性和思想性的有机融合，从微观上实现了人类文明交流、互鉴、融合发展。在不同文明的互动进程中，儿童文学应有一席之地。通过对中国民间故事的改写，故事情节中贯穿着对幸福、快乐、友谊、家庭、自我等重大命题的思考，像是一部有深度的成人童话。虽然用了古老的传说，表达的却是人类共通的情感。

传统上，奇幻小说文类一直与白人作家和西方文化相关，华人的奇幻文学在历史上并不多见。林珮思在这方面作出了有益的尝试。她积极对民间故事进行挪用或重写，发挥天马行空般的想象，讲述了一个个充满中国文化特色的作品，传递了积极向上的价值观。通过改编中国民间故事，林珮思激活了中国文化资源，展现出别具一格的民族文化景观，将古老深奥的中华文化生动有趣地展现在世界读者面前，表现出明确的中国文化认同，彰显了自己的文化身份，在美国华裔读者中积极构建族裔文化记忆，同时有效地平衡了民间故事的民族性和世界性。

我们可以从林珮思的奇幻小说中汲取有益于中国故事表达的叙述策略和手段。她的奇幻三部曲通过独特的叙事手法，不仅很好地表达了亲情、友情和个人成长等主题，同时又在不同叙述层次的交流中融入了中国元素，形成了别具一格的奇幻风格，对我们“讲好中国故事”有一定的借鉴意义。

## 第四节　林珮思自传体小说的文化书写

在小说创作上，除了著名的奇幻三部曲之外，林珮思还以自己的童年经历为蓝本接连创作了三部小说——《狗年》《鼠年》和《饺子时光》。这三部小说塑造了一个与作者同名的美国华裔少女——“格蕾丝”(Grace)[①]的形象。三部曲贴近美国华裔少女的现实生活，颇具时代感，真实再现了美国华裔少女的成长过程和精神风貌，广获好评。这三部曲是林珮思对自己童年的回望，充满了作者的真挚情感，表达了她对童年的热爱。

① 三部小说中的主人公名叫格蕾丝·珮思·林(Grace Pacy Lin)，为了将她与作者的名字“林珮思”区分开，本书统一称主人公为“格蕾丝”。

这三部曲都是现实主义作品，以线性时间为序，从一个孩子的角度去观察和理解她身边的人和事，讲述一段具体时间里主人公的成长经历。绚丽多彩的童年生活展示了她“自我成长”和“自我发现”的历程。在这三部小说中，格蕾丝是主人公，也是小说的主叙述者。《狗年》讲述了格蕾丝在美国学校里交到了最要好的朋友，还在全国作文大赛中发现了自己的写作和绘画的天赋，下定决心将此当作自己终生追求的事业。《鼠年》讲述了格蕾丝如何面对人生中的很多变故，尤其是她最要好的朋友搬到了千里之外的加州。《饺子时光》则介绍了格蕾丝与父母回故乡中国台湾探望亲属，格蕾丝在台湾这个“异文化”环境中感受到刻骨铭心的跨文化体验。这三部小说故事相对独立，同时又互有关联。小说中的所有人物都是以作者及其家人和朋友为原型创作完成。这三部小说细致入微地描写了作者不同人生阶段的成长经历，展现了一位普通美国华裔女孩对身份、家庭、友谊和文化的复杂感受，成功地展示了以格蕾丝为代表的二代华人少女的成长历程，将华裔少女在美国文化语境中成长的复杂性展现得淋漓尽致。

## 一、文化身份危机与主体性建构

美国华裔儿童的成长与文化身份认同有着千丝万缕的联系。始终贯穿整个系列小说的核心话题是“文化身份”。对文化身份的困惑和思考集中体现在女主人公格蕾丝身上，成为她怎么也避不开的一个问题。

格蕾丝与姐姐莉茜（Lissy）和妹妹琪琪（Ki-Ki）都在美国出生长大，在纽约州一个名叫“哈特福德”（Harford）的小城里生活。格蕾丝与家人住在一个以白人为主的社区，在她童年的大部分时间里，她们家一直是当地唯一的华裔家庭，格蕾丝也自然成为她所在小学里唯一的华人学生，肤色与长相在同学中显得颇为扎眼。生活在这种校园和社会环境中，格蕾丝从小就认同自己的美国人身份，进而讨厌自己的华裔身份。她不想学习中文，也不喜欢中国文化，假装自己与华裔身份毫无关系。

然而，这种美国身份认同在一次校园晚会上被击得粉碎。临近期末，格蕾丝的学校组织同学上演美国故事《绿野仙踪》，每位同学都可以自选角色报名参加。与很多女同学一样，格蕾丝非常喜欢故事中的女主角多萝西，渴望能有机会扮演她，还希望借此检验自己是否有当演员的天赋。在试演角色前，她询问白人女同学自己是否能扮演女主角，这位同学先是一惊，然后充满种族优越感地回应："你不能扮演多萝西……多萝西又不是中国人。"①这个回答顿时给格蕾丝带来了极大的冲击，让她明白一个道理：身为华裔的她是无法真正融入美国白人文化语境，无法被主流社会完全接纳。白人同学的"质疑"让她感受到了肤色差异带来的身份差异，也让她在身份认同方面产生了深深的困惑。其实，这种困惑在她的名字上已有所体现。主人公有两个名字：在学校里老师和同学都称她"格蕾丝"，而回到家里她的家人则叫她"珮思"，这两个名字分别指向了她的美国人身份和华人身份。对于她的"双重身份"，她的白人老师颇为不解，她自己也困惑不已，反映出主人公在文化身份和身份认同上的困境。

后来发生的另一件事情则对格蕾丝的身份认同产生了更大的冲击。一年夏天，她参加了一个专门为祖籍为中国台湾的华裔孩子组织的夏令营。参加夏令营的女孩基本都会讲中文，她们却发现格蕾丝听不懂也不会讲汉语，为此大为不解，进而心生鄙夷，认为她"已经彻底美国化了"②，甚至称她是"香蕉人"③(Twinkie)。这个英文单词专指在美国出生长大、并完全融入美国文化的华人，即"外面是黄皮肤，内心却是白人思维"④。格蕾丝一下子因为语言问题沦为异类，引发了她的心理危机。虽然事后母亲百般安慰，她却心有不甘，向母亲哭诉："这不公平。对于美国人，我太中国了；而对于中国人，我又太美国了。"⑤这次夏令营的遭遇再一次让她无所适从，陷入了深深的身份危机中。

这种危机甚至延续到后来她与家人一起前往中国台湾的探亲之旅。她在台湾再一次遭遇"失语"的窘境：她不会讲中文，没办法跟当地人交流令她尴尬不已。但对台湾同胞而言，格蕾丝黑头发黄皮肤，就是"自己人"，对她不会讲中文感到十分不解和不满。她常常被不知情的陌生台湾同胞当作"异类"。每当遇到这种情形，她脑海中就会浮现在夏令营被看作"香蕉人"的那一幕，心里备感纠结和苦恼。

格蕾丝的文化身份困境，究其原因，一方面是她主观上渴望融入美国主

① LIN G. The year of the dog[M]. New York: Little, Brown and Company, 2006: 70.

② LIN G. The year of the dog[M]. New York: Little, Brown and Company, 2006: 100.

③ LIN G. The year of the dog[M]. New York: Little, Brown and Company, 2006: 101.

④ LIN G. The year of the dog[M]. New York: Little, Brown and Company, 2006: 101.

⑤ LIN G. The year of the dog[M]. New York: Little, Brown and Company, 2006: 105.

流文化，希冀在学校集体中找到认同感和归属感，因此使她陷入某种本质主义身份认同误区；另一方面，美国华裔客观上在美国历史中大部分时间处在一种近乎“隐身”的状态，被主流社会无视，这也是格蕾丝自己体悟到的。扮演多萝西的梦想破灭之后，格蕾丝就开始思考为什么她读过的故事中没有哪个主人公和她一样？[①] 她还不解地询问麦乐迪：“为什么中国人从来都不重要？”[②]格蕾丝进而意识到“美国华裔”在美国流行文化中似乎鲜有露面。她对华裔同学麦乐迪说：“你从未在电影、戏剧和书籍中碰到一个中国角色。”[③]麦乐迪不赞成格蕾丝的观点，觉得这完全是她想当然的谬见。为了求证是否真的如此，两人一同前往校图书馆寻找中国主题的书，结果图书管理员找了半天，只给了她们一部绘本——《中国五兄弟》。格蕾丝根本不认为这是一部真正意义上的中国主题书：“这些不是真的中国朋友……你的弟弟可没长辫子。”[④]她拒绝让充满东方主义色彩的书籍来定义她的亚裔身份，也从此开始了她族裔身份的觉醒。

格蕾丝对“自我”的发现之旅开始于《狗年》。《狗年》故事发生在中国春节前夕，佩西一家人庆祝“狗年”的到来。对中国人而言，狗年有着美好的寓意，象征了好运、财富、友情和家庭团聚。家人认为人们在狗年能够“找到自己”，因此佩西非常希望能在这一年发现自己的天赋，找到自己擅长的事情，选择最适合自己的人生路，明确生命的意义。她积极融入校园生活，积极参加学校组织的各项活动，希望能够找到自我，却遇上了一些挫折。她参加学校晚会的戏剧表演，但没能出演女一号“多萝西”；她参加了校园科技比赛，也是无功而返。最终，一次全国性的写作大赛为她建构文化身份提供了契机。

在老师的鼓励下，格蕾丝参加了一场全国性的写作大赛，要求独立完成一部图文并茂的作品，不仅要进行创意写作，同时还要自己配插图。在思考了多个选题之后，格蕾丝最终决定以她和妈妈种菜的经历为蓝本创作一部绘本。结果女主人公格蕾丝凭借该书一鸣惊人，荣获全美第四名的好成绩。

---

① 这一点也表现在她所提及的自己热爱的书籍上，包括《B 指的是贝琪》(*B Is for Betsy*)。这些著作无一例外都不是以中国为主题的书籍。

② LIN G. The year of the dog[M]. New York: Little, Brown and Company, 2006: 71.

③ LIN G. The year of the dog[M]. New York: Little, Brown and Company, 2006: 71.

④ LIN G. The year of the dog[M]. New York: Little, Brown and Company, 2006: 71.

这次比赛帮助她发现了自己的天赋，终于在狗年找到了自己：她想成为一名作家和插画家，将来可以“制作书籍”①。比赛成绩如此亮眼，除了格蕾丝本身的创作天赋之外，自然与她和家人的双重文化身份是分不开的。她发现，正是她的美国华裔身份赋予其独特的视角，让她能够在众多竞争者中脱颖而出。

格蕾丝当作家和插图家的梦想在《鼠年》里进一步夯实。《鼠年》伊始，好友麦乐迪全家要搬到加州，格蕾丝万般不舍，怅然若失。她必须要面对好友离开她的事实，鼓起勇气继续追求成为作家的梦想。虽然她在鼠年遭遇了诸多不顺，但她的写作梦想和艺术天赋再一次帮了她。有一次，学校组织了一场才艺大赛，她虽然没有报名唱歌跳舞，但她创作的海报照片却幸运地出现在当地一家报纸上。格蕾丝曾一度怀疑自己的职业选择，但海报的成功让她坚定了信心，让她下定决心追求艺术创作之路。

从身陷身份认同困境到实现自我身份建构，格蕾丝完成了精神上的成长，这同时也是作者对美国华裔刻板形象的质疑和批判。在当代美国社会，美国华裔（或亚裔）常被称作“模范少数族裔”（model minority）。这个形象主要由美国主流白人建构，是美国主流社会对亚裔族群的阐释和想象。所谓模范少数族裔，指的是美国亚裔在子女教育和家庭经济情况上的成功，远超其他少数族裔。在教育领域主要表现为：美国主流社会普遍认为华裔儿童的数理化成绩好，大学毕业之后华裔主要从事工程师、科学家、计算机专业人士。与理科相比，文学和艺术创作则通常不是华裔的强项。这种“文化期待”成为主流社会和文化的一种“思维定式”，必然会束缚和限制美国华裔儿童对自我身份的认知。在林珮思的小说情节中，格蕾丝和麦乐迪组队参加了一场校级科技比赛，但最终未能赢得任何奖项。结果，格蕾丝在全国语文写作比赛中却脱颖而出。如此叙事间接地对美国主流社会的亚裔歧视和刻板形象进行了回击。

在《狗年》的后记中，作者写道：“我之所以创作《狗年》，是因为我觉得很有必要以一种真实而又积极的方式来处理这些差异。”②此处的“差异”指的是亚裔和白人在美国白人社区生活的差异感受。而她之所以要创作《狗年》

① LIN G. The year of the dog[M]. New York: Little, Brown and Company, 2006: 120.

② LIN G. The year of the dog[M]. New York: Little, Brown and Company, 2006: 136.

（以及其他两部书）是因为鲜有儿童文学聚焦美国亚裔在白人主流社会中生活的复杂感受，这正是作者成长过程中“渴望看到的书”①。从这个意义上说，她的写作也具有了某种政治意蕴。通过还原美国华裔的真实生活和人物文化身份认同过程，她让美国华裔被主流社会看见，有效地解构了美国华裔的刻板印象，是对主流文化的“反叙事”，抵抗和颠覆种族主义意识形态。

简言之，在进行童年回忆叙事时，林珮思塑造了一个积极向上的华裔女孩新形象。格蕾丝在其成长过程中，虽然时常感受到失落，但她没有自暴自弃，停滞不前，而是开始多维地认识自己美国华裔的身份，逐渐接受她的华裔文化身份，建构了华裔主体性，最终成功建构了双重文化身份，找到了自我。

## 二、食物叙事与文化认同

从三部曲的书名《狗年》《鼠年》和《饺子时光》中就不难发现，中国文化和中国习俗是林珮思成长叙事的核心主题，清楚地表达了作者的文化立场。从小说内容上看，她在小说中巧妙融入了丰富的中国文化元素，例如春节团聚、中秋赏月、周岁抓周、中国汉字、名字印章、民间故事、水墨画、老虎鞋、旗袍等，可以说是万花筒式地展现了美国华裔丰富多彩的文化生活，充分展现了中国传统文化和传统习俗的魅力。其中，占据小说篇幅最大也最有文化底蕴的是关于中国烹饪和饮食文化的“食物叙事”。美国学者卡拉·基林（Kara Keeling）和斯科特·波拉德（Scott Pollard）认为：“食物不仅是生命的根本，同时是文化的根本，因而使其成为想象力与艺术的根本。”②食物是典型的“文化制品”，参与了对文化身份的建构，也是文化身份不可分割的一部分，是彰显文化身份认同的有效媒介，是明确和维系集体文化身份的重要一环。食物的准备、烹饪、进食等诸多方面有效彰显了某个族群的文化习俗和价值取向。林珮思的食物书写充满了童趣，又与人物的文化身份联系在一起，展示了华人的饮食文化习性，表现出丰富的文化意蕴。

在这三部曲中，林珮思设计了很多中西方重要的节庆时刻，建构了东西方文化交融的情境，纷纷指向混杂性的文化身份。例如，在介绍他们家的新

---

① LIN G. The year of the dog[M]. New York：Little，Brown and Company，2006：136.

② KEELING K K，POLARD S T. Introduction：food in children’s literature[M]// Critical Approaches to Food in Children’s Literature. New York：Routledge，2009：5.

年习俗时，她在《狗年》和《鼠年》里都提到了新年果盘的故事细节。中国春节期间，果盘里摆满各式糖果是中国的传统习俗，但在格蕾丝家里，新年果盘里不仅有中国糖果，还有美国玛氏彩虹巧克力豆(M&M's)。格蕾丝的姐姐质疑她这不是新年果盘，但爸爸却以开放的心态接受了这种做法，对两姐妹说："我们应该为新年备好中国糖和美国糖，就像我们美国华裔的身份一样。"①这一情节设计展现了中美文化在美国华裔身上的混杂性。对于美国传统节日，格蕾丝家里也出现了文化杂合的倾向。每逢感恩节，格蕾丝家自然也会吃顿感恩节大餐加以庆祝。她家不能免俗地摆上了火鸡肉，却没有摆在餐桌中央作为核心硬菜，占据餐桌主要位置的都是中国菜，"米线、炒虾、脆脆的煎鱼、肉馅饺子、咕咾肉、鸡蛋汤、白米饭"②。东西方文化交融的情境设置有助于她的双重身份和双重文化认同，而台湾寻根之旅让她真正感受到中国文化的魅力，完成了文化身份认同和个人成长。

《饺子时光》展现了格蕾丝与家人回台湾拜访亲友的经历。虽然这次访亲之旅涉及很多文化活动，但最为核心、描写最多的就是关于"食物"的话题。就像格蕾丝一家来到台湾之后，她听到亲友关于台湾与食物之间的关系的观点，"食物也许是台湾的宝藏之一"③;"吃是台湾人的爱好"④，等等。这些观点无不展现出中国人有多么爱吃，有多么丰富的饮食文化。

格蕾丝一家在台湾受到了亲友的热情款待，吃到了各种正宗地道的中餐：饺子、牛肉面、大闸蟹、各式小吃和菜肴，正如书名所示，她最爱的还是饺子。"饺子"是她来台湾之前唯一会说的中文词。但让她没想到的是，台湾的饺子各式各样，五花八门，她还尝到了小笼汤包、烧卖、虾饺、日本饺子等多种美味可口的小吃。她不仅生动描写了饺子的可口味道，还配上了简洁易懂的包饺子流程图，介绍了包饺子的全过程，还在小说最后附上了文字详细说明包饺子的配料和具体方法。

除了具体食物，作者还通过讲故事的方式，介绍了一些饮食文化和历史。例如，格蕾丝的家人解释了喝茶时的叩手礼：他人倒茶时，客人手指叩桌表示感谢。家人将这个传统追溯到中国皇帝乾隆下江南的典故，展示了

① LIN G. The year of the dog[M]. New York：Little，Brown and Company，2006：4.
② LIN G. The year of the dog[M]. New York：Little，Brown and Company，2006：122.
③ LIN G. Dumpling days[M]. New York：Little，Brown and Company，2019：6.
④ LIN G. Dumpling days[M]. New York：Little，Brown and Company，2019：15.

喝茶礼是如何表现中国人的礼貌、修养和修为；格蕾丝在吃云吞的时候，亲友讲述了东汉末年的医学家张仲景心怀苍生，在冬天担心百姓挨冻，发明了“祛寒娇耳汤”，展现了医者仁心。这些小故事既生动地解释了这些食物的历史来历，又将其中所蕴含的中华文化精神传递给读者。

尊敬老人是中华民族的优良传统，这一点在格蕾丝的异文化之旅中也得到强调。格蕾丝的父亲讲述了过春节的时候中国人祭祀先人的文化仪式，还介绍了中国点心中的寿桃和龟糕带有祝福老人“长寿”的寓意。

当然，对在美国土生土长的格蕾丝而言，中国台湾是一个异文化语境，大部分环境和事物都是陌生的。面对中国极为丰富的饮食文化，格蕾丝难免会碰到一些“另类食材”。格蕾丝一次随家人在一家餐馆里吃到了鸡爪，她一开始并不知道，嚼了一口，得知是鸡爪之后，立刻放到碟子里，感觉“怪怪的”，脑子里想的是“鸡用爪子在地上扒土”[①]的场景。她陆续在饭桌和夜市上碰到猪血糕、鹌鹑蛋、鸭舌、泥鳅、臭豆腐等美国主流社会少见的食物，表现出明显的抵触情绪。饮食上的冲突指向了文化冲突，隐喻了矛盾的文化认同。这种“不可食性”指向了族裔身份的差异，说明受美国人身份的影响，格蕾丝很难改变固有的饮食文化思维，无法接受台湾这个异文化的一切。但需要指出的是，作者没有花很多笔墨书写这些“另类食材”，基本都是一笔带过，而不是东方主义式地借食物来彰显异国情调，吸引西方观众的眼球，这也间接地指向其杂糅的文化身份。

“吃”从来不是一件简单的事，与族群及文化甚至时代的脉动息息相关。饮食文化除了涉及“吃什么”之外，还涉及“跟谁吃”和“怎么吃”的问题。在林珮思的小说中，“共食书写”大都以家庭为单位，设置在节日庆典的场合中，展现了一个个温馨的家庭聚会画面。食物因此成为家人之间情感联系的纽带。在《狗年》和《鼠年》中，林珮思不仅描写了格蕾丝一家人在春节、感恩节、圣诞节、中秋节等重要节日的集体活动，还多次讲述了大家族的聚会活动，例如她详细讲述了一家人包饺子的场面。最重要的一次共食书写出现在《饺子时光》：格蕾丝的姥姥六十大寿的庆典。这个大场面也是小说的高潮时刻，在小说最后重磅推出。这场大寿经过了家人的精心筹划：整个大家族都准时赴约，先在留言簿上写下对姥姥的祝福，然后落座。主持人热情

① LIN G. Dumpling days[M]. New York: Little, Brown and Company, 2019: 36.

洋溢的一番致辞之后，一家人开始用餐，很快餐桌就摆满了各式菜肴，很多菜肴都带有美好的寓意；吃了没多久，顿时锣鼓喧天，出现了两个人表演舞狮，好不热闹；最后晚辈都要给姥姥献送礼物，当场展示给她看，以示尊重。整个场面十分温馨，增进了彼此的情感，发挥了家族凝聚作用。

不管是爱还是不爱，中国台湾的美食之旅也是格蕾丝的一次文化和心灵之旅。对于中国饮食文化，格蕾丝基本上都是正面讲述为主，说明她深深爱上了中国美食，产生了民族自豪感，也通过美食加深了对中国文化的认知，最终在即将离开中国宝岛台湾的时候开始以一种开放的心态面对自己的双重身份。在这次返乡之旅中，她终于找到了自我，完成杂糅性文化身份的建构。她的文化身份具有流动性和杂糅性，是两种身份冲突、协商和融合的产物。对她而言，她不再做二元对立的身份选择，既不要被美国白人文化彻底同化也不固守中国文化，而是实现了杂糅的文化身份。

简言之，林珮思重拾个人成长记忆，借助童年书写现身说法，展现了美国华裔少年的身份困境，摆脱了狭隘的民族主义和美国中心主义。林珮思的童年三部曲通过书写文化身份的冲突、协商和对话，展现了美国华裔儿童文化认同的复杂性，有助于消解美国主流社会对华裔身份的错误认知。同时，她的小说也揭示了美国华裔儿童需要融合中国文化与美国白人文化，表达了文化融合而实现共生的可能。她的这三部小说紧扣时代脉搏，真实地反映了第二代和第三代美国华裔青少年的生存现状和心理状态，既有助于美国华裔儿童了解母国文化，认知自己的生存境遇；又有助于非华裔儿童（尤其是白人儿童）对美国华裔产生共情，理解中国文化及其背后的意蕴。

# 第四章　杨谨伦:美国华裔二代的“心灵捕手”

## 第一节　生平与创作

杨谨伦(Gene Luen Yang,1973—　)是美国当代青少年文学界的一颗新星,也是美国华裔文学的标志性人物,具有强大的市场号召力。他的成功与“图像小说”(graphic novel)这一文学类型近30年的崛起是分不开的。顾名思义,“图像小说”是以“图像”为主、以“文字”为辅(甚至没有文字)、以某种特定的叙事逻辑排列的叙事文本,是一种具有独特的叙事形态的新兴小说门类。作家不仅要用文字进行叙事,同时还要大量运用视觉内容呈现小说情节与主题。文字字体、人物线条和构图体例都是作家的创作理念和美学思想的重要表征。那么“图像小说”与“漫画”(comics)之间有何区别呢?简单说,在篇幅上,与短小精悍的漫画相比,图像小说通常是以完整的书籍形式呈现,是加长版的漫画。此外,与传统漫画相比,绘本小说虽然图文并茂,形式活泼,但探讨的大都是严肃的主题。

杨谨伦从小就是个漫画迷,小学五年级就开始创作漫画。他高中毕业本想去大学主修绘画,但遭到父母的反对,最终他选择主修计算机科学。毕业后,他在加州一所高中教授计算机科学,主要利用业余时间进行漫画创作。他的成名作《美生中国人》(*American Born Chinese*,2006)是美国第一部以创作图像小说入围“国家图书奖”(National Book Award)“少年文学类”(Young People's Literature)的作品。2007年,该作品荣获“美国图书馆协会”颁发的“普林兹优秀少年文学奖”(Michael L. Printz Award for Excellence in Young Adult Literature),也是荣获该奖的第一部图像小说;

该书还荣获漫画界奥斯卡级别大奖“埃斯纳奖”(The Eisner Award)等重要奖项。此外,该小说还被《出版家周刊》(*Publishers Weekly*)和《旧金山纪事报》(*San Francisco Chronicle*)誉为“年度最佳图画书”。《美生中国人》已被译成十多种文字在多国发行[①]。在《美生中国人》基本情节的基础上,迪士尼公司投资改编并拍摄,以动作喜剧的形式探讨华人在美国面临的身份问题。[②] 杨谨伦不仅为美国华裔文学增添了重要声音,也为美国文学多样性作出重要贡献。2016 年初,美国国会图书馆任命杨谨伦为新一任“全国青少年文学大使”。他是获此殊荣的第一位华裔作家。同年,他被授予美国“麦克阿瑟基金会奖”(MacArthur Foundation Fellow)。

迄今为止,杨谨伦已经出版十多部图像小说,其中多部作品登上《纽约时报》畅销书排行榜。除《美生中国人》之外,他还创作了《戈登・山本和奇客王》(*Gordon Yamamoto and the King of the Geeks*,1997)、《永恒的微笑》(*The Eternal Smile*,2009)、自传绘本小说《龙圈》(*Dragon Hoops*,2020)、《神秘的程序员》(*Secret Coders*,2015)系列等。

《永恒的微笑》是杨谨伦与德里克・柯克・金姆(Derek Kirk Kim)合作完成的短篇图像小说集,展现了人性的贪婪和亚裔的工作环境。三个短故事在主题上互有关联。一个是关于一个男孩梦到自己爱上了一个公主;一个是关于渴望赚大钱的青蛙的故事;还有一个是关于一个女孩幻想爱上尼日利亚王子的故事。作者呈现出现实生活的价值,以及我们借用幻想和梦境来感知现实的情况。

杨谨伦与迈克・霍姆斯(Mike Holmes)合作完成《神秘的程序员》的系列著作(总共六册),试图教授孩子们关于计算机编码的基础知识。故事主人公是一个名叫“霍珀”的女孩。她来到一所新学校,学校里有很多谜等着她解开。她与另一位志同道合的男生在这所神秘的学校里开始了一段又一段的历险。作者巧妙地将数学和计算机编码的知识融到小说情节中,轻松有趣地将一些复杂的计算机概念展示给读者,真正地实现了寓教于乐。

非虚构图像小说《龙圈》赢得了“艾斯纳奖”。该图像小说以他执教的高中和他的个人生活为创作灵感与创作内容。该书讲述了他的高中篮球校队

---

① 简体中文版的《美生中国人》已由陕西师范大学出版社于 2008 年译介到国内。

② 这个系列电视剧集又称《西游 ABC》,演员阵容包括吴彦祖、杨紫琼、关继威等大牌亚裔电影明星。

“龙”是如何赢得一场场胜利,又如何面对后面的失败。

不难发现,杨谨伦的多部图像小说都取材中国文化和中国历史,关注美国华裔的身份认同和在美国的生存困境,这与他本人的生活经历有关。杨谨伦生在美国,从小有着严重的身份危机,在“中国人”和“美国人”两种身份之间痛苦挣扎,甚至因自己的中国血统产生一种“羞耻感”。随着年岁渐长,他逐渐接受这两种文化,更加珍视中国传统,并将中国历史和神话传说融入到自己的创作中,来凸显自己的差异性。

整体而言,杨谨伦的图像小说糅合了中西画风,画面生动活泼,极具感染力。从人物动作设计和对白设计上,他的图像小说具有东方色彩,但在语言上不时表露出美式幽默。难能可贵的是,作为在美国出生长大的杨谨伦在其图像小说中或直接或间接地呈现中国传统文化,有助于读者更好地理解和认识传统文化,并在当代文化中寻找传统文化的价值和意义。

## 第二节　《美生中国人》的文化叙事

《美生中国人》由杨谨伦自编自绘,斩获了多个“第一”:第一部入围美国国家图书奖,第一部荣获美国普林兹文学奖,第一部进入美国小学课本的图像小说。这是一部半自传性质的小说,取材于杨谨伦本人的亲身经历和感受。他将自己成长过程中的各种感受融进书中人物,呈现出美国华裔青少年成长的困境和迷惘。小说推出后大获成功,在美国文化界反响热烈,成为一部现象级作品。小说在出版之后不到十年的时间里,成为美国高中和大学里被讲授最多的美国亚裔文本之一。

整部小说由三则故事组成。第一则是美猴王孙悟空的故事。这个部分是对中国经典小说《西游记》前八回故事的改写,讲述了美猴王从石头里横空出世到被压五指山下被高僧救出的故事。第二则是关于一个名叫王谨的美国二代华裔少年的故事,讲述了他跟随父母搬到某白人社区后遭受白人师生羞辱和霸凌的各种不堪遭遇,展现了新一代美籍华人夹在东西方两种文化中的身份焦虑和身份困境。第三则是关于一个名叫“丹尼”的白人高中生和他的中国表兄“钦西”的故事,讲述了丹尼如何不堪其扰而与其决裂的故事。这三则故事围绕美国华裔“身份认同”“刻板印象”“文化冲突”等主题展开,充分展现了在美国出生和长大的华裔的成长之痛。

## 一、变形叙事

小说伊始，王母娘娘正在举行蟠桃大会，天宫曼妙的音乐和美酒的香味悠悠然飘到了凡间的花果山。美猴王孙悟空心驰神往，决定去天宫赴蟠桃会。他驾着祥云来到天宫门口，守门的天神却不让猴王进门，因为他没穿“鞋子”，配图还专门给猴王赤裸的双脚一个特写镜头。作为花果山的统治者，猴王自信满满，觉得自己完全够格，执意要进门参加宴会。门神一脸傲慢地说：“听着，你可能是一个国王，你也可能真是个神仙，但不管怎样，你到底还是个猴子。”① 说完，在场的天神都哈哈大笑，画面背景满是“HAHAHAHA”的字眼，凸显了天神对美猴王的鄙视，说明他们根本不把猴王当回事。猴王在天宫门口规规矩矩地排队，到头来却如此扫兴，让他尴尬不已。他恼羞成怒，将参加宴会的神仙一顿暴揍，然后悻悻而归。在这个故事中，“鞋子”成为“天神身份”的象征，光脚的猴王自然成为天宫里的“他者”，遭受不公的待遇。在多种族共存的美国社会，如此富有想象力地改写《西游记》自然会让美国读者联想到“种族歧视”的主题，并巧借“鞋子”的意象揭穿种族歧视思维和行为的荒谬与虚伪。

下凡之后，美猴王回到自己的住处。与往日不同的是，他突然感到“一股浓重的猴子毛发的味道扑面而来，而他以前从来没有注意过这种味道”，当晚他整宿没睡，“思考如何才能摆脱这种体味”②。对自己体味的敏感清楚地表明他在天宫的遭遇对他的身份意识产生了巨大冲击。翌日清晨，孙悟空即刻在花果山下达了一条命令，“所有的猴子都必须穿鞋”③。在搭配的画面上，花果山的猴子纷纷穿上鞋子，却极不适应，在爬树摘桃时手忙脚乱，状况百出。猴王的这条命令表达了他渴望获得“天神”认同的迫切心情，也表现了他在“身份认同”上发生了明显转变。为了能够摆脱“猴性”，跻身神仙之列，猴王在花果山闭关修炼，苦练神功，终于习得金刚不坏之身的四大法术和身形变化四大法术。出关的时候，他的身体发生了“变形”，比原来长高了一截，看起来更像是个神仙。美猴王觉得自己已经脱胎换骨，脱凡为仙，自封为“齐天大圣”。他自我感觉甚好，甚至当手下的猴子将香蕉献给他

① YANG G L. American born Chinese[M]. New York: First Second, 2006: 15.
② YANG G L. American born Chinese[M]. New York: First Second, 2006: 20.
③ YANG G L. American born Chinese[M]. New York: First Second, 2006: 55.

吃的时候,他故意装作没看见,似乎要与其他猴子划清界限。他的种种行动表明,他认为自己已经完成身份转变,实现了从“猴”到“神”的蜕变。

猴王志得意满,入海拜见东海龙王敖广。他当着敖广的面说自己已非“猴身”而是“齐天大圣”,夸耀自己已具备天神的素养和特质。敖广和虾兵蟹将都被他逗得忍俊不禁,觉得他不过是一厢情愿。后来孙悟空上天入地到处宣扬自己“齐天大圣”的名号,太上老君、阎王、玉皇大帝等天神都觉得猴王滑稽可笑,不愿理睬。对天神而言,猴王终究不过是个不知天高地厚的“他者”。不满天神的反应,一身武艺的孙悟空大闹天宫,搞得天界鸡犬不宁。众天神拿美猴王没办法,无奈之下,只好请“自有者”(相当于《西游记》中的如来佛祖)来将他降伏。“自有者”施展法术最终将猴王降伏,把他压在了五指山下,并贴上了一道写着“自有者”三个大字的符咒。不难发现,被拒之天庭门外的经历让孙悟空意识到自己不过是只“猴子”。为此,他百般努力想要改变猴子这个身份。但不论他如何努力,生而为“猴”是他永远都无法改变的事实。不知反思的他最终还是逃不过被压在五指山下的命运。

五百年后,东土大唐高僧“王来朝”恰好从五指山旁经过。他知道压在山下的猴王是他未来的徒弟,要跟他一起西行。“王来朝”让他赶紧脱身,与他启程上路。没有外力的帮助,孙悟空不知道如何脱身,还辱骂“王来朝”迂腐。“王来朝”劝孙悟空:“你现在的样子不是真正的你。快变回真正的你吧,那时你就自由了。”①“王来朝”已经清楚地看到孙悟空的身份困境,在被附近的妖怪纠缠时,“王来朝”颇有洞见地说:“找回真正的自己吧……按照佛祖的意愿……那才是自由的最高境界。”②孙悟空终于幡然领悟,将身形缩回最初的样子,一下子摆脱了五指山的束缚。孙悟空之所以能从五指山下脱身,是因为他最终接纳了自己的身份,克服了身份危机。脱身之后,孙悟空打死妖怪,救下“王来朝”,与师父一同踏上了西行的朝圣之旅。孙悟空故事的最后一张图占据了整整一页,颇有几分意蕴:远景是“王来朝”与孙悟空师徒两人搀扶着西行的背影,而位于图画前景的则是被孙悟空扔掉的两只鞋。对孙悟空而言,“鞋子”是他融入天界的一个象征符号,但同时也是一个束缚。正是摆脱了鞋子的束缚,他才找回了自我,最终获得自我救赎,修

① YANG G L. American born Chinese[M]. New York: First Second, 2006: 145.
② YANG G L. American born Chinese[M]. New York: First Second, 2006: 149.

成正果。

杨谨伦根据当代美国文化语境，对孙悟空故事进行了重新想象和建构，其改写赋予了孙悟空故事以新的文化意蕴和社会内涵，而对全书主题揭示主要表现在对主人公王谨故事的建构上。

王谨是美国第二代华人，他的父母都是中国移民，父亲是个工程师，母亲是图书馆员，都很重视教育。王谨小学三年级的时候，他们举家从旧金山的唐人街搬到一个以白人为主的中产社区。搬家前，王谨已经完全适应了在唐人街的生活，身边的玩伴都是美国华裔，都长着一副东亚人的面孔，有着相似的文化习惯和家庭背景。生活在这些人当中，他的族裔身份成为一种隐性的存在。而随父母搬到白人为主的社区后，王谨的生活环境发生了明显转变，他的内心感受也随之发生巨大的转变。

转学后，王谨发现学校里基本都是白人学生，他的长相跟周围的人明显不同，充分感受到了其族裔身份的独特性，并处处遭受排挤，深刻地体会到明显的种族歧视。入校第一天，他就遇到了很多尴尬的场面：班主任格瑞德夫人先是念错他的名字；然后想当然地说王谨来自中国；接着，有同学提到中国人吃狗肉的刻板印象之后，她没有进行纠正和驳斥，却回应"我保证阿谨不会那样。事实上，可能阿谨一家刚到美国时就不做那样的事儿了"①。从某种意义上说，这个回应进一步巩固了华人吃狗肉的刻板印象，说明班主任本人内心深处也存有种族歧视情绪。不仅是老师，王谨的很多同学也都对他表现出歧视和排斥的态度。有的同学不怀好意地叫他"龅牙"；有的同学在他吃饺子的时候，硬是充满敌意地说他在吃狗肉饺子；还有同学警告他不能喜欢白人女孩。在王谨遭遇种种不公待遇之后，小说画面上出现了这样一幕：同学们在操场一起玩耍的时候，王谨孤零零地一个人待着。老师和同学的言行深深地伤害了王谨，让初来乍到的他感到了不适和压力。值得一提的是，王谨新小学的名字是"五月花号小学"（Mayflower Elementary School），这个名字很难不让读者想起美国先人的移民史，进而提醒读者美国本来就是一个移民国家，对新移民的歧视是荒唐可笑的行为。

在强势主流白人文化的压迫下，王谨背负着从父辈那里继承来的文化包袱，表现出了身份焦虑，渴望得到白人同学的认同，一心一意想融入美国

---

① YANG G L. American born Chinese[M]. New York: First Second, 2006: 31.

同学的世界。他在行为举止上发生了明显改变:面对白人同学的凌辱,王谨低声下气,噤若寒蝉;带去学校的午餐不再是中国饺子而是三明治;为了取悦白人女友,王谨将发型从东方的“西瓜头”变成了西方的“大波浪”。更明显的例子表现在他对一个名叫孙为臣的新同学的态度上。孙为臣跟随父母从中国台湾移民到美国加州不久,刚到学校,就被王谨称作“新华人”(fresh off the boat,FOB)。FOB最初被用来形容新鲜的鱼,后来用来指代刚到美国的移民土里土气的样子,带有贬低的意味。孙为臣想跟他做朋友,却被王谨直接拒绝,因为他“朋友够多了”①,并指向正在不远处成群嬉戏的白人同学,但实际上他一直是孤身一人,身边也没什么朋友。可见,在白人主导的文化环境中,王谨已经内化了种族主义,全盘否定了自己的华人身份,努力通过与其他亚裔同学撇清关系来表现自己对主流文化的认同。

为了表现王谨融入主流社会的迫切心情,杨谨伦采用魔幻现实主义手法来表现王谨的“变形”。一天晚上,他梦到自己变成了另一个人,从一个黄皮肤、黑头发的华裔男孩变成了白皮肤、金头发的男孩,这正是他梦寐以求的事情。作者用了整整一页图来表现这个变化。翌日清晨,王谨来到卫生间的镜子前,惊诧地发现梦中发生的事情竟然成了现实!镜子里的他是一个金发碧眼的白人男孩!“梦想成真”的他开心地喃喃道:“一个新的面孔,应该配个新名字。我决定改名为丹尼。”②这时的他不会想到发生这种改变可能出现的后果,而这种后果在梦中变形的画面中已经预示。他梦中的画面除了展示他变形的过程之外,还出现了一个华裔老妇的形象,指着他说“现在你想变成什么呢?”③这位华人老妇及其所说的这句话在故事开端就出现了:王谨小的时候,周日常陪母亲去一家中药店取药,老中医的妻子有一次与王谨闲聊时问他将来想成为什么样的人?王谨拿着手中的变形金刚玩具想了想,说自己想当变形金刚。紧接着,老中医的妻子给了王谨一个忠告:“想变成你希望的东西很容易……只要你愿意丢掉你的灵魂。”④表面上看,变形金刚只是王谨手中的玩具,但实际上,变形金刚所蕴含的意义远不止于此:变形金刚是西方主流文化的代表,是与同样会变身的孙悟空相对的

---

① YANG G L. American born Chinese[M]. New York: First Second, 2006: 38.
② YANG G L. American born Chinese[M]. New York: First Second, 2006: 198.
③ YANG G L. American born Chinese[M]. New York: First Second, 2006: 194.
④ YANG G L. American born Chinese[M]. New York: First Second, 2006: 29.

文化符号。与象征中国文化传统的孙悟空相比，对华裔二代而言，变形金刚更有亲和力、更有魅力、也更有现实意义。王谨手中的变形金刚恰好反映出他内心深处想要成为白人的深刻欲望。

第三个故事讲述的是丹尼和中国表兄钦西之间的故事，其实讲的还是王谨的故事。王谨身上的华人属性不是通过改变外表就能摆脱的。于是，作者安排了一个名叫“钦西”的角色来纠缠他。钦西长相奇怪，举动古怪，让丹尼尴尬不已，不堪其扰，最终与其决斗并将其脑袋打掉，露出了孙悟空的真身，丹尼也变回了王谨。看到这一幕，读者会恍然大悟：“丹尼”原来是少年“王谨”的化身，王谨意欲融入美国社会才选择了“变身”，变身之后却丢失了其华人之魂；新移民孙为臣竟然是孙悟空儿子的化身，在与王谨决裂后迷失了方向，对人类失去了信心。在故事的结尾，王谨和孙为臣终于找到了自己，实现了个人成长。孙悟空装扮成钦西的主要目的是要提醒丹尼他的真实身份。孙悟空对王谨说：“我是来唤起你的良心的——做你的灵魂的指南针。”[①]如他所言，他下凡到人间，意欲用钦西的形象来启发王谨。在故事结尾，孙悟空还对王谨说：“如果我早就意识到做个猴子有多好，就能够避免五百年石头山下的囚禁。”[②]王谨最终领悟了孙悟空的启发，从丹尼变回原来的样子，完成了对自我的接纳。

可以说，美猴王的故事与王谨的故事互为镜像，共同完成了文化身份的叙事。孙悟空的故事沿着“渴望融入主流社会→身份认同受阻→接纳自我”的逻辑线完成。与之相似，美国华裔少年王谨的故事也基本按照这个逻辑构成，与孙悟空的故事相互映照，共同启发读者对文化身份认同的理解和认知。两个故事在空间叙事逻辑上也有一定的共通点，都借助空间对比的叙事策略展现了主人公的身份困惑。孙悟空和王谨一开始都因为空间的转变而对身份产生了困惑，感到苦恼。孙悟空从花果山来到天庭，被拒之门外；王谨从唐人街搬到白人郊区，无所适从。在新环境里，孙悟空和王谨都遭遇了根深蒂固的偏见。他俩都试图改变自我，积极融入，却付出了迷失自我的代价。从花果山到天庭、从唐人街到白人社区，空间的转变给他们的生活带来了颇多烦恼，茫然而不知所措。

---

① YANG G L. American born Chinese[M]. New York：First Second，2006：221.

② YANG G L. American born Chinese[M]. New York：First Second，2006：223.

简言之，美猴王和王谨的故事是美生中国人杂糅的文化身份的真实写照，呈现了美国二代华裔的生存困境。这些华裔人物苦苦探索“我是谁”这个问题。杨谨伦不仅提出了这个永恒的问题，也颇有说服力地给出了他的回答：只有“做自己”才能获得真正的幸福。

## 二、对华裔刻板印象的戏仿与解构

杨谨伦在一次演讲中表示：“图像有力量，图像也有历史。今天美国对亚洲人和美国亚裔的描绘大都基于传统。这些图像利用了已在读者头脑中根深蒂固的视觉线索和肤浅的认识。”①诚如斯言，美国华裔（乃至亚裔）的刻板印象在美国历史上早已有之，在主流社会大行其道，时至今日，还不时“死灰复燃”，在报纸、电视、电影、互联网等大众媒体中不时出现。

大众媒体是流行文化的核心载体，可以有效和高效地塑造人们对一个群体的认识，其中就包括报刊上的各种漫画。漫画因为视觉叙事的原因很容易制造刻板形象。图像小说家需要将图形简单化处理，从而最快地实现与读者沟通的效果。许多艺术家就这一点已经达成共识。著名图像小说家威尔·艾斯纳（Will Eisner）认为：“刻板印象在漫画媒介中真实存在。刻板印象是一种面目可憎的必需品，是一种沟通工具，是大多数漫画中少不了的成分。”②阿特·斯皮格曼（Art Spiegelman）认为：“卡通画赋予刻板印象某种特定的形式。”③德里克·帕克·罗亚尔（Derek Parker Royal）曾在《多元主义漫画》的前言中写道，漫画“不可避免地采用刻板形象来快速而又简洁地与读者交流”④。在美国历史上，很早就出现了用漫画的形式丑化华裔的做法。众所周知，19世纪下半叶，中国劳工在美国国家建设上发挥了重要作用，他们吃苦耐劳，替白人干了很多脏活累活，而美国白人却认为华人抢了他们的饭碗，政府和民间开始对华人移民产生强烈的敌对态度。吴剑平认为：“任何一套价值体系的确立和巩固都需要异己力量做替罪羊……这种

---

① YANG G L. Printz award winner speech[J]. Young Adult Library Services, Fall 2007: 13.

② EISNER W. Graphic storytelling[M]. Tamarac: Poorhouse Press, 1996: 11.

③ SPIEGELMAN A. Mightier than the sorehead[N]. Nation, 1994-01-17(46).

④ ROYAL D P. Foreword; or reading within the gutter[M]// Multicultural Comics. Austin: University of Texas Press, 2010: ix.

对立物可以是外部的假想敌人，也可以是本国的新移民。”①美国大众媒体开始配合民意，借助漫画和讽刺画等手段不遗余力地丑化华人形象，将华人塑造成愚昧、无能、狡诈、贪婪、好色、邪恶的形象。华人男性形象大都穿着保守，梳着辫子，斜眉吊眼，一脸恶相，严重影响了当时美国民众对华裔的认知②。伴随着种族歧视色彩浓厚的漫画的流行，“黄祸”(yellow peril)这个概念也开始成形。这是一种极端的民族主义理论，宣扬黄种人已经对白种人构成威胁，鼓吹白人应当联合起来对付甚至是消灭黄种人。欧洲人自恃科学理性，以中国为代表的东方被贴上了“野蛮”“愚昧”“专制”“封闭”“邪恶”等标签，成了欧洲文明的反面教材。值得一提的是，英文版《美生中国人》的封面就是黄色，色彩饱满，十分醒目，如此颜色设计很难不让人联想到主人公王谨的肤色，进而联想到“黄祸”这个概念。作者借用封面颜色隐晦地指向了美国历史上的反亚裔种族歧视。

在美国流行文化中，集中表现“黄祸”论的形象是“傅满洲”。英国小说家萨克斯·洛莫尔创作了一系列小说，臆想出一位名叫傅满洲的中国博士。他挑着长长的眉毛，嘴角藏着阴笑，蓄着细长的八字胡，阴险狡诈，无恶不作。伴随着傅满洲形象的流行，“陈查理”(Charlie Chen)、“母老虎”(Dragon Lady)、“虎妈”(Tiger Mother)等扭曲的华人刻板印象也甚嚣尘上，使美国华裔变成了“永远的外国人”(perpetual foreigner)。进入21世纪，这些观念思想并没有退出历史舞台，依然影响着大众的认知。

《美生中国人》中存在很多美国主流社会对美国华裔(或美国亚裔)的刻板印象。杨谨伦利用图像小说的形式将华人刻板印象视觉化呈现，指出这些刻板印象的荒唐，进而起到了颠覆和消解种族刻板印象的作用。

该图像小说中所有的白人人物，如王谨的班主任、格雷格、提米等几乎都表现出了种族主义的态度，直接或间接地发表了种族歧视的言论。一个反复出现的情节是，王谨的同学多次表示王谨和其他中国人喜欢吃狗肉，还警告他不要接近他们的宠物狗。在白人眼中，吃狗肉的行为等同于野蛮和

① 转引自姜智芹.傅满洲与陈查理：美国大众文化中的中国形象[M].南京：南京大学出版社，2007:5.

② 要了解美国历史早期攻击华裔的图像叙事，可以参照陈国维(John Kuo Wei Tchen)和迪伦·叶芝(Dylan Yeats)联手编纂完成的《黄祸！一部亚洲威胁论的资料汇编》(*Yellow Peril! An Archive of Anti-Asian Fear*，2014)一书。该书将美国反华历史上的种族主义图像进行了收集、汇总、分析和批判。

未开化的行为。小说中还多次出现侮辱亚裔的词汇,例如“中国佬”(Chinky)和“日本佬”(Nippy),不仅王谨被人这样称呼,另一位华裔男孩孙为臣和日裔女孩中村铃(Suzy Nakamura)也被人辱骂是“中国佬”。

对“刻板印象”的书写集中表现在第三个故事中的“钦西”身上,他几乎是集多种刻板印象于一身的人物形象。第三条故事线主要讲述了白人丹尼(由王谨变形而成)和他的中国表兄钦西之间的矛盾。高中生丹尼是篮球校队队员,在球场上叱咤风云,但不知从哪里冒出一个名叫钦西的中国表哥。钦西的口音、穿着、发型、饮食习惯等全都符合美国人眼中刻板的“中国佬”形象。丹尼对这个亲戚没有任何好感,有他在身边就感到丢人,不胜其扰。钦西就如同丹尼生活中的魔咒一样,每年都会来丹尼家拜访,每次来总会闹出很多笑话,让他颜面尽失。丹尼几乎每年都要转学一次,就是为了逃避这位中国表亲给他造成的尴尬。最终,丹尼对钦西忍无可忍,与他决斗。丹尼一拳下去将钦西的头打掉。钦西丑陋的外表被撕碎,露出了孙悟空的真容。这个情节设置象征了传统的刻板印象依然存在,没有消失。

正如有学者所言:“杨谨伦使用这个有争议的人物不仅以幽默的方式批判了种族主义,还将历史和现实联系在一起。”[①]钦西是一个夸张化处理的人物,操着浓重口音的洋泾浜英语,塌鼻梁、眯眯眼、面相丑陋、一嘴龅牙,身着中国古装,脚上穿着传统布鞋,蓄着长辫子,符合美国19世纪丑化的中国“苦力”(Chinese coolies)的刻板印象。作者以一种夸张的手法呈现了钦西在书中的插科打诨、各种“荒诞不稽”的做法。钦西到丹尼学校的第一天,就色眯眯地盯着丹尼心目中的“女神”梅兰妮看个不停,不知羞耻地说:“这么漂亮的美国女孩,应该裹起脚来生钦西的小孩!”[②]这种好色的言论在随后的情节中也多次出现。在跟着丹尼一起上课的过程中,不管是什么科目,钦西的表现欲极强,总是抢答老师提出的问题,不给其他同学一点儿机会,而且每次都能答对。这个情节设置无疑指向了“模范少数族裔”的刻板印象。有一次,钦西在图书馆的桌子上忘情地演唱英文流行歌《怦然心动》(*She Bangs*),他的演唱像极了在《美国偶像》大赛中一炮而红的华裔热门话题人

① DONG L. Reimagining the monkey king in comics: Gene Luen Yang's *American Born Chinese*[M]// MICKENBERG J L, VALLONE L. The Oxford Handbook of Children's Literature. Oxford: Oxford University Press, 2011: 241.

② YANG G L. American born Chinese[M]. New York: First Second, 2006: 50.

物“孔庆翔”(William Hung)。孔庆翔个子不高,相貌平平,长着龅牙,动作笨拙,唱歌走调,在《美国偶像》上的表演可谓笑料百出,符合美国主流社会对亚裔的刻板印象。钦西与孔庆翔的互文关系很容易让美国读者联想到当代美国流行文化中的华人形象。通过钦西这个人物,作者集中表现了美国主流社会对华人(乃至美国亚裔)的各种刻板印象,表现了美国主流媒体对中国及华裔美国人的成见之深。

在当代美国社会中,美国华裔不过是一个隐形的少数族裔。杨谨伦的图像叙事形式将图像置于前景,凸显了华裔的形象,与华裔在美国社会的“隐形”(invisibility)构成了某种反讽性对比,批判了美国社会对华裔的歧视和无视。同时,借助夸张化手法塑造钦西这个人物,杨谨伦试图让观众感到不舒服,是在批判和解构而不是宣扬和支持这些刻板印象。正如王建会所言:

> 亚裔美国族群在“忠实地”操演美国性或少数族裔刻板印象的同时,通过夸张、戏仿的方式对前者进行模仿、反抗、戏弄……亚裔美国人通过操演挑战固定的、具有本质主义特征的种族身份及其刻板印象,同时建构属于自己的种族身份。①

简言之,在当下政治正确的语境下,通过夸张地操演华人刻板印象,作者意欲让读者重新思考这些令人尴尬却已习以为常的刻板印象,将这个形象与美国历史联系起来,让读者对自己潜意识中的种族歧视思想进行重新审视和反思。

在钦西这个人物的塑造方面,作者受到了很多流行文化现象的启示,包括卡通画、真人秀节目、功夫电影等,最为明显的是“情景喜剧”(situation comedy)。丹尼和钦西的故事的第一页画面就是钦西的大头像,头像上配有几个大字“人人都耐(爱)钦西”,图像下方配上了“啪啦啪啦啪啦”鼓掌的声音。除“啪啦啪啦啪啦”之外,《美生中国人》中还会出现“哈哈哈哈”的声音,是大多数情景喜剧的标配,被称作“罐头笑声”(laugh track),专门用来提醒读者笑点的位置。这种声音效果制造出一种喜剧的氛围,将这种流行

① 王建会.种族操演性——族裔文学批评范式研究[J].国外文学,2014(3):16.

文化完美地嵌入钦西的故事中。作者之所以融入情景喜剧的元素，意欲让读者知道，钦西不过是个搞笑的角色，其所代表的刻板印象不过是一些玩笑包袱，从某种意义上，可以减轻对读者的冒犯和伤害。同时，作为美国流行文化的重要载体，美国情景喜剧里具有丰富的种族歧视元素，通过夸张再现钦西的形象，也是为了让读者反思这一文化媒介的意识形态性。

小说最后，钦西的脑袋落地，露出孙悟空的身体内核，这一情节设计说明钦西并非真实生活中存在的人物，在小说情节中不过是虚构的存在，可以从两个方面进行理解：一方面，钦西象征了美国主流社会对亚洲人的刻板形象；从另一个方面来说，钦西是以王谨为代表的美国华裔对自我的认知。正如汪小玲、李星星所言：“白人占据优势和主导地位，是凝视的主体，以君临的姿态、猎奇的心理俯视他人、定义他者的劣等属性。少数族裔人群一旦将自我内化为白人凝视下的异类和他者，就会产生羞耻感乃至自恨情结。”[①] 钦西的形象也迫使王谨直面人们看待他的方式，更重要的是，直面他应该用什么方式看待自己。最后，钦西人头落地，似乎昭示了主人公成功摆脱文化歧视所造成的心理阴影。

## 三、杂糅叙事策略

在《美生中国人》中，杨谨伦采取了“杂糅”（hybridization）的叙事策略，主要表现在语言杂糅、文化杂糅和情节杂糅上，有效地实现了他的叙事意图。

杨谨伦利用杂糅的语言表现了文化身份的主题。语言与身份关系紧密。杂糅的语言表现的是杂糅的身份。语言的杂糅意味着引入不确定性和多元性，是对英文固有表达的一种颠覆，进而对西方固定身份进行颠覆。在“语言杂糅”上，作者主要采用了三种叙事策略。

首先，直接使用汉字。作者十分有心，在所有章节开头都使用了篆体汉字印章，这些汉字印章各自指向故事的三个不同主角。作者用“孙”指代“猴王孙悟空”，用“谨”指代“王谨”，用“钦西”指代丹尼的中国表兄。这些汉字出现在相应章节的每一页空白处，不时提醒西方读者故事中的中国元素。

---

① 汪小玲，李星星．羞耻的能动性：《无声告白》中的情感书写与华裔主体性建构[J]．当代外国文学．2021(1)：38.

除了出现在章节上的汉字外，在“孙悟空”的故事中，中国“汉字”再一次频繁出现。每当猴王练武和使用法术的时候，相应的汉字就会出现在画面上。例如，在孙悟空施展分身术的时候，图像上出现了“多”这个字；召唤“筋斗云”的时候，画面上则出现了“雲”这个字。此外，孙悟空被压在五指山下后，山上的咒符上写着“自有者”三个大字。这种中英文混合的叙事方式体现了作者在跨文化交流和叙事效果上的思考。对于不懂汉语的西方读者来说，这些汉字既是文字也是图像，颇具东方色彩，有助于给读者带来跨文化阅读的体验。

其次，作者还在小说中多次使用拼音。对拼音的使用主要表现在对名字的处理上，例如 Wei-Chen Sun（孙为臣）、Wong Lai-Tsao（王来朝）、Chin-Kee（钦西）、Jin Wang（王谨）、Tze-Yo-Tzuh（自有者）等。陌生且拗口的中国人名的拼音制造出一种“陌生化”的效果，体现了作者杂糅的文化身份。在众多名字中，最耐人寻味的当属“钦西”（Chin-Kee）。这个名字与美国文化中对华人的侮辱性词汇“中国佬”（Chink）明显有互文关系。此外，Chin-Kee 读起来还像是“亲戚”，强调他与丹尼之间的血缘关系；Chin-Kee 在形式上与也容易与 Yankee（美国佬）联系起来，隐喻该书是关于“美国华裔”的特殊经历。

最后，作者还采用英文来表现中文的策略手段。这个策略在王谨故事开端就出现了。王谨小时候，母亲用汉语给王谨讲了《孟母三迁》的故事，整个故事用多个图像表现出来，并在图上直接引用了母亲的讲述。有趣的是，王谨母亲讲故事的口头文字是用括号括起来的英文，并在图片右下角用星号标注“译自汉语”[①]，说明图像上的文字虽是英文，但王谨母亲说的则是汉语。这里的“英译汉”叙事策略意欲强调王谨的母亲十分认同自己的华人身份，并通过讲中文让儿子不忘自己的中国血脉。这一语言现象还出现在王谨与新同学孙为臣见面时的一段对话中。孙为臣刚刚随父母移民美国，入校第一天看到王谨非常亲切，用汉语跟王谨打招呼，询问王谨是不是中国人。作者在这里将孙为臣的英语也用括号括起来，表明他说的是汉语，一方面说明孙为臣的英语还不够好，另一方面则展示了孙为臣向王谨表达善意。王谨虽然会说中文，但他表现出了冷漠的态度，没好气地用英文回应道：“你

① YANG G L. American born Chinese[M]. New York: First Second, 2006: 23.

现在是在美国,要讲英文!”[①]孙为臣讲中文,但王谨却排斥讲中文,表现了他排斥华人身份,在华人和美国人两个身份之间纠结的状态,揭示了本书关于身份认同的深刻主题。这种语言上的混合不仅呈现出华裔美国人在跨文化交流中的困境和挑战,也体现了作品中不同文化之间的互动和碰撞。

除了语言杂糅之外,《美生中国人》也杂糅了许多不同的文化元素,这些文化元素相互渗透、相互影响,创造出了一种独特的叙事风格和美学效果。

《美生中国人》吸纳了传统中国文化元素,并在此基础上进行了创新和重构。杨谨伦在小说中有意识地融入了多种中国文化元素,例如中国民间故事(《孟母三迁》)、中国食物、中国功夫等,但最重要的文化元素当属《西游记》中的“孙悟空”。杨谨伦打小就喜欢中国神话故事,尤其是孙悟空的故事,在为英文版《西游记》[②]撰写的序言里讲述了自己对孙悟空的热爱。杨谨伦小时候,母亲给他讲了很多中国民间故事,讲的最多的就是《西游记》里的孙悟空的故事。随着年纪渐长,杨谨伦开始接触美国流行文化,迷上了美国连环画里的超级英雄。成人后,他虽然依然热爱美国超级英雄,但身为华裔的他发现“美国超级英雄没有取代孙悟空在我心中的位置。超人、蜘蛛侠和美国队长不过是以西方的方式表达了我对美猴王的热爱”[③]。在《美生中国人》中,孙悟空这个角色则被赋予了更多的现代元素,他的形象也被重新诠释,以符合美国当代文化的需要。[④] 他在书中借助孙悟空的形象,表达了自己对中国身份的认同。他对孙悟空的这种热爱不仅表现在《美生中国人》的创作上,还表现在他的其他图像小说的创作上。2021 年 4 月,杨谨伦与张伯纳(Bernard Chang)联手为美国 DC 漫画公司推出《小猴王》(*Monkey Prince*)系列图像小说,将美猴王打造成一个具有现代气息的超级英雄。通过这种努力,作者也在传达这样一种理念:华人不能盲目地放弃自身文化,只有接受并尊重中华文化,才能真正赢得其他种族和文化的接受与尊重。

除了中国文化元素之外,杨谨伦也明显融入了许多西方文化元素,例如情景喜剧、美式幽默、西方校园文化等,但最有创意、也最值得品味的西方元

① YANG G L. American born Chinese[M]. New York: First Second, 2006: 37.

② 该书由英国汉学家、翻译家“蓝诗玲”(Julia Lovell)翻译完成,由企鹅出版社出版。

③ YANG G L. Foreword [M]// Wu Cheng'en. Monkey King: Journey to the West. Translated by Julia Lovell. New York: Penguin Books, 2021: 1.

④ 在《美生中国人》的孙悟空的形象上,杨谨伦也根据当下美国年轻人的审美进行了设计,例如上翘的发型和肌肉发达的身体,带有几分“西方超级英雄”的特点。

素还是在表现孙悟空的叙事中。杨谨伦在《西游记》中保留了孙悟空的出世、大闹天宫、被压五指山等经典桥段，以及筋斗云、金箍棒、花果山等经典元素，也融入了一些西方读者熟悉的元素，主要表现在作品吸纳的基督教元素上。

《西游记》本身就带有很多宗教因素，包括佛教和道教。而在《美生中国人》中，我们可以看到杨谨伦融入了一些基督教的元素，赋予其新的意义和生命。例如，故事中将孙悟空压在五指山下的不是如来佛祖，而是一位名叫“自有者”(He Who Is)的神仙。他长须长发，一身白衫，手握权杖，这个名字和扮相无法不让读者联想起上帝。佛祖派四位使者将西行任务派给王来朝，这四位使者分别是人、鹰、牛、狮子，分别对应了《圣经》中记载的四活物。孙悟空故事的最后一个画面是师徒四人围在一个怀抱婴儿的母亲周围，这里无疑指向了耶稣诞生的场景，让人不由想起“三王朝拜圣婴基督”的经典场景。很显然，东西宗教文化杂糅的叙事策略是杨谨伦有意为之，既表达了作者本人的基督教信仰，也让孙悟空的故事更容易被西方读者理解和接受，但总的说来，故事内核还是中国文化。

简言之，《美生中国人》在作品的叙事框架中对中国元素进行了创造性的展示和运用，从形式和内容上对孙悟空的故事进行了全新的改写。中西方文化元素相互融合、相互作用，形成了一种独特的文化风格和叙事效果。这种文化融合和多元性也让作品在文化交流和文化认同方面具有重要的意义。孙悟空故事成功的跨文化改写对我国的儿童文学创作具有一定的启发性。

除了语言杂糅和文化杂糅之外，杂糅叙事还表现在故事杂糅上。从叙事技巧角度来讲，该书采用了并置的写法，即“三段式拼接”画风。小说在三个相互独立的故事之间不断转换，三条故事线互相交织，形成了一个多层次的情节结构。三个故事看似毫无关联，但在情节设计上，杨谨伦表现出卓越的故事掌控力，将三条看似不相干的故事线拧成了一股绳，本质上是同一故事的三种不同叙述角度。换言之，这部图像小说表面上看讲述了三个故事，实际上是两个故事，由于共同的文化身份主题，两个故事相当于一个故事，构成一个有机的整体，在叙事结尾实现了融合。《西游记》的经典桥段与美国华裔生活被改写和拼贴在一起，使得文化身份的话题更显深刻。这种多层次的叙事结构，使得作品具有丰富的内涵和深度，不同的读者可以从中发掘出不同的主题和意义,这也是该作品常读常新的原因。

资深媒体人连清川在该书中文版的导读中写道:"只有一个懂得尊重自己民族文化的族群,才能够赢得其他族群的尊重。这是300年来美国华人终于摆脱悲情记忆的最终解决方案。"[①]对自己的传统文化,首先要做到尊重和理解,在此之上才能考虑如何融入另一种文化。可以说,杨谨伦在《美生中国人》中既给出了问题,也给出了一个令人满意的答案。

《美生中国人》借助高超的叙事技巧和生动的图像叙事将美生中国人的身份认同困境淋漓尽致地展现出来,较容易赢得美国华裔(乃至亚裔)年轻一代的情感认同。与此同时,我们不能将这部小说局限在族裔身份这一维度上,因为书中精彩的故事主题超越了族裔的边界,指向青少年普遍的存在困境,具有普遍性内涵和价值,能够在青少年读者群中产生共鸣。身份认同是每一位青少年都会面对的问题,是一个永恒的主题。青春期是一个不断寻求接受的过程。在人生的成长过程中,青少年不断向外寻求同龄人、老师、家长和社会的认可。

美国华裔绘本小说之所以广受欢迎,"除了文本情节的独创性、人物形象的生动性外,最主要的原因在于它们独特地反映了本族群的历史经验,呈现了人类丰富的情感世界"[②]。《美生中国人》最吸引青少年的不是它色彩明亮、丰富多彩的图像或逼真的对话,而是它更广泛的接受主题:如何接受他人,更重要的是如何接纳自我。杨谨伦在《美生中国人》中图文并茂地提出了这个问题,也给出了令人信服的答案,这也是该作品能在全球畅销,屡获大奖,获得学界广泛好评的原因。

## 第三节　《影子侠》的英雄叙事

在美国漫画史上,超级英雄(superhero)叙事占据着极其重要的地位。从20世纪三四十年代以来,超级英雄一跃成为美国漫画作品的主流。成立于1934年的美国著名DC漫画公司于1938年在《动作漫画》创刊号上推出

---

① 连清川. 孙悟空与美国华人的困境[M]// 杨谨伦. 美生中国人. 赫瑨,译. 西安:陕西师范大学出版社,2008:3.

② 苏少伟. 无声的绘本小说,华裔文学亚现象[EB/OL].(2016-11-25)[2023-01-02]. http://www.chinawriter.com.cn/n1/2016/1125/c404033-28894392.html.

了世界上第一位超级英雄——超人(Superman),从此改写了美国漫画史。后来,DC漫画公司陆续推出了闪电侠、蝙蝠侠、绿灯侠、神奇女侠等超级英雄,另一家与其并驾齐驱的漫画巨头"漫威漫画公司"(Marvel Comics)推出了钢铁侠、金刚狼、蜘蛛侠、绿巨人、美国队长、雷神托尔等超级英雄,建立了自己的超级英雄宇宙。这些超级英雄在美国市场颇具号召力,深刻影响了一代又一代世界各地的年轻读者。进入21世纪,伴随着美国亚裔漫画家的崛起,在美国漫画界开始出现"美国亚裔超级英雄"。2009年,在美国亚裔漫画艺术家的共同努力下,推出了第一部美国亚裔超级英雄漫画集——《神秘的身份:美国亚裔超级英雄选集》(*Secret Identities: The Asian American Superhero Anthology*,2009)[①]。该书收录了26篇美国亚裔超级英雄短篇图像小说,全面展现了美国亚裔艺术家在超级英雄叙事领域独特的亚裔视角和想象力。在众多美国亚裔创作者中,最为耀眼的无疑是杨谨伦。他不仅参与了这部漫画集的创作[②],还受DC和漫威等漫画公司邀请,参与创作了多部以超级英雄为主题的图像小说,例如《超人大战三K党》(*Superman Smashes the Klan*,2019)、《降世神通:最后的气宗》(*Avatar: The Last Airbender*)系列、《尚气与十环》(*Shang-Chi and the Ten Rings*,2022)系列、《小猴王》(*Monkey Prince*,2023)系列和《新超人》[③](*New Super-Man*,2016—2018)系列等。在他创作的众多超级英雄叙事中,最具个人特色的当属他与刘敬贤[④](Sonny Liew)联手推出的《影子侠》[⑤](*The Shadow Hero*)。该书不仅呈现了第一位"美国华裔超级英雄"的精彩故事,还与《美生中国人》一脉相承,讲述了在东西方文化碰撞语境下第二代美国华裔身份认同的故事。

① 2012年,该创作团队推出了第二部美国亚裔漫画集《改天换地:美国亚裔漫画合集》(*Shattered: The Asian American Comics Anthology*)。该书收录的漫画内容更加广泛,不仅包含超级英雄叙事,还收录了恐怖小说、科幻小说、奇幻小说、探险小说等多种文类的图像叙事。

② 在这部漫画选集中,杨谨伦与刘敬贤共同完成了短篇漫画《蓝蝎子与春》(*The Blue Scorpion & Chung*)。

③ 杨谨伦在这个系列漫画中塑造了一个名叫"孔凯南"的超人形象。这位黑头发、黄皮肤的英雄是美国超人漫画史上第一位真正意义上的中国超人。除了孔凯南之外,杨谨伦还创作了名为王柏喜的中国蝙蝠侠和名为鹏黛蓝的中国神奇女侠,他们与孔凯南一起组建了"中国正义联盟"。

④ 刘静贤,新加坡漫画艺术家,出版过多部漫画作品,代表作有《陈福财的艺术》。

⑤ 该书简体中文版已由湖南美术出版社于2018年引入国内。

## 一、华人超级英雄的起源叙事

在美国漫画史上,超级英雄漫画常常"排斥、轻视或点缀式地呈现少数族群"[①]。在为数不多的华裔(亚裔)角色中,要么是微不足道的小人物,要么则是一些反派角色,例如《钢铁侠》(*Iron Man*)中的大反派"满大人"(Mandarin)。但在20世纪美国漫画历史上却难得地出现了一个例外。1944年,美国亚裔漫画家邢初(Chu F. Hing)在《炽热漫画》(*Blazing Comics*)系列漫画中,塑造了一个名叫"青龟侠"(The Green Turtle)的超级英雄。青龟侠身披龟壳图案披风,头戴面具,身体四周常会伴随一个龟形阴影。第二次世界大战期间,他在中国协助抗日部队,积极对抗日本侵略者,保护中国底层民众。读者可以感受到他嫉恶如仇的性格与强烈的抗日情怀。与其他超级英雄不同的是,青龟侠的身份始终是个谜。美国出版商当时认定华人超级英雄不符合主流白人读者口味,要求邢初将这位超级英雄人物设定为白人,但邢初显然没有接受。在他绘制的漫画中,青龟侠身世不详,他的肤色非白非黄,而是浅粉色的;他从未正脸示人,要么背对着读者,要么用什么东西遮住了面部。青龟侠的助手曾多次询问他的成长历程,每当青龟侠要给出回应,都会因为突发事件而中断。这也给美国漫画界留下了一个身份之谜:青龟侠是如何成为青龟侠的?[②] 种种迹象表明,青龟侠应该就是美国漫画史上第一位华人超级英雄。

虽然那个年代让一位正义勇敢的华人英雄形象出现在美国漫画中意义深远,但《青龟侠》只连载了五期便被迫停刊,他的创作者邢初也渐渐被读者遗忘。将近70年后,杨谨伦和刘敬贤重新发现了这个角色的魅力。为了向邢初表达敬意,传承华人超级英雄的精神,他俩合作完成绘本小说《影子侠》,在青龟侠的原型基础上,发挥了丰富的想象,重新塑造了这个角色,赋予他丰满的形象。

邢初在连载漫画里既未透露青龟侠的身世,也未说明青龟侠与其龟形身影之间的关系,而《影子侠》可以被看作青龟侠的起源故事(origin story),颇具想象力地回答了这些悬而未决的问题,对青龟侠的身世谜团给出了有

① SINGER M. Black skins and white masks: comic books and the secret of race[J]. African American Review, 2002(1): 107.

② 参见杨谨伦,刘敬贤. 影子侠[M]. 陆星宇,译. 长沙:湖南美术出版社,2018: 158.

趣的阐释与再现。整个故事开端的场景设在了中国，但故事主体发生在20世纪40年代的美国。1911年，清王朝灭亡，中国两千多年的封建统治寿终正寝。整个中国陷入了一片混乱。镇守中国大地的四大神兽青龙、白虎、朱雀、玄武强烈地感受到中华民族正面临生死存亡的危机，一时不知如何是好。玄武（又称“龟灵”）当机立断，搭乘了一艘驶往美国的汽轮，决定暂时离开中国到国外避难。玄武在货舱中遇到一位烂醉如泥的年轻男子，此人便是书中后面登场的青龟侠的父亲。玄武和该男子达成了一笔交易：玄武答应帮助男子戒掉酒瘾，男子同意玄武附着在他的影子中。来到美国后，该男子在唐人街开了一家杂货铺，生活简简单单，不好不坏，后来与另一位移民美国的中国女性结婚成家，生下一子，名叫“楚汉克”（Hank Chu）。汉克的母亲极度希望儿子能够成为超级英雄，而汉克却缺乏足够的动力和激情。为了让儿子成为超级英雄，母亲安排汉克跟一位功夫高手苦练武功。汉克一家原本生活温馨，却惨遭不幸：唐人街有一个势力庞大的华人黑帮，敲诈勒索，无恶不作，有一次汉克的父亲无力向黑帮交保护费，结果惨死在黑帮老大的枪下。在失去父亲的巨大悲痛中，在龟灵玄武的加持下，汉克独自一人踏上为父报仇之路，成长为真正的超级英雄。充满勇气和智谋的青龟侠最终铲除了华人黑帮的邪恶势力。作者在书中用丰富的视觉语言呈现了精彩的打斗场面，用幽默风趣的手法对美国超级英雄漫画作了一次有趣的创新。除了超级英雄的各种壮举，杨谨伦也呈现了20世纪初美国华人的生活场景和生存困境。值得一提的是，在该书后记中，杨谨伦十分详细地介绍了邢初与他的青龟侠，清楚地阐述了自己的构思过程，并配以邢初的原版青龟侠漫画。

不难发现，杨谨伦的《影子侠》与邢初的《青龟侠》有着紧密的互文关系。邢初笔下的青龟侠如同忍者神龟，披风上印有一个大大的乌龟图案。在《影子侠》中，乌龟的图案也成为一个重要的符号，此图案频繁出现，几乎贯穿故事始终。汉克的父亲给自己开的杂货店起名叫“玉龟杂货店”，店里墙上和货箱侧边都醒目地贴着玉龟图片，这些细节显然指向附在他影子里的龟灵“玄武”，也预示了汉克随后成长为青龟侠的情节走向。

值得一提的是，小说大部分页面都是用多个画格（panel）来铺陈情节，偶尔也会在单页中用单个画格特写某个画面，其中有一个画面值得玩味。在汉克离开唐人街前往黑帮大本营时，作者为离开时的汉克创作了一个特写画面。那是个电闪雷鸣的雨夜，背景是一条狭窄的唐人街街道，而前景是汉克大大的背影，整个背影构成整幅画面的焦点。汉克披着印有玉龟图案的披风在街上奔跑，心里涌起一句话：“就在我作为一名超级英雄重获新生的那一晚，天空中下起了雨。”[①]他的粉红色皮肤[②]、面不示人的背影、印有龟形图案的披风，所有这些细节都与邢初笔下的青龟侠有几分相似，无疑是两位作者在向邢初致敬。

主人公汉克在展示超级英雄形象时，曾使用过三个名字，名字的变化也表明他的身份发生了几次转换。第一个名字是“神勇金侠”（Golden Man of Bravery），这是汉克母亲给他起的名字，但汉克并不认同这个“超级英雄”的身份。汉克当时正处于成为超级英雄的准备阶段，习武是被母亲强迫，武艺不精，心智也不成熟，算不上是超级英雄。第二个名字是“玉龟侠”（Jade Tortoise），是借用父亲开的杂货店的名字，改用这个名字表明汉克对父亲和唐人街表现出了认同感。为了替父报仇，汉克穿上了一件自制的披风，将原先的“金”字换成了乌龟的图像。第三个名字是“青龟侠”（Green Turtle），是汉克单枪匹马闯进黑帮老巢时使用的名字。如此自称说明这时的他具有了真正的超级英雄精神，从一心为父报仇，转而上升到为民除害，匡扶正义，这也符合邢初创作青龟侠的初衷。

## 二、华人草根英雄叙事

《影子侠》中的超级英雄虽然脱胎于美国超级英雄叙事传统，却不同于传统超级英雄叙事模式，具有草根英雄的叙事特征。

美国漫画史上出现了很多“高大全”的超级英雄形象，例如美国队长、超人、蝙蝠侠、蜘蛛侠。这些超级英雄虽然身世不同，各怀绝技，但大都英俊潇洒，身材伟岸，拥有超乎寻常的力量和惊人的体能，上天入地，无所不能。他们拯救生命，打击犯罪，“不管身处何境地，都是心怀天下，以维护世界和平为己任”[③]。他们可以出现在任何地方，总是在最需要的时刻挺身而出。虽然这些超级英雄性格或多或少存在一些瑕疵，但整体上无可挑剔。《影子

---

① 杨谨伦，刘敬贤．影子侠[M]．陆星宇，译．长沙：湖南美术出版社，2018：87.

② 因为他之前身体接触过有毒化学物质，所以一碰到水，他的身体就会变成一种奇怪的粉红色，在黑暗中还会微微发光。

③ 崔辰．美国超级英雄电影：神话、旅程和文化变迁[M]．北京：中国电影出版社，2015：111.

侠》中就出现了这样一位超级英雄。有一次,汉克母亲开车送白人雇主去银行办事,途中遭遇劫匪,被一个名叫“正义之锚”(Anchor of Justice)的白人超人所救。这个“正义之锚”完全符合传统超级英雄的特征。他会飞行,英俊潇洒,刀枪不入,力大无比,智勇双全,还长着一双镭射眼。这段“英雄救美”的插曲有力地推动了随后的情节发展,激发了汉克母亲的英雄情结,使她下定决心要将儿子培养成为超级英雄。

对于美国超级英雄叙事,连环画研究学者理查德·雷诺兹(Richard Reynolds)曾总结了一些普遍性叙事特征,主要包括父母双亡、天神下凡、献身正义、刀枪不入、介入政治、身份保密、将科学与魔法相结合。① 对比这些叙事范式,不难发现,《影子侠》中的汉克几乎一项都不符合。换言之,与传统美国超级英雄不同的是,《影子侠》推出了一个非典型式的英雄,颠覆了传统超级英雄的光辉形象。主人公汉克在唐人街出生和长大,胆小怯懦,身体单薄,缺乏男性阳刚气质。他从小在父亲的杂货铺里帮忙,一有空就跟父亲一起摆放货柜,擦拭柜台,接待客人,干得乐此不疲,对杂货铺和唐人街有极强的归属感。高中毕业的时候,他已经想好将来继承父亲的杂货铺,成为父亲这样的杂货商,平淡安详地过完一生。他普普通通,没什么远大抱负,从未想过锄强扶弱、匡扶正义。在汉克身上,作者褪去英雄人物迷人的光环,塑造了一个安于现状的“凡人”形象。

既然他不是天赋异禀,从未想过成为超级英雄,那他为何“阴差阳错”地就成为超级英雄了呢?这与他母亲的鼓励和父亲的悲剧是分不开的。

汉克的母亲小时候怀着美国梦跟随父母前往美国。她想象中的美国是一个天堂般的新大陆:“她听说美国女人的皮肤像白玉一样洁白,头发像黄金一样闪耀,服装像旧时宫廷里的一样纷繁。美国男人发明的神奇机器,能够用光绘出动态的图画,还能在眨眼间将人从一座城市带去另一座。”②但来到美国之后,她目睹和经历了初代华人的困苦生活,倍感失望,因为“她梦想中的女人和机器确实存在,但他们灰暗、嘈杂和粗鲁。而且整个国家好像都在散发着馊黄油的气味”③。长大后,汉克母亲不情不愿地嫁给了汉克父

① REYNOLDS R. Superheroes: A Modern Mythology [M]. Oxford: University Press of Mississippi, 1992: 12-16.

② 杨谨伦,刘敬贤. 影子侠[M]. 陆星宇,译. 长沙:湖南美术出版社,2018:4.

③ 杨谨伦,刘敬贤. 影子侠[M]. 陆星宇,译. 长沙:湖南美术出版社,2018:5.

亲，心里颇有不甘，不想在唐人街了却残生。母亲结婚生子后，在一个富有的美国白人家庭做女管家。她总是想着法子晚点回家，因为她已经厌倦了唐人街普通乏味的生活。

如前文所述，在被白人超人救下之后，汉克母亲一下子迷上了超级英雄，对超级英雄产生了各种幻想，冒出了将儿子培养成超级英雄的念头。为了让儿子成为超级英雄，汉克的母亲疯狂地尝试让儿子生成超能力的各种办法。例如，让儿子接触有毒的化学物质；服下毒草药和矿物的混合物；被一只用于科学实验的恶犬咬伤；和一位所谓神仙的神秘人物接触，等等。这些成为超人的桥段基本来自传统超级英雄叙事，具有几分戏仿的效果。但作者并没有沿袭传统超级英雄叙事的老路，而是主要借助写实主义手法，让汉克通过自我修炼和自我领悟完成个人成长。汉克的母亲后来委托一名会武功的华人朋友教汉克功夫。汉克虽然是被迫习武，却从不偷懒，认真苦练，每次练完功夫几乎都是鼻青脸肿。功夫不负有心人，他武艺不断精进，身体也结实起来。一天晚上，母亲开车带汉克出门，找歹徒给儿子练练手。他们发现两个流氓跟踪了一个红衣年轻女性，图谋不轨。汉克急忙前往营救，却被两个匪徒暴揍一顿，最终还是身怀绝技的女孩将他救下。想要成为超级英雄的他首次亮相便以失败告终。汉克虽然穿着超级战服，但毕竟还是个凡人身，终究是血肉之躯，担当不起超级英雄的崇高使命。

母亲的望子成龙为汉克成为超级英雄做好了铺垫，而促使此事发生的主因是汉克父亲遇害的悲剧。汉克父亲经营的杂货铺位于唐人街内，要定期给当地华人黑帮交保护费，有一次父亲因为拿不出那么多钱，被黑社会帮派“条之堂”的首领“鹰莫克”及其手下虐待。为了替父亲出气，汉克只身一人来到黑帮赌场。在暴揍鹰莫克一顿之后，鹰莫克带手下来到汉克家里，一枪将他的父亲击毙。父亲遇害深深刺激了汉克，燃起了他内心的怒火。父亲死后，龟灵玄武也失去了母体，无法再附在父亲的身上，在承诺让汉克拥有“躲子弹”的超能力后，转而附在了汉克的身上，附身那一刻，汉克“感到心里有一种怪异的平静感。好像我的父亲还活着，只是我听不见他”①。父亲的遇害最终将汉克的英雄意识唤醒。从此，他肩负起了为父报仇、伸张正义的使命。他孤身一人直捣黄龙，找黑帮首领算账，以凡人之躯对抗整个黑

① 杨谨伦，刘敬贤. 影子侠[M]. 陆星宇，译. 长沙：湖南美术出版社，2018：71.

帮，成为一名真正的英雄。不难发现，汉克没有掌握什么神秘的东方法术，也没有习得什么超级功夫，他的超能力不过是躲子弹。在与反派的各种斗争中，汉克都是与对手近身肉搏，稍一疏忽就可能命丧黄泉。汉克的正义感和无畏精神让他最终克服万难，将黑帮首领绳之以法。① 在战胜反派的同时，他也完成了自我重建，成为真正的正义使者。

经历了这番血雨腥风之后，汉克的生活复归平静，如他所言，之后他的生活便恢复了宁静。鹰莫克被关进了监狱，也没有人来找他收保护费了。② 汉克接手了父亲的杂货店，安心地过着平凡人的普通生活。不难看出，西方超级英雄大都是为了非个人利益与反派搏斗，而“影子侠”汉克则主要是因家人遇害挺身而出，显得更加真实，也间接地宣扬了中国人重孝道、重亲情、重家庭的儒家传统。

西方众多超级英雄，如绿巨人、X 战警、蜘蛛侠、雷神托尔、钢铁侠、美国队长，他们的超能力禀受于天，而不是通过自身努力获得；青龟侠则不然，在玄武的庇护下他虽然拥有躲子弹的超能力，但在与反派人物战斗时他靠的还是自己的硬功夫。换言之，汉克通过自身努力完成了向超级英雄的蜕变。杨谨伦没有过度地渲染或神化超级英雄人物，而是展现了貌似坚不可摧的超级英雄作为人的一面，展现了一个胆小怯懦的普通人成长为超级英雄的过程，呈现出一个真实可信的人物形象。在面对严峻的考验时，汉克也暴露出某种脆弱和无力感，让这个血肉丰满的人物更具魅力，能在读者中产生共情和认同。从某种意义上，该叙事背离了英雄叙事的常规模式，对年轻读者而言更具启发意义。

### 三、超级英雄的种族身份操演

除了别具一格的草根英雄叙事之外，《影子侠》也借助图像叙事批判和解构了流行文化中的一些亚裔刻板印象，通过服饰和面具的视觉符号展现出不一样的亚裔超级英雄。

与《美生中国人》相似，《影子侠》呈现出很多文化刻板印象。在小说《英雄本色》一章伊始，汉克单枪匹马来到一座名叫“小工帽岩”（Coolie Hat

① 情节最后，汉克没有“以暴制暴”地杀死黑帮首领鹰莫克，而是将其送到警察局。作者意欲借这个细节传递这样一个讯息：暴力不是通向正义的唯一道路，应维护法律在伸张正义过程中的关键作用。

② 参见杨谨伦，刘敬贤．影子侠[M]．陆星宇，译．长沙：湖南美术出版社，2018：149.

Rock)的小岛,这里便是华人黑帮大本营所在地。小岛所在的城市发行了许多小岛主题的明信片,明信片的配图大都是华人的刻板印象,例如经典的“中国苦力”和“中国五兄弟”。“小工帽岩”的地下藏了一个宫殿主题的俱乐部,这个宫殿名叫“禁幸宫”(Palace of Forbidden Fortunes),其名字、外观和内部装饰充满了中国元素。作者用图像语言将反派大本营塑造成一个视觉奇观,制造出强烈的异域风情和东方色彩。与《美生中国人》相似,杨谨伦再一次将亚裔人物和文化刻板印象夸张地视觉再现,旨在激发读者的不适感,反思自己潜意识里或流行文化中的种族主义心态和倾向。

汉克潜入黑帮赌场之后,终于等到华人黑帮老大“十泰”(Ten Grand)的出场。“十泰”被黑帮成员尊称为“皇上”,他穿着华丽的中式服装,留着长指甲,蓄着稀疏的小胡子,说起话来拿腔拿调,一副“傅满洲”的样子。汉克凭借勇气和智慧逮住了赌场里的“十泰”,将其送进警察局后,却发现这位所谓的黑帮老大“十泰”并非他本人,而是“十泰”的替身。“十泰”的替身是一个名叫莫伊·本德的底层爱尔兰人,专干些鸡鸣狗盗的事情。这个冒牌的“十泰”故意用颜料将脸涂黄扮演黑帮老大,行为举止滑稽可笑。被送到警局之后,一位白人警探审问这个冒牌替身:“那些中国人找不到一个自己人来演太监?”①这个爱尔兰演员骄傲地表示自己比中国人还中国人。无疑,这种做法指向了早期美国影视文化通行的一种表演形式——“黄脸扮演”(yellowface)。这是一种种族歧视行为,就如同是白人演员将脸涂黑扮演黑人的“黑脸扮演”(blackface)一样。王建会认为:“种族身份可以根据需要而不断地被界定、建构、重构。”②无疑,爱尔兰演员主动操演了亚裔刻板印象,揭示了族裔身份的“操演性”(performativity)问题。作者意欲说明,亚裔身份不是与生俱来的特性,并非本质特征,而是形成于持续的操演行为,不存在先在的主体性。作者还借白人警探之口呈现了美国主流社会的种族主义偏见:白人警探无意中将华人称作“那些斜眼角的卑鄙小人”③,汉克随即用动作和语言嘲讽了他一番,白人警探这才意识到自己潜意识里的种族偏见。简言之,作者通过人物操演种族身份展现了身份的建构过程,凸显了族裔身份的建构性,批判了种族刻板印象。另一方面,在《影子侠》中,

① 杨谨伦,刘敬贤.影子侠[M].陆星宇,译.长沙:湖南美术出版社,2018:117.
② 王建会.种族操演性——族裔文学批评范式研究[J].国外文学,2014(3):14.
③ 杨谨伦,刘敬贤.影子侠[M].陆星宇,译.长沙:湖南美术出版社,2018:118.

黄皮肤的大反派由白人操演，而被白人垄断的超级英雄却是黄皮肤的华人，这种逾越肤色边界的操演行为模糊了种族分类的界限，有力地揭示了种族主义的荒谬，挑战和反抗了美国文化帝国主义。

除了挑战刻板印象之外，杨谨伦也试图挑战超级英雄的身份，主要表现在对超级英雄战袍和面具的设计与使用上。在超级英雄漫画里，超级英雄通常拥有“普通人”和“超级英雄”的双重身份，过着双重生活。双重身份和双重生活是泾渭分明的，区分的标志通常是超级英雄的战袍和面具。每个超级英雄都有造型鲜明的标志性服饰，用来掩护其本来面目。此外，服装与超级英雄的身份有着千丝万缕的关系，是其身份的外在标志。从视觉效果的角度来讲，超级英雄之所以超级，是因为他们和普通人不一样，如果穿得普通，他们的超级感就会大打折扣。超级英雄漫画角色的服装设计与角色身份具有相适性，因为服装会给读者留下深刻的第一印象，成为角色的象征符码，因此服装应能表现出角色的独特特征与能力。[①] 在超级英雄叙事中，主角穿上英雄战袍就表明身份发生转换，就意味着准确迎接战斗。

《影子侠》戏仿了超级英雄的服装叙事范式，消解了服装符号的固定意义。《影子侠》中汉克的两个身份之间的界限是模糊的，因为作者没有严格按照超级英雄叙事范式来设计汉克的制服和面具。小说中总共出现了两套战袍。第一套超级英雄制服由母亲缝制完成：一套浅绿色的全身套装，胸口处印着一个亮闪闪、金灿灿的“金”字，还配有深绿色披风，比较符合美国超级英雄传统风格，但汉克却不情愿使用，因为他不认同自己超级英雄的身份，只想过好普通的生活。第二套战袍则简单很多，是汉克用家里的一面旧旗做成的一件披风，披风后面印着一个大大的青色图案，稍显粗糙和幼稚。在获得躲子弹的超能力后，汉克一心要为父报仇。他为此披上战袍，袒胸露乳，一下子多了几分喜剧效果。作者不仅借助战袍揭示了汉克的人物性格，表现出他个人身份认同的转变，同时也消解了超级英雄战袍的神秘性和庄重感。

面具是超级英雄的另一个形象符号。传统超级英雄通常不会以真面目示人，能戴面具就戴面具，能不露脸就不露脸。但在《影子侠》中，汉克在完

① 以蝙蝠侠的服装为例。蝙蝠侠的服装被设计成蝙蝠的样式，为了突出蝙蝠侠的神秘，大量地使用黑色、灰色和蓝色等暗系色调，还设计了巨大的黑色披风，披风不仅为蝙蝠侠带来震慑敌人、营造恐怖气氛等作用，还可以帮助他在空中滑翔、隐藏行踪、抵挡攻击。

成超级英雄的任务时常常不戴面具，褪掉了超级英雄的神秘感；有时候，甚至连母亲都戴上了他的面具，明显背离了美国漫画中的超级英雄叙事范式。在笔者看来，之所以让汉克以真面目示人，作者意欲凸显亚裔英雄面孔的真实性和可见性，从而间接地挑战和消解那些扭曲的华人刻板印象。

在美国好莱坞电影里，亚裔功夫高手常常有两种刻板印象：“不是沉迷打斗、少语寡言的盖世传奇，就是冷酷残忍、十恶不赦的功夫坏蛋，抑或神秘莫测、不近人情的冷血超人。”①与以上两种刻板印象不同的是，英雄汉克并不喜欢打打杀杀，而是有血有肉、有情有义、爱家爱国、真实可信，是一个具有人格魅力的超级英雄。

## 第四节　《通关》对模范少数族裔迷思的反叙事

“身份问题是青少年文学的永恒主题，它与族裔问题叠加，构成了华裔青少年文学作品的底色。”②这一点在杨谨伦的创作上表现得淋漓尽致，不管是《美生中国人》，还是《影子侠》，文化身份认同都是小说的主题。该主题也同样出现在他另一部名叫《通关》（*Level Up*，2011）的图像小说中。《通关》是一部以电子游戏文化为背景的图像小说，通过一个名叫丹尼斯·欧阳（Dennis Ouyang）的美国华裔男孩的成长经历，探索了传统、责任、生命的意义、父母期望和个人兴趣之间的冲突和平衡等多个主题。在笔者看来，《通关》的叙事核心是对模范少数族裔刻板印象的反思性书写，从主题和形式两个方面对“模范少数族裔迷思”（model minority myth）进行了反抗与解构。

### 一、对模范少数族裔迷思的反思

在美国当代社会语境，美国亚裔常常被冠以“模范少数族裔”的称号。顾名思义，模范少数族裔指具有多种美德和优点的美国亚裔群体：他们遵纪守法，聪明勤奋，不爱惹是生非，拥有高学历、高收入和高社会地位，是美国多种族社会中的模范群体。追根溯源，模范少数族裔这个概念是1966年由美国社会学家威廉·彼得森（William Petersen）首创。他在刊登于《纽约时

① 孙璐. 从游朝凯的《唐人街内部》看亚裔美国人的“夹层”困境[J]. 当代外国文学，2022(4):7.

② 唐莹.美国华裔青少年文学中的“中国想象”[J].湖南科技大学学报(社会科学版)，2021(5):57.

报》上一篇题为《成功故事:美国日裔的风格》("Success Story, Japanese American Style")的文章里首次用"模范少数族裔"来描述美国日裔群体。彼得森在文章中详细描述了美国日裔的勤奋和隐忍精神,肯定了日裔在美国社会获得的成功,并将日裔的成功归功于重视家庭价值观和道德的日本文化。后来这个概念在媒体的持续宣传下,逐渐被美国社会接受,并延伸扩大包含了美国华裔和韩裔等少数族裔群体。

表面上看,该词似乎不含任何种族歧视的意义,更像是对亚裔的赞誉,是一种正面的刻板印象。但为何在当今时代,模范少数族裔却成为一个被普遍认为具有种族歧视色彩的概念呢?这个概念的传播和认同会产生何种后果呢?要回答以上问题,需要理顺这个概念背后的话语逻辑和政治意图。在笔者看来,模范少数族裔话语背后的逻辑是主流社会基于不公平的美国种族等级结构强加给亚裔群体的标签,从而掩盖了种族歧视的不合理性,维护了种族等级制度的现状。

模范少数族裔是美国社会重要的种族话语,深刻地影响了美国主流社会对亚裔的理解和认知,其话语流行会产生诸多危害。首先,消除个体差异。模范少数族裔话语无疑将美国亚裔这个多元复杂的群体简单化和本质化处理,造成了广泛的误解和误读。模范少数族裔的修辞并不是真的关注现实生活中美国亚裔的成功,更多的是指美国亚裔在政治领域保持沉默,积极寻求融入美国主流社会。当亚裔无法满足刻板印象的要求时,容易遭受非议,产生负面的自我认知。其次,延续了"永远的他者"叙事。模范少数族裔暗示亚裔美国人不同于其他族裔的美国人,再一次强调和凸显亚裔"他者"身份。表现在教育方面,就是美国亚裔学生常会受到不公平的待遇,例如美国高校对华裔的录取分数线常常高过对其他族裔设置的分数线。在职场上,美国华裔会触碰到"竹子天花板"(bamboo ceiling),较难获得高层管理和领导的职位。再次,掩饰种族主义伤害。亚裔成功叙事忽视亚裔一直以来所遭受的"系统性种族歧视"。最后,有损争取种族公正斗争。亚裔被认为是美国规则内获得成功的典范,经常被用作否认其他有色族裔遭受不公正待遇的证据,常会引发不同种族和族裔之间的矛盾。

对一直致力于反对种族歧视、捍卫美国亚裔权利的杨谨伦而言,模范少数族裔自然是他关注的一个重要话题。《美生中国人》中部分情节已经对此有所涉及,例如王谨母亲为了儿子接受优质教育而频繁搬家;钦西知识渊博，总能第一时间正确回答老师的提问。在其他作品中，杨谨伦对模范少数族裔话题依然兴趣不减，主要表现在《通关》的创作上。

《通关》讲述了华人少年丹尼斯的成长经历。故事伊始，丹尼斯回忆起自己 6 岁那年第一次看到游戏大厅里投币机时的情景。他一脸痴迷，深深地爱上了这种娱乐形式，对电子游戏朝思暮想，念念不忘，晚上做梦都是游戏里的画面。他跟父母讨要零花钱，却被他们断然拒绝。他的父母以“赚钱不易”为借口不肯给他零花钱，还表示打电子游戏完全是“无用之事”。没有零花钱，他就在游戏厅没人的时候摸两下游戏杆，过过手瘾。等任天堂推出家用游戏机之后，丹尼斯开始无比渴望能够拥有一台自己的游戏机。有一年临近圣诞节的时候，丹尼斯希望父亲能送一台游戏机给他作圣诞礼物。为了“启发”父亲，他把游戏机的图片挂在圣诞树上，贴在冰箱门上和汽车后视镜上。圣诞夜来临，他满心期待地打开圣诞礼物，却发现自己拿到的竟然是一套化学实验用具。这让他大失所望，懊恼不已。他向父亲表达了不满，父亲也用“实际行动”给出了回应：他在家里的镜子、电脑屏幕和枕头等物品表面贴了很多剪报，上面写满了就业指导方面的内容：“如何考上大学”“什么是最好的工作”“就业市场”“工作的美德”等。为了不辜负父亲的期望，丹尼斯只能将打游戏的兴趣搁置一边，表现在图像叙事上，就是丹尼斯取出礼盒中的化学用具，开始认真看书学习。望子成龙的父亲对儿子丹尼斯的严苛不近人情，这无疑会让读者联想到另一部颇有影响力的著作：美国华裔作家蔡美儿（Amy Chua）的《虎妈战歌》（*Battle Hymn of the Tiger Mother*，2011）。该书在宣传模范少数族裔话语方面发挥了重要作用。《通关》中丹尼斯的父亲与“虎妈”如出一辙。丹尼斯的父母是美国第一代华人。在丹尼斯出生之后，他们就已经为他指明了人生方向：成为医生。在丹尼斯的父母眼中，“成为医生”就意味着“完美人生”，这种观念十分吻合模范少数族裔的标准。

在距离丹尼斯高中毕业还有两周时，丹尼斯的父亲因肝癌不幸离世，丹尼斯也因此伤心欲绝。参加完父亲的葬礼之后，他立马开车去了一家商店，买了一台游戏机，开始疯狂地打游戏。也许是因为过于悲伤，试图逃离现实生活，或是表达内心压抑已久的叛逆情结，丹尼斯开始报复性地玩电子游戏，沉溺其中无法自拔。作者在一个页面上连用六个画格来呈现丹尼斯打游戏机的情景：在教室里、在游戏厅里、在毕业典礼上、在宿舍里、在家里，甚至是在电影院陪女友看电影的时候。这六个画格呈现了六个不同时刻和不同空间，但核心内容都是丹尼斯随时随地都在玩游戏。如此痴迷游戏，丹尼斯自然会付出代价。他在大学预科班里读了一段时间之后，因沉溺电子游戏，学习成绩一落千丈，被罚留校察看，最终被学校勒令退学。丹尼斯内心愧疚不已，表现在图像叙事上，就是他走在校园里，不管遇到什么样的雕塑，他眼中雕塑的头部都是父亲的样子。为了逃避心中的愧疚感，丹尼斯选择逃避现实，退回到地下游戏厅，因为游戏厅就如同"家"[1]一般，让他有安全感和归属感。他在电子游戏方面也表现出了一定的天赋。在与好友塔基姆(Takeem)一起打电子游戏时，塔基姆由衷地夸他："也许你是电子游戏界的心灵捕手……你的大脑就像是'任天堂'造的一样。"[2]丹尼斯虽然没有参加过什么培训，他的天赋足以让他在这个领域表现出强劲的实力，这也为情节后续发展埋下了伏笔。

某天夜里，四个小天使突降人间，出现在丹尼斯面前。丹尼斯一下子认出了他们：在初中毕业的时候，丹尼斯以优秀毕业生代表的身份在毕业典礼上致辞，父亲送给他一张贺卡以示庆祝，鼓励他在高中再接再厉，丹尼斯面前的四个小天使与贺卡上的四个天使形象一模一样。这些天使找丹尼斯的目的十分明确，那就是督促他好好学习，顺利考上医学院，成为一名优秀的"胃肠病医生"(gastroenterologist)，因为他们认为这就是丹尼斯的"命运"[3]。这四位天使先是找到大学系主任，说服她恢复丹尼在大学预科班里的学籍，然后又如同保姆一样无微不至，给他洗衣做饭，打扫卫生，甚至给他制作学习卡片。在天使的精心照顾下，丹尼斯全身心投入学习，终于如愿考上了医学院。

考上医学院后，丹尼斯交了一些知心朋友，有了自己的朋友圈，感受到多元的价值观。在医学院学习了一段时间之后，丹尼斯发现自己似乎很不擅长做医学实验(如"大便检查")和医学检查(如"直肠指检")，发现自己学医既没天赋，也没乐趣，只有痛苦的感受。他身边的同学鼓励他不要受家人影响，勇敢做出自己的决定。丹尼斯也开始怀疑自己是否选错了人生道路，是否应该及时止损。有一天丹尼斯在街上偶遇高中同学塔基姆，发现他已

---

① YANG G L, PHAM T. Level Up[M]. New York: First Second, 2011: 29.
② YANG G L, PHAM T. Level Up[M]. New York: First Second, 2011: 33.
③ YANG G L, PHAM T. Level Up[M]. New York: First Second, 2011: 37.

经变成了“成功人士”：不仅为一些游戏网站写评论和做测试，还以职业玩家的身份参加了电子游戏比赛，拿了大奖，赚了大钱。这次偶遇让丹尼斯下定决心做出改变，放弃学医。他回到家里与四个天使摊牌，表示自己已决定放弃学医。天使施展魔力将他关在家中书房里，丹尼斯从窗户逃走，四个天使追了上去。作者利用游戏叙事手段展现了丹尼斯与四个天使之间的追逐和冲突，并借助闪回的手法，让丹尼斯发现，“成为医生”原来是父亲向他过世的亲人许诺、却未能实现的愿望，而父亲更大的心愿是希望他开心幸福，“开心的人才会更优秀”[①]（“A happier man is a better man”）。通过这些细节，作者试图告诉读者，丹尼斯的父亲是个有爱心和同情心的圆形人物，而并非冷酷无情、虎爸虎妈式的模式化人物。此外，他还发现了自己对父亲的另一个误解。丹尼斯高一期末考试考的不好，拿了个C，成绩单送到家里之后，父亲给他的贺卡竟然不知所终。丹尼斯当时认定是父亲故意拿走以惩罚他的糟糕表现。多年后，丹尼斯发现那张贺卡其实并没有被父亲拿走，而是被风刮到他的床和书架之间的空隙里。

在了解了父亲曾经的心愿之后，他离开了医学院，找了一份电子游戏测试员的工作，参加了一些电子游戏锦标赛，在比赛中大获成功，还有了自己的赞助商，可以说是名利双收。电子游戏事业成功后，他发现自己并没有那么开心。在电子游戏的虚拟世界中，一切都显得那么不真实，他无法从中获得真正的满足感和成就感，而这些感觉只有在真实世界中与人打交道时才能获得。在故事最后，他选择重返校园，回医学院深造学习。在一堂实践课上，教授展示如何用结肠镜机器切掉病人肠胃里的息肉。丹尼斯发现自己很快就轻松上手，因为操纵机器的过程需要手眼协调，这恰恰是游戏玩家的必备素质。丹尼斯的精湛手法让教授大为惊叹，对他刮目相看。丹尼斯也从中感受到了行医的乐趣，找到了自己的人生价值。

这部图像小说生动地展示了模范少数族裔迷思对亚裔年轻一代的负面影响。“学医”是丹尼斯父母一直以来的愿望，隐喻了美国主流社会对亚裔群体的职业认知；打电子游戏则隐喻了年轻人的个人追求，与家长（或社会）的期待是相悖的。在小说中，主人公丹尼斯在两个看似对立的选择之间痛苦挣扎，这种纠结恰恰反映了模范少数族裔话语对丹尼斯的深刻影响。在

① YANG G L, PHAM T. Level Up[M]. New York: First Second, 2011: 129.

家庭和社会语境的潜移默化之中，丹尼斯将学医看作孝顺父母、事业有成、富有责任心的表现。

小说中的四个天使反复提醒丹尼斯，要想走向成功就必须承受苦难，必须延迟满足，不断强调“忍耐”[①]（endurance）的重要性。忍耐这一美德很难不让读者联想到模范少数族裔话语。在美国主流社会眼里，亚裔之所以能成功，是因为美国亚裔足够隐忍，能够忍受各种社会不公和歧视，为了成功一根筋地往上爬。丹尼斯之所以在学医和打电子游戏之间痛苦挣扎，无法摆脱内心的愧疚感，恰恰说明他已经内化了模范少数族裔的刻板印象，认同了模范少数族裔话语。从表面上看，这四个天使象征了丹尼斯的父母（进而所有亚裔父母），不断地向他灌输传统儒家思想和价值观。从主题的角度来看，这四个“守护天使”与其说象征了他的父亲，倒不如说象征了模范少数族裔话语，或是主人公丹尼斯内心已经接受的亚裔刻板印象。这里与《美生中国人》中孙悟空扮成的钦西有异曲同工之妙，从某种意义上说，都是主人公内心世界的外在表征。

打游戏与学习和工作之间似乎是矛盾的关系，但小说结尾却给出了另一种可能性。丹尼斯最终还是走上了学医之路，但这一次不是为了满足父母的期望，符合模范少数族裔的社会想象，而是利用自己高超的游戏技能治病救人，完成自我价值的实现。主人公丹尼斯看到了这两种选择的局限，最终在游戏和现实之间达成了某种平衡，实现了与自己的和解。最后小说情节发生的翻转，质疑了将“成为医生”与“打电子游戏”之间进行二元对立的思维，进而质疑了模范少数族裔迷思的合法性，邀请读者重新思考美国华裔身份这个问题。通过消解这一刻板印象，作者试图揭示年轻人应如何在个人兴趣和社会期待之间找到平衡，创造属于自己的未来。

## 二、图像小说与电子游戏的跨媒介叙事

杨谨伦小说的一大特征是将流行文化融入图像叙事中。在《通关》中，作者巧妙地将电子游戏引入图像叙事，充分利用视觉语言展现主人公与电子游戏之间的复杂关系。杨谨伦将图像小说与电子游戏两种媒介结合起来表现主题，建构情节，是跨媒介叙事的一次成功尝试。

---

① YANG G L, PHAM T. Level Up[M]. New York: First Second, 2011: 44.

在《通关》中，"电子游戏"的元素可以说无处不在，首先就表现在小说的副文本上。《通关》的封面用图是一个游戏机手柄的图案。这个封面明确无误地揭示了小说中的电子游戏话题，还巧妙地揭示了小说主题：手柄是游戏玩家操控游戏的唯一媒介，因此隐喻了主人公的独立性和主体性，隐喻了主人公操控人生的主动权。值得一提的是，这个游戏手柄的图案在小说第二章中也出现了一次。当时丹尼斯在纠结于自己是否应该追随内心的选择，随手在家里的桌子上刻了一个手柄图案。[1] 这个图案表明他决心离开医学院，从天使手中夺回对他自己命运的掌控权，做一个专业的游戏玩家，真正地为自己而活。此外，这个封面也是对读者的一种暗示，邀请观众与小说进行互动，参与到故事意义的建构中来。

小说另一个重要的副文本就是书名"通关"。与封面图类似，这个书名也具有一定的隐喻性，既指向电子游戏的"通关"，又指向该小说的"成长"主题：主人公丹尼斯经历了人生的不同阶段，就像在玩电子游戏一样，过五关斩六将，最终找到了自我。

从叙事结构上，杨谨伦创造性地借鉴了电子游戏的闯关模式，建构出别具特色的故事情节，使整部小说如同一局完整的电子游戏。小说主体共有三章，名字分别是《第一关》("Level 1")、《第二关》("Level 2")和《第三关》("Level 3")。此外，在人物闯关之前，还有一章类似于序言的图像叙事，这部分的名字是《按开始键启动游戏》("Press Start to Begin")，讲述了丹尼斯高中毕业前与电子游戏和父亲之间的故事。《第三关》(第三章)结束后，故事(游戏)并未结束，作者又增加了一章类似于尾声的图像叙事，讲述了丹尼斯重回医学院的经历。如此情节设计，正好对应小说的开端、发展和结尾，符合人们对小说和电子游戏的认知，既不会产生理解认知上的困难，也增加了阅读体验的新鲜感。

《第一关》(第一章)伊始，图像页的右上角出现了三个小人头，说明游戏玩家共有三条命。第一关结尾，丹尼斯与一位天使闲聊，在明确了自己必须要去医学院读书之后，他将自己身上三枚游戏厅里的游戏币扔到了大街上。紧接着，画面上出现了两个画格，左侧画格右上角有三个小人头表示三条命，而右侧的画格则显示两个人头。这个数量变化说明主人公抛弃个人爱

---

① 参见 YANG G L，PHAM T. Level Up[M]. New York：First Second，2011：94.

好如同失去了三分之一条命。第二关结尾，丹尼斯决定离开医学院，去电子游戏界闯荡，最后一页的画面上也出现了并置的两个相似画格，显示只剩下一个小人头。这个变化说明这也不是最佳选择，也没有真正解决他内心的焦虑。在第三关最后，他在成为优秀的电子游戏选手之后，却感到几分空虚，内心依然迷茫，画面上显示他损失了最后一条命。最终在第三关最后，画面上出现了大大的一行字："游戏结束。"[①]失去三条命，是因为他在读医学院和玩电子游戏之间摇摆不定，生动地揭示了主人公的心理变化。这进一步说明他无法摆脱"模范少数族裔话语"对他的深刻影响，陷入两难境地：在他打游戏的时候，他觉得自己不求上进，辜负了父母的期望；在医学院读书的时候，又觉得自己与父母妥协，失去了自我。

"游戏结束"的画面出现之后，故事并没有结束。随后画面上出现了电子游戏常出现的一个画面"是否再来一局"，可以在"是"和"否"两个按键中选择。丹尼斯也出现在该页画面上，直接面向读者，仿佛在邀请读者进入故事情境并做出选择。这种互动式叙事必然引导观众将自己代入角色中，引发观众思考，共同参与到故事意义的建构中。而作者（或主人公丹尼斯）替观众选择了"是"：故事仍要继续下去。如上文所述，在小说尾声部分，他内心不再纠结，因为他在打游戏和读医学院之间找到了某种平衡，说明他不愿再陷入虚拟世界，而是直面现实，回到现实中，积极面对生活。通过做一个对社会真正有用的人，他重获新生，完成了自我实现，找到了自我。

除了结构上与电子游戏相似之外，部分故事细节也借鉴了"电子游戏"，引入了游戏的画面。在具体情节设计上，作者有意模糊了现实空间与虚拟空间之间的界限，故事不时地在现实和游戏之间来回转换。例如，第三关，丹尼斯想要逃离他的医学院生活，但天使们使用了魔力，把他禁锢在家里无法离开。丹尼斯想要逃离四个天使的控制，打开书房的窗户，逃了出去。四个天使发现之后，紧追上去。然后，整个画面空间变成了一座"迷宫"，宛如经典日本游戏《吃豆人》(Pac-Man)。这是一款经典的街机游戏，游戏规则简单易懂：玩家只要操控吃豆人吃掉迷宫里的豆子，并躲开幽灵的袭击，即可进入下一关。该游戏推出之后在日本大获成功，玩这款游戏的风潮席卷世界各地，成为家喻户晓的明星游戏。2008 年，《吃豆人》被吉尼斯世界纪

① YANG G L, PHAM T. Level Up[M]. New York: First Second, 2011: 151.

录授予“最成功的投币游戏”的荣誉。在四个天使追逐丹尼斯的画面上，他一下子变成了“小黄人”，四个天使则变成了游戏中的“幽灵”。在他变成小黄人之后，剧情发生了逆转：他发现按照游戏规则，他可以吃掉由天使变成的幽灵。于是，他一个接一个地把幽灵吃到肚子里。每吞下一个幽灵，他就闪回到父亲生前的某一刻，仿佛进入了一个电影场景一般。他发现，四个天使原来象征了父亲曾经许下的四个诺言，隐喻了父亲内心的愧疚和自我憎恨：丹尼斯父亲曾向他的长辈许诺成为医生，却未能兑现诺言；他希望儿子快乐成长，也未能兑现这个诺言。当然，四个天使也好，与父亲相见也罢，都是发生在他脑海中的景象而不是现实中的真实事件，但图像叙事生动有趣地表现了两代人之间的这种复杂情感和心理，实现了良好的叙事效果。

简言之，《通关》是一部充满创意和深度的图像小说，它以游戏文化为背景，探索了文化传统、责任、家庭期望和个人兴趣之间的冲突和平衡，为年轻一代提供了一种全新的思考和解决问题的方式。作者借助图像叙事生动地展示了主人公如何在父母（社会）期待与个人兴趣之间痛苦挣扎，最终又如何与其美国亚裔身份达成和解。不同年龄、种族、性别的读者，基本都可以在这部小说中找到情感共鸣。

# 第五章　马严君玲：中国灰姑娘的“代言人”

## 第一节　生平与创作

马严君玲（Adeline Yen Mah，1937—　）生于天津一个中国传统文化氛围浓厚的大家庭。在她出生两周后，她的母亲因为产褥热而不幸离世。母亲离开人世之后，父亲续娶了个欧亚混血儿。母亲离世被认为是马严君玲的错，她也因此被看作家里的“扫帚星”，并为此饱受家人的虐待。她后来跟随家人先后搬到上海和香港。为了忘掉现实生活里父母的漠视和兄长的欺压，她让自己沉浸在书的世界里，梦想着自由和新生，终于凭借自己的努力，获得父亲的同意，于1952年前往英国研习医学。她后来还在加州开办了一家诊所，在美国行医多年。在美国做了一段时期的医生之后，她转行专事文学创作。

她凭借处女作《落叶归根》（*Falling Leaves：Return to Their Roots*，1997）一炮而红。该作品连续两年高居《泰晤士报》排行榜之首，已出售一百多万册，先后被译成二十余种语言。英国国家广播公司（BBC）还把她的故事拍成纪录片，美国国家广播公司（NBC）则把《落叶归根》拍成迷你影集。

从此，她的写作一发而不可收拾。她乘胜追击，接连出版了面向儿童和青少年读者的传记《中国灰姑娘》（*Chinese Cinderella：The True Story of an Unwanted Chinese Daughter*，1999）、《守株待兔》（*Watching the Tree to Catch a Hare*，2000）、《一字千金》（*A Thousand Pieces of Gold*，2002）、《中国灰姑娘与龙侠会》（*Chinese Cinderella and the Secret Dragon Society*，2003）、《清明上河图：中国灰姑娘小说》（*Along the River：A Chinese*

*Cinderella Novel*，2010）、非虚构作品《神龙和皇帝的中国大地》（*China Land of Dragons and Emperors*，2008）等。《中国灰姑娘》是她自传的精简版，在世界各地出售了一百多万本，获得了很多奖项。2004年，马严君玲在新西兰最畅销的儿童文学作品名单中位列第四名，她的作品被美国中小学列为课外必读书。

在美国华裔儿童文学作家群中，马严君玲是个比较特殊的存在。她弃医从文，大器晚成，虽然在美国定居，却不忘母国的历史和文化，在作品中不遗余力地宣传中国。与很多美国华裔儿童作家不同，马严君玲在中国和美国都生活了很多年，对两种文化的熟稔使她可以以一种特殊的视角看到中国文化的魅力，使她在介绍中国文化时更加游刃有余，这集中表现在她的“灰姑娘”三部曲中。

## 第二节　《中国灰姑娘》的成长叙事

《中国灰姑娘》是马严君玲的回忆录，讲述了马严君玲14岁之前一段独特的生命体验，展现了其丰富细腻的心理世界。在书中，作者展示了小君玲[①]在饱受歧视的家庭环境中没有自暴自弃，最终通过勤奋阅读和写作不断探索个人成长的可能性。尽管遭受了很多苦难，但在爷爷和姑妈的鼓励下，她坚定信念，用心读书，最终克服了心理创伤，完成了学业和精神上的成长与自我价值的实现。

### 一、成长苦难书写

回忆录中的君玲出生在中国抗日战争时期天津租界里的一个富贾之家。整个大家族里一共有七个孩子，前五个是君玲的生母所生，后两个则是继母所生。君玲有一个姐姐和三个哥哥，所以她在家里被称作“五妹”。正如该书副标题所示：女主人公君玲在家里是个“不受欢迎的”（unwanted）的孩子。母亲在生君玲的时候死于难产，因此君玲沦为这出悲剧的“替罪羊”，不受家人待见，被看作“扫把星”。作者描写了父母、姐姐和哥哥多次对她进

① 回忆录是一种叙事文学，难免存在一定的虚构性，书中的人物并不一定完全反映作者的真实经历。为了区别本回忆录中的女主人公与作者，本书用“君玲”来称呼女主人公。

行肉体上的虐待和心理上的伤害，展示了触目惊心的“迫害叙事”。

君玲的父亲是一名成功的商人，事业风生水起，但对孩子的成长，他不怎么上心，表现出罕见的冷漠，[①]更多地关注自己事业上的发展和个人的名声。父亲背离了中国传统价值观，他的金钱观胜过了中国伦理社会重视的亲情。平日里，父亲要么对君玲表现出强烈的厌恶情绪，甚至暴力以对，要么表现出极度漠视的态度，都不会正眼瞧她一眼。当继母羞辱君玲和其他孩子的时候，他不仅不喝止，还变本加厉地参与其中。他曾因为芝麻大小的事情用拴狗的绳子对君玲一顿毒打，批评她一无是处。在家里，君玲不仅是个不受欢迎的“多余人”，还是个“被遗忘的人”，如同透明的空气一般，毫无存在感可言。为了逃避日本军人的骚扰，一家人从天津搬到了上海。第一天上学，没人送她去学校也没人接她回家，这本是父亲应尽的义务，却被他忘得一干二净。更过分的是，父亲甚至都不知道女儿叫什么名字，也不记得她的生日，[②]却从不为此觉得羞愧。在她小学即将毕业的时候，父亲决定将她送进寄宿学校。一家人明明住在上海，她却像孤儿一样被送到远在天津的寄宿学校，“就像一袋垃圾一样”[③]被扔在了那里。君玲孤独地在学校里生活和学习，而父亲却鲜有过问，没有表现出任何关爱之心，似乎真的已经把她遗忘。只有当君玲在一次国际写作大赛中赢得一等奖之后，他才对君玲表现出了肯定，但这样做并非是因为他由衷地为女儿骄傲，而是因为君玲让他在商界很有面子。

被君玲称为“娘”的继母是中法混血儿，婚后育有一儿一女。“娘”是家里最年轻的成年人，却因为君玲父亲的宠爱，独霸了家里的“话语权”，在家中大小事务上飞扬跋扈，骄横霸道。她厌恶丈夫与前妻生的五个孩子，对他们要求极为苛刻，生活中处处表现出不屑与冷漠，而对她自己的两个孩子则是宠爱有加。这种区别对待表现在生活的方方面面。例如，她两个孩子的早饭总是种类丰富，营养全面，而其他五个孩子只能喝稀饭、吃咸菜，鸡蛋都难得吃一次。她的孩子上学有专车接送，其他五个孩子只能乘坐电车或走

① 他的冷酷还表现在君玲母亲去世之后，他将前妻的所有照片付之一炬，也不允许任何人在家里谈论她，试图抹掉所有人对他前妻的记忆。

② 参见 MAH A Y. Chinese Cinderella：the true story of an unwanted daughter[M]. New York：Ember，2019：123.

③ MAH A Y. Chinese Cinderella：the true story of an unwanted daughter[M]. New York：Ember，2019：124.

路上下学。她的孩子穿着得体时，而其他五个孩子只能穿旧衣服。她对五个孩子的厌恶集中发泄在君玲身上。她对君玲百般刁难，几乎到了歇斯底里的程度。在她眼里，君玲一无是处。只要君玲在学习上表现出一点儿成绩，都会激怒她。例如，君玲读小学时被选为班长，班上同学一同到她家里为她庆祝。继母不仅没有表示欢迎，反而是凶神恶煞地对她一顿臭骂，狠狠地扇她耳光。在她的淫威下，君玲无力保护自己，无力为自己辩解。她不知所措地在门口跟同学道别，嘴角的血迹还没干。简言之，继母自私自利，心胸狭隘，极度虚荣，①是回忆录中典型的“反派人物”。

君玲成为父亲和继母的眼中钉肉中刺，父母对君玲的暴虐和暴力也潜移默化地影响到君玲的兄弟姐妹。君玲的姐姐和三个哥哥也常常带着俯视的态度看待她，表现出敌意，时不时对她施暴。大姐曾扇过她耳光，三个哥哥还联手搞恶作剧把尿与橙汁混在一起骗她喝。可以说，君玲的生活中没有父慈母爱，也没有手足情深，她在家中遭遇的种种侮辱和虐待不是小小年纪的她所能够承受的。她以第一人称视角讲述暴力事件，呈现她不同的受虐场面，很容易让小读者自我代入，引发读者的怜悯和共情。

与悲惨的家庭生活构成鲜明对比的是，君玲的学校生活则是一幅截然不同的图景。因为学习成绩优异，她在学校里一直都是老师的宠儿，也广受同学们的喜欢和尊重。有一次通过“民主投票”，她被全班推举为班长。但君玲是个要强的孩子，在学校里几乎从不提家中事，装作自己生活在一个幸福的大家族里。她用极强的自尊心掩饰她脆弱的内心，给同学们塑造了一个自己也有一个和谐美满的家庭的假象，因为幸福的家庭生活正是她内心渴望的生活。但事实上，她几乎每天都生活在父亲和继母的阴影下，从不敢越雷池半步。班上同学分享零食，她不敢吃；好朋友盛情邀请她参加生日派对，她婉言谢绝。她的成绩在学校里总是名列前茅，这固然有天赋的原因，但更重要的是她个人努力的结果。而她努力学习的动力是渴望得到父亲的认可，但可悲的是，生父对她几乎置之不理。这让君玲非常自卑，甚至一度痛恨自己的存在。

君玲这种强烈的感受明显地表现在家和学校两处空间结构的对比上。

---

① 继母还表现出极度的自恋和虚荣，家里家外都把自己打扮得珠光宝气，爱自己胜过爱所有人。即使是对自己的孩子，她有时也会失去理性，忘记亲情。例如，她女儿很小的时候是跟奶妈一起长大的，有一次不让她抱，她一气之下揍了女儿一顿；还有一次，女儿弄坏了她的项链，也吃了她一顿打。

在青少年成长小说中,空间常常

> 成为一种特殊的隐喻结构,用来呈现权力关系和意识形态的冲突。主人公从安全的家庭领域进入充满危险的社会领域。他/她被甩进急剧变化、具有强烈冲突的空间中去,面对猝不及防的困难和危险。冲突的完成意味着主人公最终得以从封闭的空间逃向开放空间①。

在空间叙事上,《中国灰姑娘》则反其道而行之,将冲突设置在家庭空间里,通过对比手法凸显了小君玲所遭受的苦难。对小君玲而言,家如人间地狱,黑暗压抑令她窒息,而学校就像天堂一样,让她如沐暖阳。与父亲和继母生活在一起,不管是在天津、上海还是香港,她几乎没有一天真正开心过。“家”本应是安全的港湾,但对君玲而言,却变成了一个“是非之地”,危机四伏,暴力随时都可能降临。而且,她的家是个等级森严的空间,生活气氛令人压抑。君玲的父亲和继母有着强烈的等级意识。在上海生活的时候,继母要求继子和继女出入家门时只能从后门而不是正门进入;他们还分住不同楼层,五个继子继女住在三楼,一楼和二楼则留给了父亲、继母和她亲生的儿女。未经同意,君玲不能随意进入父亲和继母的楼层和房间。继母住的房间因此被君玲的哥哥戏谑为“圣所”②(the Holy of Holies)。这种空间设置展现出赤裸裸的权力关系。对小君玲而言,学校却如同“家”一样,用她的话说,是她的天堂(heaven),是她的“避难所”(sanctuary)。有一次,她像孤儿一般被送进香港一所寄宿学校学习,内心却感到莫名的开心。她宁可上学也不想在家里多待一天。她在学校里可以逃避继母的凌辱,赢得老师和同学的尊重,获得片刻的自由和宁静。“家”和“学校”因此构成了某种反讽式的空间结构。

除了众多人物之外,这部儿童回忆录中还出现了两个动物形象:一条狗和一只小鸭子。通过描写小鸭子的悲惨命运,作者进一步凸显了小君玲的“创伤体验”和作者的“创伤回忆”。

---

① 沈宏芬.成长小说[M].北京:外语教学与研究出版社,2022:155.

② MAH A Y. Chinese Cinderella: the true story of an unwanted daughter[M]. New York: Ember, 2019: 41.

一次，君玲家的一位亲友买了七只小鸭子，送给七个孩子做宠物。大孩子先把自己心仪的鸭子挑走，轮到小君玲只剩下最后一只。这里作者写道：“轮到我最后选择，只剩下最小个、最瘦弱的一只鸭子。我将她从地上轻轻捧起来，捧在手心上，小心翼翼地将她带进我的房间。”[①]小鸭子十分脆弱，需要照顾和呵护，这是君玲第一次感觉到自己被需要。对君玲而言，“小鸭子”的价值远超其他动物和人。她将鸭子视若珍宝，亲切地称其为“小宝贝”。君玲将她所有的关爱都给了这个“小宝贝”。只要没事儿，她就和“小宝贝”待在一起，逗逗它，说说悄悄话，还会去给它找虫子吃。七只鸭子放在一起的时候，虽然都长得差不多，但君玲一眼就能认出哪只是自己的鸭子。在小君玲眼里，“小宝贝”就像人一样有着复杂的情感，能够感知和体会君玲的爱怜和呵护，甚至还能与她沟通对话。君玲应该是在鸭子身上看到了自己，对鸭子产生了共情。“小宝贝”不仅仅是她的宠爱之物，还变成了“知心朋友”，让她对生活燃起了希望。

但好景不长，悲剧很快降临。她家院子里养着一条德国牧羊犬，这条大狗与君玲的鸭子的相遇成为回忆录中一个重要事件。为了喂“小宝贝”，君玲虽然害怕院子里虎视眈眈的大狗，但还是勇敢地在院子花园里挖虫子，最终还是被狗咬了一口。更加悲惨的是随后发生的一件事。为了让这条狗听话，父亲雇了一位训狗师对它进行专门的训练。有一天，他要检验一下训练成果，让君玲的大哥拿一只鸭子放到院子里，看牧羊犬有何反应，这无异于是让鸭子送死。君玲大哥知道小君玲爱“小宝贝”胜过一切，但他欺软怕硬，最终还是选了君玲的小鸭子。看着哥哥将她的“小宝贝”放到草坪上，君玲忐忑不安，恐惧不已。君玲最不想看到的一幕还是发生了：牧羊犬凶残地扑向“小宝贝”。小鸭子身负重伤，当晚不幸离世。君玲痛不欲生，万念俱灰，如同失去了自己的亲生孩子一般。翌日，她将“小宝贝”的尸体埋在了花园里，并举行了简单的葬礼。从这之后，在家里吃饭时只要有鸭肉，君玲统统都避而不吃，以表达对“小宝贝”的哀思。

“小宝贝”的悲剧完全是由父亲的冷酷无情所造成的，展示了父亲近乎病态的人格特征，以及对子女情感的极度漠视。狗扮演了加害者的角色，成

---

① MAH A Y. Chinese Cinderella：the true story of an unwanted daughter[M]. New York：Ember，2019：72.

为父亲的帮凶。而君玲孤立无援,眼睁睁地看着悲剧发生,却无力阻止,让她愧疚不已。从某种意义上说,“小宝贝”就是她自己的延伸,甚至是她自己的化身。她是家里最小的孩子,本应是家里的“小宝贝”,但在父母和兄弟姐妹的眼里,却如同陌生人,甚至连陌生人都不如。“小宝贝”的遇害情节与她的受害叙事因此具有了某种同构的意义。

值得一提的是,在养“小宝贝”的时候,君玲不仅表现出了爱心和耐心,还展现出可贵的同情心和同理心。“小宝贝”活着的时候,君玲不时地去院子里给“小宝贝”挖虫子吃。一次,君玲给“小宝贝”投喂蚯蚓的时候,心里却感到几分内疚,她为自己没有给其他几只鸭子准备虫子而愧疚,觉得这种偏袒行为是不道德的,对其他鸭子不公平。这种意识与继母的自私心理形成鲜明的对比。通过小君玲对“小宝贝”的照顾,能看到小君玲非常渴望被人关心和爱惜,有着十分丰富的情感。而与君玲相比,她的父母和兄弟姐妹几乎毫无怜悯心与共情力,心中缺乏爱,对生命极度漠视。对君玲而言,“小宝贝”的遇害象征了“纯真”的失落,象征了成人世界的残酷和无情。失去“小宝贝”对她而言象征了她与成人世界的疏离和隔阂。

简言之,小君玲经历了各种磨难,遭受了无尽的羞辱,再加上痛失宠物“小宝贝”,她可以说是身心俱疲,伤痕累累。从这个意义上说,饱受创伤的她在长大成人之后写下这段痛苦记忆,是她对过去苦难的“证词”(testimony),是她对创伤的见证叙事(witness narrative)。作者在前言中反复强调故事的“真实性”,这一点凸显了这部作品“见证叙事”的特征。当然,这种“真实性”也是引发读者共情心理的重要因素。每个人都有孤独的时候,而马严君玲对这种孤独感的刻画,入木三分,能引起读者的共鸣。

## 二、成长突围书写

父母和兄弟姐妹对她的虐待让她感到自卑,甚至是自我憎恨,这种创伤是无法轻易摆脱的。所幸,在君玲的成长过程中,她的姑妈和爷爷一直对她爱护有加,从某种意义上说,部分抵消了父母对她的负面影响。君玲与姑妈和爷爷的代际关系奉行的是和睦谦让、相互尊重的原则。姑妈和爷爷在家中虽然没有很多话语权,无法改变君玲的境遇,但他们的支持和肯定,让君玲在恶劣的生活环境里依然怀揣希望,坚强地活着。从成长叙事的角度而言,他俩也因此成为君玲人生路上的“领路人”。

君玲生下来就没了妈妈，父亲安排他的姐姐“芭芭姑妈”照顾君玲。姑妈也因此成为一个母亲般的人物。姑妈一生未婚，跟大家族住在一起，财务上依赖君玲的父亲，因此在家里没有话语权。姑妈就像亲生母亲一般对君玲，一直充满关爱和支持，总是给她力量。她经常用“我的宝贝”来称呼君玲，不断强调君玲多么独特和可爱。在小君玲感到气馁的时候，姑妈总是积极鼓励她，例如“你永远都不要忘记自己的梦想。永远都要努力做到最好。你的梦想是无价之宝，一定不能浪费。”①正是在姑妈的一次次鼓励下，君玲在学校里奋发图强，刻苦学习，从幼儿园到小学到初中，她几乎每次考试都拿第一名，因为她相信学习成绩好是唯一能够报答姑妈的方式。而每当君玲回到家告诉她自己在班里考了第一名，姑妈都会流露出异常的喜悦，还将她的获奖证书锁到保险柜里，与她心爱的珠宝放在一起。她的温柔体贴部分地弥补了君玲缺席的母爱，没有泯灭她天真活泼的天性。

爷爷与君玲的父母住在一起。按照中国的传统，爷爷理应是一家之主，却因继母强势，而被剥夺了话语权，因此变得郁郁寡欢，寡言少语。与君玲的父母不同，爷爷富有同情心，对孙子孙女疼爱有加，偷偷地给他们坐电车的零花钱。与姑妈一样，他十分希望小君玲能利用好她的聪明才智，克服各种困难，将命运抓在自己手里，为自己的未来闯出一片天地。此外，在《灰姑娘》《守株待兔》和《一字千金》等自传式作品中，爷爷知识渊博，在中国历史、政治和文化等领域都表现出深刻的洞见，使他成为君玲文化上的领路人。君玲想要为爷爷争口气的想法逐渐取代了她从父母那里获得的负面情绪和信息。在爷爷的支持与信赖下，她勇敢地迈出了她人生中转折性的一步。君玲最终下定决心参加国际戏剧写作大赛，并荣获一等奖，让父亲对她刮目相看，发现她的潜力和天赋。君玲最终说服父亲送她到英国留学深造，摆脱了童年的压抑生活。

虽然姑妈和爷爷无法保护君玲免受父亲和继母的虐待，但他们作为“引路人”给了她必要的爱和指导。在姑妈和爷爷的精神指引下，她虽然常常形单影只，身体柔弱，如同一根渺小的芦苇，却颇有韧性，从不接受失败，不管前途多么黯淡。她的坚韧让她能够保持内心对未来的希望。悲苦的童年经

---

① MAH A Y. Chinese Cinderella: the true story of an unwanted daughter[M]. New York: Ember, 2019: 122.

验让她对未来的生活更加期待。

这部回忆录虽然名叫《中国灰姑娘》，但并没有遵照西方灰姑娘的叙事传统，而是进行了个人化改写。君玲身处悲惨境地，却没有"王子"来拯救她；虽然姑妈和爷爷对她进行了精神上的指引，却不像灰姑娘那样获得了神仙教母的魔法加持。在残酷的现实面前，君玲不能靠别人，只能靠自己。在风雨飘摇的年代，出生在没有母爱的家庭，"读书"和"写作"是柔弱的君玲能够抓住的唯一稻草。她也确实通过勤奋阅读和写作，凭借个人的努力，不仅克服了内心创伤，汲取了与现实抗争的力量，还通过自己的努力彻底改变命运，实现了自救，摆脱了悲苦命运的纠缠。

在家中，为了摆脱现实生活的纠缠和苦恼，小君玲一心扑到了"阅读"上："我阅读因为这是我必须做的事情。读书将其他一切杂念从脑中清除，让我逃到其他世界。书中的人物比现实中的其他人都要真实。"[①]她酷爱读书，在寄宿学校里，她最喜欢的地方就是图书室，那里就是她的天堂。[②] 在忘我的阅读中，她常常与书中的人物共情。在爷爷身体欠佳的时候，她读到莎士比亚的戏剧《李尔王》，对李尔王凄凉的晚景感到难过而大哭。在她看来，这部戏剧恰如其分地描述了爷爷在家中的位置和他内心的苦闷，仿佛就是为爷爷写的一样，让她对爷爷的痛苦有了更深的感悟。

除了读书之外，写作也成为她自我救赎的重要手段。除了逃避真实生活，小君玲发现她可以利用写作来重新想象自己的生活，建构自己的主体。通过写作，小君玲想象自己是勇敢和强大的，而不是无力和怯弱的。作为创伤主体，君玲通过"讲故事"重塑了她对现实的感知，并利用这种新现实与其他人形成积极的联系。寄宿学校的生活，让她能够全身心聚焦故事创作的过程。写作让她忘记周围的世界，让她有安全感，写作为她提供了一个安全的港湾，重塑她的精神世界。正如她在书中写的那样："对我而言，写作是纯粹的乐趣。写作令我感到激动，因为我能够以这种简单的方式逃避的日常生活中的可怕经历。当我写作的时候，我已经忘记我是一个造成母亲去世

① MAH A Y. Chinese Cinderella：the true story of an unwanted daughter[M]. New York：Ember，2019：182.

② 参见 MAH A Y. Chinese Cinderella：the true story of an unwanted daughter[M]. New York：Ember，2019：170.

的多余的女儿。”[①]写作帮助她表达了内心的痛苦，最终让她与曾经那个痛恨自我的小君玲和解。

“读书”和“写作”最终拯救了她。她的几位哥哥都被父亲送到英国学习，而囿于中国“重男轻女”的传统思想，父亲并没有打算送她去国外，而是想着让她早点出嫁。中国传统的封建家长制和“包办婚姻”就影响了大姐的人生。大姐14岁的时候就被父母安排嫁给了一个比她大十几岁的男子。这件事让小君玲一直心存恐惧，因为她对未来还抱有希望，不想早早嫁作他人妇。在初中的时候，她在教会学校参加了一次国际戏剧写作大赛，她创作了一个剧本，讲述了自己的悲惨遭遇和内心的苦闷。她的真情实感打动了评委，给了她最高分，授予她一等奖。这个成绩让父亲在外人面前很光彩，父亲答应送君玲出国深造。借着出国留学的机会，小君玲终于脱离了原生家庭的控制和影响。

对马严君玲而言，讲述故事有重要的意义。正如她所言：“我借她之口表达了我的孤独、疏离和多余的感觉。我将我自己的一切都给了女主人公。”[②]她自比“木兰”[③]，可以保护姑妈和爷爷不受伤害。她在前言中强调不要低估故事的力量，因为“无论如何，我们每个人都一直在被我们过去读过和理解的故事所形塑。所有故事（包括童话故事）都展现了基本的真理，这些真理有时会影响你的一生，成为你的一部分”[④]。事实上，君玲的回忆录就能起到这种作用。马严君玲在回忆录一开始写道，她希望她的故事能够鼓励那些身处类似困境的孩子，她们并不孤独。她热切地希望，这些孩子能够“面对毫无希望的情境，能够坚持做到最好……超越虐待，将负面经历转换成勇气、创造和同情心之源”[⑤]。

《中国灰姑娘》的最后一章是姑妈的来信，信中讲述了中国灰姑娘“叶

① MAH A Y. Chinese Cinderella: the true story of an unwanted daughter[M]. New York: Ember, 2019: 54.

② MAH A Y. Chinese Cinderella: the true story of an unwanted daughter[M]. New York: Ember, 2019: 183.

③ MAH A Y. Chinese Cinderella: the true story of an unwanted daughter[M]. New York: Ember, 2019: 54.

④ MAH A Y. Chinese Cinderella: the true story of an unwanted daughter[M]. New York: Ember, 2019: xi.

⑤ MAH A Y. Chinese Cinderella: the true story of an unwanted daughter[M]. New York: Ember, 2019: xi.

限”的故事，将小君玲的故事与叶限的故事联系到了一起，展现了“中国灰姑娘”的独特魅力。叶限的故事要比灰姑娘的故事早七百多年。君玲的故事既非西方的“辛德瑞拉”(Cinderella)也非中国的“叶限”，她没有依靠任何神灵，而是完全靠自己的奋斗从苦难中走了出来，展现了个人的主体性力量。从某种意义上说，是对“灰姑娘”人物原型的现代“改写”，是对灰姑娘叙事的丰富和扩容。

平心而论，这部回忆录中的故事虽然展现了不可理喻的父母和兄妹，却不如带有魔幻色彩的“灰姑娘”那样惊心动魄，跌宕起伏，不过是发生在一个孩童身上的平常故事。但这些故事却极容易打动读者，这也许就是“真实”的力量。尽管普通，却显得格外有力量。小君玲的榜样形象对儿童读者是一种强有力的激励，能够抚慰和激励他们幼小脆弱的心灵，激发少年儿童奋发向上，积极成长。

## 三、汉语文化的陌生化书写

语言承载了一个国家或民族的文化、历史和思想，其重要性自然不言而喻。蒲若茜指出：“对于华裔美国作家而言，语言的选择以及语言特色成为一个表达其族裔立场、塑造其族裔身份的重要指标。”[①]在众多美国华裔儿童文学作家中，马严君玲具有强烈的文化敏感性，深知语言的文化价值和思想价值，在作品中广泛地采用汉语，表现出了鲜明的文化自觉。

在“中国灰姑娘三部曲”中，从目录到叙事正文再到最后的附录，汉语高频率地出现在文学文本中。以《中国灰姑娘》为例，在这部回忆录的目录中，左侧纵向地用英文列出了每个章节的名称，右边相应地用繁体字列出中文章节名。两相对照，有助于中西方读者阅读和理解。在回忆录正文中，汉语更是频频可见，有称谓用语，如妈妈、爸爸、爷爷、奶奶、姑妈、娘、大姐、五妹，有地方和人物专用词，如圣心、中国、张飞、叶限、少爷、小宝贝，还有中文口语词，如算了、滚蛋。作者不仅在文中展示了汉字和英文释义，还在汉字旁辅以“拼音”来指导西方读者阅读这些汉字。此外，作品最后，作者还附上“中文词语表”，将书中出现的中文词语汇总，列出汉字、拼音和对应的英文词汇，帮助读者更好地理解这些文化词汇。这些汉字和拼音颇具中国特色，

① 蒲若茜. 华裔美国文学中的共同体书写[J]. 广东社会科学，2023(1)：195.

对于不懂汉语的西方小读者而言，这些“陌生化”的视觉符号可以丰富他们的阅读体验，激发他们对汉语和中国文化的兴趣。更重要的是，这种“双语并置”的书写策略彰显了作者的中国文化立场和价值取向，表达了她对中国文化的深刻认同。

作者不仅热衷于使用汉字，还不失时机地借人物之口介绍汉字文化，展示汉字的魅力。在《中国灰姑娘》中，君玲一家移民香港之后，爷爷某天跟君玲聊起汉字，向她介绍汉语繁体字偏旁部首的奥秘，展示了汉字本身所蕴含的“智慧和魔力”。他将“意”拆解成“音”和“心”，启发孩子理解“意”乃“心之声”的意蕴；还让君玲将“繭”拆解成偏旁部首，然后根据偏旁部首想象一个昆虫的幼虫在化蛹之前躺在茧房里的样子。他对某些汉字生动有趣的“解构”展示了汉语这一象形文字的独有魅力。爷爷还以“貝”这个字为例，介绍了中国古人曾经使用“贝壳”作为钱币使用的历史。在此基础上，爷爷进一步讲述了汉语的文字现象：在商业和金融领域中的很多常用汉字都带有“貝”的偏旁，例如“買賣”；他进而讲解了“貪”和“貧”两个字，介绍了中国人的财富观。爷爷还将“危機”两个汉字拆解开进行讲解，展示了在面对“crisis”（危机）时中国人所表现出的辩证思维。

除了短小精悍的汉语词汇之外，马严君玲对“中国成语”[①]可谓情有独钟，几乎在每一部作品中都大量使用，在彰显叙事主题和推进故事情节上都发挥了一定作用。中国成语历久弥新，与中国历史、文化、政治和哲学等多个方面紧密相关，凝聚了中国精神和中国智慧的精华。她使用的成语可大致分成两类：一类成语表达了中国人的价值观和精神状态，另一类成语则蕴含了中国人几千年的东方智慧。在《中国灰姑娘与龙侠会》的人物对话中，中国成语可以说是俯拾即是，如“百折不挠”“出神入化”“同甘共苦”“同舟共济”“饮水思源”“欲速不达”“自强不息”“楚虽三户，亡秦必楚”等。在形式上，这些成语先是用拼音表示，然后紧跟英文对应表达，例如，当姑妈得知叶限在家中十分委屈的时候，她使用了成语“自强不息”，“*Zi qiang bu xi*—motivate yourself to work hard and be strong always”[②]。“拼音”加“英文

① 她笔下多部作品的书名就是源自中国成语，例如 *Falling Leaves*（《叶落归根》）、*Watching the Tree*（《守株待兔》）、*A Thousand Pieces of Gold*（《一字千金》）。

② MAH A Y. Chinese Cinderella and the Secret Dragon Society［M］. New York：HarperTrophy，2005：15.

解释”的搭配有助于这些成语及其文化内涵在英文读者中的接受和传播。不难发现,《中国灰姑娘与龙侠会》中出现的成语主要出现在姑妈和吴奶奶等人对叶限的鼓励与建议中,对叶限的成长提供了弥足珍贵的精神力量,使她能够不断持续迎接挑战,克服困难。这也是作者对世界各地小读者的激励和期许。

对成语的重视还表现在她另外两部中国文化特色鲜明的作品《一字千金》和《守株待兔》中。从文类的角度来说,这两部作品较难界定,因为这两部书巧借中国成语来讲述作者个人经历和中国历史,是个人回忆录和历史叙事两种文类混杂的产物。在这两部作品中,作者难以割舍中国传统文化,字里行间弥漫着浓浓的乡愁。在将成语典故与个人历史融合的叙事过程中,马严君玲适时地融入她对中国历史、哲学、文学、文化的思考,还不失时机地表现出中西文化比较视野,创新了讲成语的叙事方式。例如,在《守株待兔》中,在介绍“己所不欲,勿施于人”时,她在书中以第一人称直接对话西方读者:

> 西方是不是应该借鉴一些东方的行为准则和价值观以保护老年人的幸福和权利?在英美国家,年轻人常常不愿意别人看到他们和自己的祖父母在一起。老年人根本不受尊重,经常被弃之不顾。很多老年人无法因其年纪、经验和智慧感到荣耀。如果不考虑其他因素,在一个儒家社会,老年人的待遇是不是比西方更好呢?[①]

没有比较就没有鉴别。通过比较叙事,作者既彰显了中国成语的丰富意蕴,又颇有信服力地表现了中国传统文化的价值和魅力。

除了对汉语文化具体而微的介绍之外,马严君玲也从宏观上对汉语文化进行了阐释和解读。她在《中国灰姑娘》的“作者笔记”(Author's Note)中这样写道:

---

① MAH A Y. Watching the tree: a Chinese daughter reflects on happiness, traditions, and spiritual wisdom[M]. New York: Broadway, 2002: 42.

> 汉语是一种图像语言。每一个字都是一幅不同的图片，都要被单独记忆……正因为每个字都是象形文字，汉字书法要比汉语拼音字母表能够激发更大的情感反映。书法艺术在中国备受尊重。中国古代大师用书法写就的诗歌备受珍视，广为流传。①

在小说《清明上河图：中国灰姑娘小说》中，小说人物也强调过书法的重要价值，介绍了如何握毛笔写字，并表示“书法不过是另一种形式的绘画”②。

简言之，汉字也好，成语也罢，作者选择的是与中国哲学、历史、文化、习俗相关的重要汉语表达，带有鲜明的文化叙事特征，即向西方读者展现这些汉字符号背后博大精深的中国文化，弘扬了民族文化。在阅读故事的过程中，小读者可以愉快地获得关于中国的文化知识和华人的思维方式，其对中国的认知也会潜移默化地受到影响。

另一方面，语言混杂是马严君玲刻意而为的叙事策略，彰显了作者本人的文化主体性。对热衷于书写中国经历和中国故事的马严君玲而言，标准英语无法准确地表达她本人及其笔下人物的独特经历。正如霍米·巴巴所言，混杂的语言是“以英语‘民族’权威作为熟悉象征到以殖民挪用作为差异性符号的变置，从而引起主导话语沿其权力主轴分裂，不再具有代表性和权威”。③ 诚如巴巴所言，英汉双语的混杂书写是一种语言的再创造过程，也是一种身份建构的过程，清楚地表明了自己的文化立场。美国华裔作家“把一些（本土化的）中国文化中固有的概念强行加入（全球性的）英语之中，使这种具有普遍性的世界性语言变得不纯，进而消解它的语言霸权地位”④。在马严君玲的儿童文本中，汉语和英语承载的两种异质文化发生碰撞，一定程度上颠覆了英语的话语霸权和文化霸权。

这种语言混杂的叙事策略在美国华裔儿童文学作家作品中非常普遍，叶祥添、杨志成、林珮思、杨谨伦的作品中都或多或少有所体现，这是一种有

---

① MAH A Y. Chinese Cinderella：the true story of an unwanted daughter[M]. New York：Ember，2019：ix.

② MAH A Y. Along the river：a Chinese Cinderella novel[M]. New York：Ember，2009：37.

③ BHABHA H K. The location of culture[M]. London：Routledge，1994：162.

④ 王宁. 世界文学语境下的华裔流散写作及其价值[J]. 深圳大学学报（人文社会科学版），2012(6)：8.

意识的文化输出。这些作家将汉语中颇具文化特色的词汇融入英文写作中,建构起风格迥异的语言景观,从而发出了华人族群的声音,建构了自己新的文化身份,某种程度上也冲击了英语的中心霸权地位,表现了华裔作家为建构独立的民族身份所做的种种努力。

## 第三节 《中国灰姑娘与龙侠会》的抗战主题与共同体书写

《中国灰姑娘与龙侠会》是马严君玲创作的“中国灰姑娘”系列的第二部作品。与其说该作品是《中国灰姑娘》的姊妹篇,不如说是一部完全独立的虚构类叙事作品。马严君玲的写作灵感来自于她小时候读的功夫小说、第二次世界大战历史事件和她的童年记忆。作者将这部作品置于中国抗日战争的历史大背景中,将主人公叶限的个人经历与中国抗日历史融合一起,并加入谍战叙事、探险叙事等文类元素,创作出一部精彩纷呈的历史小说。

《中国灰姑娘与龙侠会》蕴含着丰富的共同体元素和深沉的共同体关怀,以二战历史为主要背景,将人物的个人历史与世界历史有机融合,成功地完成了共同体书写。

### 一、精神共同体与民族认同

小说开场,作者再一次挪用了“灰姑娘”的叙事模式。主人公是一位名叫叶限的 12 岁少女,生活在第二次世界大战期间的上海。与马严君玲的个人身世相似,叶限因为母亲在她五岁的时候离世而被视作家中的灾星。在她成长的岁月里,父亲性情冷酷,很少跟她讲话。母亲离世之后,父亲又找了一个女朋友,虽然没有正式成婚,却让女儿管她叫“娘”。这位新女友“只对珠宝、打麻将和逛街感兴趣”①,对叶限毫无爱意,充满了鄙夷和厌恶,还经常恶语相向,拳打脚踢。对叶限而言,家族里最亲密的人是她温柔善良的姑妈。她每天放学后都会先去姑妈家补习英文,聊聊天,这也是她一天中最快乐的时光。小说伊始,叶限像往常一样放学后来到姑妈家学习。在跟姑妈见面的时候,叶限碰到了姑妈的同乡好友吴师傅。吴师傅在得知叶限的

① MAH A Y. Chinese Cinderella and the Secret Dragon Society［M］. New York: HarperTrophy, 2005: 7.

名字后，讲述了唐代“叶限”的故事。后来，在征得父亲同意之后，叶限在姑妈家留宿。第二天回到家，“娘”以对她留宿的决定不知情为由，对她破口大骂，先是狠狠地扇了她一巴掌，然后双手抓住她的脖子，让叶限喘不过气来。出于求生的本能，叶限用力咬了继母的手臂一口。继母随即到父亲面前告状，引得他勃然大怒。父亲失去理智，根本不听叶限解释，用蛮力将叶限像垃圾一样扔到门外，将她赶出家门。在这部小说中，叶限与父亲和继母之间关系的描写虽然有几分夸张，但显然借鉴了作者自己的个人经历，与第一部小说《中国灰姑娘》中君玲被送进孤儿院的情节形成了互文关系。

在一个冷酷无情、不讲道理的家庭中，叶限注定要遭遇悲剧。叶限没有选择待在原地祈求父亲的原谅，而是决定离开这个无情之地。与中国古代和西方现代灰姑娘故事不同的是，这部小说中的叶限没有“仙女”相助，姑妈又因事离开了上海，她举目无亲，只能在上海街头流浪。作者一开始挪用了“灰姑娘”的部分情节，却为习惯灰姑娘故事的西方读者设置了一个悬念：已经无家可归的她会遭遇什么命运？当然，作者在这个悲剧发生之前就已经埋下了伏笔。在第一章，在去姑妈家的路上，叶限在街头偶遇了一场杂技表演，有三个和她年龄相仿的男孩表演了精彩的功夫和杂技。演出结束，其中一个男孩递给叶限一张名片，上面写着“龙侠会”(Dragon Society of Wandering Knights)几个字。在被父亲赶出家门之后，没有亲人可以投靠时，她突然想到了这个“龙侠会”，并冒出了一个念头：加入这个组织，跟他们学功夫。她鼓起勇气，根据名片上的地址去找，结果一无所获。后来，在一个好心人的建议下，她又到另一个市场去碰运气。功夫不负有心人，她在市场书摊前巧遇了“龙侠会”的领队吴奶奶。一番交谈之后，她发现吴奶奶竟然认识她的姑妈。听到叶限的悲惨遭遇，吴奶奶决定收留她，让她住进武术学校里，她的命运由此出现了转机。

“龙侠会”隶属于“少林寺”，是一个古老的民间组织，旨在帮助社会弱小边缘人士，反抗各种社会不公。上海的“龙侠会”是一所寄宿学校，收养和帮助了一批孤儿，教他们学知识，练武强身。由于日本攻陷上海，龙侠会大部分人员已经前往重庆，只剩下吴奶奶和三个男孩留守。三个男孩分别是大卫·布莱克(David Black)、萨姆·艾斯纳(Sam Eisner)和马拉特·吉田(Marat Yoshida)。从名字上不难看出，他们不是土生土长的中国人。确实如此，他们都是混血儿且都是孤儿，有着多元的文化身份和凄惨的身世，与中国有着千丝万缕的联系。大卫的父亲是美国人，母亲是中国人，两人在中国被日本人迫害；马拉特的父亲是日本人，母亲是俄国人，双双死于肺结核；萨姆的父亲是德国犹太人，死在纳粹集中营里，母亲是中国人，死于突发疾病。这三个男孩都因父母的不幸离世而沦为孤儿，最终被吴奶奶收留并加入了“龙侠会”。在“龙侠会”里，他们不再因为族裔身份问题而受到嘲讽和歧视。① 他们有不同的信仰：大卫信奉基督教，萨姆信奉犹太教，马拉特信奉伊斯兰教，而吴奶奶则是虔诚的佛教徒。虽然信仰不同，他们却互相包容，能够看到不同宗教的相通之处。

叶限虽然生活在一个完整的家庭中，但在情感上也已经是个“孤儿”。作者在小说中详细描写了叶限与三个男孩的“结拜仪式”，这个充满中国特色的仪式进一步拉近了他们彼此的关系。简言之，叶限和三个男孩都是“天涯沦落人”，最终走到一起，彼此惺惺相惜，朝夕相处，如同家人一般。社会学者斐迪南·滕尼斯(Ferdinand Tönnies，1855—1936)对共同体的经典界定是：“共同体是持久的和真正的共同生活，社会只不过是一种暂时的和表面的共同生活。因此，共同体本身应该被理解为一种生机勃勃的有机体，而社会应该被理解为一种机械的聚合和人工制品。”②从这个概念的形成机制出发，他认为共同体可分为三种基本形式：血缘共同体、地缘共同体和精神共同体。③ 从滕尼斯的理论出发，不难发现，作者塑造的“龙侠会”不是小集团式的帮派，而是有着崇高理想的精神共同体。吴奶奶曾在结伴仪式结束之后，发表了一番讲话：“我们龙侠会与世界各地志同道合者联系在一起。我们所有人都相信平等、民主、道德、独立、正义和公平。这就是我们奋斗的目标。”④正如吴奶奶的儿子所言，吴奶奶和四个孩子有一种团结向上的精神，是一个有机的生命体。在当时的社会和历史语境下，这个精神共同体的核心任务就是将日本侵略者从中国的土地上赶走。

---

① 整个故事设定在抗日战争期间。在上海，因为日本人的占领，三人还是因为自己的血统而受到了歧视。在上海的国际学校学习时，日本军方要求外国学生必须在手臂上佩戴标明自己国籍的袖带，以示区别。

② 斐迪南·滕尼斯．共同体与社会[M]．林荣远，译．北京：商务印书馆，1999：54.

③ 参见斐迪南·滕尼斯．共同体与社会[M]．林荣远，译．北京：商务印书馆，1999：65.

④ MAH A Y. Chinese Cinderella and the Secret Dragon Society [M]. New York: HarperTrophy, 2005: 40.

## 二、反法西斯共同体书写

在小说中，作者采取的一个重要的叙事策略是借助人物之口将人物家世遭遇与重要历史事件融为一体，展现了德国纳粹主义和日本军国主义对世界人民的伤害，帮助小读者更好地理解那个时代。例如，大卫讲述了他的父母在上海为了救助外国友人而被日本侵略者杀死；马拉特讲述了他哥哥伊万诺夫的好友西蒙·卡斯帕(Simon Kaspe)遭日军诱拐、拷打和杀害的事件。卡斯帕在历史上确有此人，他是法国著名犹太钢琴家，在哈尔滨定居，被日本人迫害致死，这导致大批在哈尔滨定居的犹太人不再相信日本军队，纷纷逃往上海，就像马拉特一家的经历一样；萨姆则讲述了他在德国遭受种族歧视的经历：因为他是犹太人，他的老师强制他戴上“大卫星”，被同学们歧视和欺负。萨姆一家还经历了德国纳粹迫害犹太人的“碎玻璃之夜”，他的父亲不幸被德国纳粹抓走送到集中营里。由于犹太人在德国命运岌岌可危，萨姆的母亲带着他离开德国，乘船逃到上海，因为“上海是世界上唯一一个可以接受一个我这种犹太男孩的城市”[①]。后来在与美国飞行员交谈的时候，萨姆又一次提及他从德国来到上海的原因，并讲述了他所知道的其他犹太人的悲惨遭遇。作者对上海救助犹太人这段历史的“重复”是在有意凸显这起历史事件的意义和价值，彰显出其中蕴涵的“人类命运共同体”的意味。

为了表现抗日主题，作者在小说情节上选取了“杜立特空袭”(Doolittle Raid)这一真实的历史事件。该事件又称“空袭东京”(Tokyo Raid)，是美国空军对日本本土实施的首次空袭，目的是报复日本偷袭珍珠港。1942年，美国大黄蜂号航空母舰开到西太平洋，16架B-25轰炸机陆续起飞，轰炸了日本境内的军事目标。轰炸机轰炸结束后，因为来不及加油无法返回航空母舰，只能降落到中国境内。按照计划，这些飞机应飞往浙江衢州机场，但计划没有变化快，燃油所剩无几，再加上急剧恶化的天气，机上飞行员只能半路弃机跳伞。安全着陆后，其中8名机组人员被日本士兵逮捕，关押在日军上海警备司令部“桥屋”(Bridge House)，更多的人则得到了中国平

① MAH A Y. Chinese Cinderella and the Secret Dragon Society [M]. New York: HarperTrophy, 2005: 94.

民的帮助。基于这一历史史实,马严君玲将书中的虚构人物与两次营救美国飞行员的行动结合在了一起。

吴奶奶较早得到情报,知道美国军方打算轰炸日本,并寻求中国的帮助。一天晚上,吴奶奶和她儿子吴师傅将叶限和其他三个男孩召集到一起,介绍了前往浙江衢州营救美国飞行员的秘密计划。做好准备工作之后,吴奶奶立即带着手下这四位小将乘火车秘密动身,可到了衢州之后,却接到了美国飞行员提前降落的通知,计划临时发生了变化。他们一行五人又火速赶往南田岛,与当地的游击队碰头,顺利地找到了已经迫降的五位美国大兵。但这五位飞行员受伤严重,需要赶紧找医生救治。由于小岛的周围海域有日本士兵巡逻和把守,因此不能走大路。他们先是穿过岛上一片森林,途中偶遇了一个年轻的日本士兵,马拉特讲了几句日语蒙混过关,然后来到海边,登上了一艘中式帆船,载着受伤的美国飞行员离开南田岛,前往陆地。路上,一艘日本炮艇正朝他们的方向开来,随时都有可能会发现他们的帆船,情况异常紧急。这时,大卫曾经训练过的一只名叫"玲玲"的海豚和她的表兄海豚"邦比"神奇地出现了。在大卫的安排和指挥下,"玲玲"拽着帆船飞速前进,而"邦比"则在海里掀起大浪,阻止了日本炮艇的前进。最终,五位美国飞行员安全地抵达陆地,叶限等人顺利地完成了任务。

第二段历险经历是关于营救被关押在桥屋里的美国飞行员。在成功营救南田岛美国飞行员之后,吴奶奶从同乡陈医生那里得知,还有8个降落在中国的美国士兵被关在上海桥楼里,正在遭受日军的严刑拷打。吴奶奶决定带着她的徒弟前去营救。聪慧的叶限设计出一套缜密的方案,最终救出美国飞行员,再一次完成任务。通过这两段惊心动魄的营救行动,作者展现了叶限和龙侠会成员在民族存亡之时,以救国救民为己任,表现出"铁肩担道义"的"侠客精神";还展现了面对共同的敌人,中美两国的军人和人民形成的"抗日共同体"。

作者不仅描写了美国飞行员被营救的全过程,还根据史实用不少笔墨凸显了日军的野蛮和冷血。在得知中国百姓协助美国飞行员从南田岛逃走的消息之后,日本军人恼羞成怒,决定疯狂报复,南田岛以及浙江其他沿海城市成为日军报复的目标。吴奶奶的儿子吴师傅是为数不多的幸存者,作者借他之口描述了日本人屠杀南田岛上的中国人的惨剧。日本军队将为美国士兵提供过帮助的中国农民和渔民统统杀害。在日本人的暴行之下,整个村子变成了“地狱”，“所有的房子皆被烧毁”①，在岛上照顾亲人的叶限姑妈也不幸遇难，让叶限痛苦不已。作者根据这段鲜为人知的历史真实地讲述了第二次世界大战期间日本人对中国人所犯下的滔天罪行，意欲让西方读者知道中国人在第二次世界大战中遭受了何种痛苦。

对于“历史”的真实性，作者毫不马虎。她在书的前言和历史注释(historical note)中，清楚明了地介绍了作者的家族史、日本侵略史、美国轰炸日本的历史等。这样的安排使读者可以知道小说中哪些是真实的，哪些是虚构的。为了帮助作者形象地理解故事，作者还在书中画了两张地图，一张是中国地图，一张是1942年的上海地图。与叶祥添相比，马严君玲的历史小说不是讲美国华裔的历史，而是聚焦于中国历史。两者的相似之处在于都彰显了华人坚韧不拔的精神。小说人物成为历史记忆的承载者，有助于中华民族共同体的形塑与构建，因为多种国家、族裔、宗教身份的融合，还具有了几分“人类命运共同体”的意味。

马严君玲的这部小说巧妙地将作者的个人记忆与历史记忆熔于一炉，彰显出广阔的历史视野。小说成功地向海外读者讲述了中国历史，展示了中华民族的战争创伤与战争记忆。

## 三、中国文化的知识性叙事

《中国灰姑娘与龙侠会》除了讲述抗日战争故事，还在故事中时不时地穿插一些中国传统文化元素，尤其是中国哲学元素，使这部小说具有了丰富的文化内涵，表现了书中人物深刻的文化认同感。

马严君玲喜欢将中国民俗文化因素融入小说中。在《中国灰姑娘与龙侠会》中，中国十二生肖多次出现在小说文本中，小说第二章的标题就是“中国生肖”。有一次叶限跟姑妈学英文的时候，姑妈先是让她用英文读十二生肖的名字，然后详细地讲述了中国生肖背后的民间故事，还介绍了部分属相的人的性格特征。在后面的故事中，生肖文化也成为叶限与三个孤儿朋友和美国飞行员聊天时的话题。马严君玲还在小说后面附上了中国生肖图以及每种生肖的特征，供西方小读者查阅。在“中国灰姑娘”系列的另一部小

① MAH A Y. Chinese Cinderella and the Secret Dragon Society［M］. New York: HarperTrophy, 2005: 200.

说《清明上河图:中国灰姑娘小说》中,作者将更加丰富的中国民俗文化元素融入小说情节中。在小说中,主人公讲述并展示了如何抓蟋蟀,如何斗蟋蟀;作者还借人物之口介绍了寒食节和清明节的起源,展示了清明节的各种风俗(例如放风筝)。作者还详细描写了蹴鞠这项中国古代的足球运动,不仅介绍了蹴鞠的游戏规则,还描写了古人踢蹴鞠的场面,甚至还通过介绍这项运动展示了某种男女平等的思想,因为女孩也可以踢蹴鞠。

《中国灰姑娘与龙侠会》虽然借鉴了中国的武侠小说,有对功夫招式和练武场景的描述,却没有描写多少打斗场面,而是更多地聚焦于武侠精神的传递。加入"龙侠会"之后,叶限迫切想要跟吴奶奶学功夫,但吴奶奶先强调理解武术"基本精神"①的重要性,不厌其烦地跟她介绍中国功夫的起源和流变,还详细讲述了太极拳是如何产生的、功夫中所蕴含的道教和阴阳思想,以及如何在练武过程中控制自己的意念。在带着叶限参加特定仪式或练拳的时候,她也会将武术精神和文化内涵解释给叶限听。例如,在指导叶限学武的时候,吴奶奶十分强调"气"(qi)的作用,认为气是所有生物体内强大的生命力,认为"气是一个人的勇气、意志和坚韧力量的基础",要真正掌握功夫的技巧和力量,就要能够"输送你的气,将其在你体内流动起来"②。

除了叶限入会仪式和叶限习武等情节片段,作者主要借吴奶奶之口对中国武术和中国哲学(如禅道、太极图、阴阳之道、儒家的孝道等)进行介绍和阐释,将略显神秘的中国思想和智慧以浅显易懂的方式讲给西方读者听。在小说中,吴奶奶解释了中国功夫及其背后的哲学观念,揭示儒释道是如何影响中国人的思维方式。她还向叶限介绍过《易经》,认为该书是"一部智慧之书",展示了"世间万物都是在动态变化"③的朴素辩证观点。

需要指出的是,虽然马严君玲在小说中大张旗鼓、不遗余力地讲述中国文化,融入了大量文化元素,但这种知识性的文化叙事也可能是一把双刃剑,会带来某种负面效应。在《中国灰姑娘与龙侠会》中,读者如同来到中国文化主题的博物馆一样,听故事中的人物大段地介绍中国博大精深的文化

① MAH A Y. Chinese Cinderella and the Secret Dragon Society [M]. New York: HarperTrophy, 2005: 58.

② MAH A Y. Chinese Cinderella and the Secret Dragon Society [M]. New York: HarperTrophy, 2005: 45.

③ MAH A Y. Chinese Cinderella and the Secret Dragon Society [M]. New York: HarperTrophy, 2005: 40.

传统。这些文化描述虽然与故事有一定关系,但客观上阻碍了情节的流畅性,进而影响到故事的可读性。

另一方面,对西方小读者而言,插入这些中国文化叙事片段,并不都是负面效果。虽然故事情节的流畅性受损,但知识性的文化叙事仍然可以发挥积极的文化传播作用,毕竟阅读故事与收获新知并不相悖。作者旨在让西方了解中国博大精深的思想文化,同时也是在提醒华裔读者不要忘记自己的文化根脉。而且,在小说后半部分,为了展现神龙帮营救美国飞行员过程的惊险,作者表现出了克制的态度,较少插入文化书写,让观众能够感受到快节奏的刺激。

不管怎样,在文化叙事方面,马严君玲融中国民俗、中国哲学等文化因素于一炉,彰显了中国文化的伟大之处,凸显了东方文化特质。马严君玲的文化叙事表现出作者鲜明的文化自觉意识和文化自信,是一位值得我们尊重和借鉴的儿童文学作家。

## 第四节 《清明上河图:中国灰姑娘小说》的历史与艺术想象

马严君玲创作的第三部“中国灰姑娘小说”《清明上河图:中国灰姑娘小说》是一部兼具探险小说、穿越小说、言情小说等小说叙事特征的历史小说。主人公还是《中国灰姑娘与龙侠会》中的那个叶限,但与之前两部不同的是,该小说具有两条故事线,采用了“故事中的故事”的框架,形成嵌入式叙事形式。主叙事层的故事发生在1942年的中国,讲述了女主人公叶限救助美国飞行员的故事。这段故事与《中国灰姑娘与龙侠会》紧密勾连起来,可以看作这部小说的后续故事。副叙事层如同一个时间穿越的奇幻故事,讲述了宋朝一位名叫张美兰的女孩的故事,这个故事则构成了小说的核心情节。

### 一、历史想象与爱情书写

小说一开始延续了《中国灰姑娘与龙侠会》的故事情节。叙事开端便设置了一个惊险场面。叶限到古城奉节为救出的美国飞行员购买物资。下船前吴奶奶提醒叶限和大卫一定要安全返回,不能透露任何有关美国飞行员的秘密。上岸后,叶限突然注意到一个黑衣女子尾随其后,这让她惊恐不已,以为被日本间谍盯上了。她想找大卫帮忙,却不见他的踪影。她急忙爬上屋顶试图逃脱,结果脚下一滑,不慎坠落,陷入昏迷。其实,这个黑衣女子并不是什么间谍,而是叶限姑妈的初中好友,偶遇叶限,发现叶限与她姑妈长得很像,想跟她打听她姑妈的下落。被送进医院后,叶限昏迷了三个星期才醒过来。在医院进行康复治疗的过程中,她无意中发现了一本名叫《中国艺术和文学史》的著作,看到了八百多年前宋朝的画作《清明上河图》,立即被深深吸引。创作此画的艺术家名叫张择端,是位宫廷画家。叶限细细端详了一番,觉得图中景色颇为熟悉,仿佛自己曾去过那里一样,图上的小船、桥梁、门口、村落和市场非常抚慰人心,但又令人兴奋。她对这幅画十分着迷,甚至有时候"她几乎都不敢看一眼,担心自己会疯掉"①。叶限在医院里渐渐康复,但偶有头疼、困惑、失眠和健忘症。为了更准确地把握叶限的病情,医生决定采用催眠疗法。在接受催眠治疗期间,叶限完全忘记了自己的身份,似乎变成另一个人:一个北宋时期名叫张美兰的姑娘。从第六章开始,小说从第三人称改为第一人称,由叶限讲述她以张美兰的身份所经历的人和事。

张美兰生活在一个达官贵人之家,住在宋朝都城汴梁。张美兰的父亲是个在翰林院工作的大学者,在朝廷位高权重。张美兰的哥哥名叫张择端。她的生母因为难产很早就去世了,美兰从小与继母生活在一起。她的继母漂亮可人,皮肤白皙,身材苗条,却心狠手辣。这个被美兰称作"娘"的继母并不爱美兰,总是处心积虑地对付她,有时甚至对她恶语相向,还向美兰的父亲告状。不难发现,作者这里再一次延续了"灰姑娘"的母题和情节。但与《中国灰姑娘与龙侠会》相似,在整部小说中,中国灰姑娘被后妈虐待的桥段还只是次要情节。小说主要呈现的是美兰与一个叫"阿李"(后改名"阿赵")的男仆之间的关系。

张美兰的父亲有一次造访一家玉器店,遇到一个名叫"阿李"的小伙计。此人擅长雕刻玉器,精湛的手艺备受美兰父亲赏识,是他"见过的最优秀的玉雕师"②。阿李不是汉人,而是来自西域的犹太人,还是个孤儿。美兰的父亲爱惜人才,求贤若渴,在征得店主的同意后,将阿李带回家中,作美兰哥哥的仆人和玩伴。美兰哥哥与阿李志趣相投,惺惺相惜。除了雕刻玉器之

① MAH A Y. Along the river: a Chinese Cinderella novel[M]. New York: Ember, 2009: 15.
② MAH A Y. Along the river: a Chinese Cinderella novel[M]. New York: Ember, 2009: 31.

外，阿李心灵手巧，喜欢园艺，颇有创意。阿李没读过书，不识字，在家里跟着美兰和哥哥学习书法。虽是初次接触书法，但阿李无师自通，随便一练，就比他们兄妹俩好出一大截，写的毛笔字大气磅礴，"平衡，和谐，情感丰沛"①。看到阿李天赋异禀，张择端好生佩服，将其视为知己。

很快，心灵手巧的阿李凭借他高超的艺术创作征服了很多达官贵人的心，甚至还包括当时的皇帝宋徽宗。有一年，属狗的宋徽宗过生日，美兰父亲建议阿李用玉石雕一只小狗送给皇帝。阿李随即答应，用心雕琢，创作出一只晶莹剔透、乖巧可爱的小狗。美兰父亲派人送给宋徽宗，深得皇帝的欢心。后来，宋徽宗派人到张美兰家里，赐给阿李一些礼物，还赐他使用皇帝的姓氏"赵"，自此他就改名为"阿赵"。

阿赵虽然天资聪颖，心灵手巧，却因为身处社会底层而无法享受应有的生活。在小说中，有位官员称他是"野蛮人"，认为"野蛮人不会像正常人那样思考"②。他还被人称作"大鼻子"，因为他是西域犹太人。根据阿赵的自述，他的祖父是犹太人，名叫莱维(Levy)，来到中国之后改名为"李"(Li)。阿赵的父亲娶了一个中国女性，然后生下了阿赵。父母过世之后，阿赵无依无靠。但不管别人怎么看待阿赵，美兰完全没有门第之见，在与他朝夕相处的过程中，十分欣赏他的聪明才智，便暗生情愫。在她眼里，阿赵是世界上最伟大的艺术家，也是值得信赖的伙伴。

除了阿赵的才气之外，美兰还颇为欣赏阿赵独立自由的生活态度。这一点在她与哥哥和阿赵在清明节外出活动的时候就表现了出来。阿赵在清明节的集市上花了十个铜板购买了两只关在笼子里的鸽子，然后立马将鸽子放生，引得众人大为不解。他对着卖鸟人有些激动地说道："自由！失去自由是比死亡还可怕的命运！"③无疑，阿赵从这些困在笼中的鸽子身上看到了自己的影子，通过放飞鸽子表达他内心对自由的渴望，这十分契合美兰的内心感受。美兰看到这一幕，也心有戚戚焉，觉得自己也如同笼中鸟，因为女性身份而在家庭和社会中失去了自由。正如她在自己创作的一首歌词中写的那样："像一只笼中鸟 / 我有羽翼却不能飞行 / 像一匹林中骏马 /

① MAH A Y. Along the river: a Chinese Cinderella novel[M]. New York: Ember, 2009: 42.
② MAH A Y. Along the river: a Chinese Cinderella novel[M]. New York: Ember, 2009: 177.
③ MAH A Y. Along the river: a Chinese Cinderella novel[M]. New York: Ember, 2009: 72.

我有双腿却无法奔跑。"[①]"笼中鸟"因此成为小说中的一个重要意象。因为相似的内心感受，小说中这两只"笼中鸟"逐渐走到了一起。

虽然生活在封建社会，张美兰小小年纪便有了独立自主的意识，试图掌控自己的生活，对禁锢女性生活的封建传统旗帜鲜明地表示反对和反抗。她的反抗精神主要表现在两个方面：拒绝裹脚陋习和拒绝包办婚姻。在美兰的成长过程中，继母与奶妈曾一道试图为张美兰完成裹脚仪式。在裹脚的过程中，美兰的脚趾骨折，她痛不欲生，竭力反抗，最终成功逃脱。父亲提议找专业裹脚师，她绝食抗议，父亲拿她没办法，只好作罢。但即便如此，美兰还是遭受了巨大的身体和心理创伤，康复之后，她的大部分脚趾还是没有恢复到原来的状态，她始终耿耿于怀，变得更加叛逆。最能表现其反叛精神的无疑是她对包办婚姻的抵制。在她还是个少女的时候，隔三差五就有媒婆到她家提亲，却都被她无情回绝了。她不想年纪轻轻就嫁为人妇，她甚至还想过到尼姑庵里出家为尼，对她而言这比嫁人成家更有吸引力。不同于中西"灰姑娘"故事，张美兰是一个精神独立的女性，敢爱敢恨，很难不成为女性小读者的榜样。

虽然美兰和阿赵互相吸引，互生情愫，但生活总是在跟他们开玩笑。宋徽宗看到阿赵的画作《祥龙石》后，对他十分器重，决定将阿赵招入宫中，做宫廷画家。入宫作画的前提是，阿赵必须成为太监，阿赵誓死不从。阿赵与美兰相约三年后的清明节在一处山谷见面，随即与美兰和张择端道别，隐姓埋名地开始了流浪的生活。

三年后，等所有人都睡下，美兰偷偷溜出了房门，到约定的地方与阿赵碰头。阿赵果然出现在山谷里，他告诉美兰他已经备好一艘小船，可以与她一起私奔，美兰开心地答应了。他俩来到一堵墙的前面，正准备翻墙而过的时候，张择端追了上来，试图说服妹妹回家。美兰坚决反对，勇敢地从墙上跳了下去，落地时一只脚在凹凸不平的地面上扭了一下，让美兰感到了一阵钻心的疼痛。故事也随之戛然而止。这里，作者无疑设下了一个开放性的结尾。小读者必然会提出一连串问题：这之后会发生什么？美兰是否跟阿赵成功私奔？如果没有成功，她是否还会与阿赵再见面？哥哥是否会后悔阻拦妹妹离开的行为？美兰是否真的会出家为尼？这种开放性的结尾可以

① MAH A Y. Along the river：a Chinese Cinderella novel[M]. New York：Ember，2009：151.

有效激发小读者的想象，让他们有机会参与到对文本意义的建构和阐释活动中。

简言之，该书讲述了一个穷小子与一位大家闺秀之间的爱情故事，这种爱情在当时中国是不被主流社会接受的。在当时中国传统礼教的规训下，他们之间的爱情必然会遭遇很多阻碍。这段爱情故事借鉴了中国传统才子佳人的叙事范式，同时注入了现代的性别观（男女平等）和阶级观（打破阶级壁垒），使故事情节兼具传统和现代的双重特征。

## 二、艺术想象与艺术本质论

《清明上河图：中国灰姑娘小说》是一部具有独特价值的历史小说，其独特性就在于将三幅中国古代绘画经典杰作《清明上河图》①《祥龙石》②《听琴图》③与小说情节和主题巧妙地融在一起。作者借这些作品彰显了故事主题，生动诠释了艺术的价值和意义。

正如书名所示，画作《清明上河图》在这部小说中发挥了至关重要的作用。在小说叙事开始，《清明上河图》激活了叶限潜意识中对前生的记忆，为小说提供了叙事动力。在小说主体部分，《清明上河图》则成为小说情节的一个重要组成部分，构成小说故事的核心场景。

《清明上河图》是中国最负盛名的画作之一。在小说中，作者花了很多笔墨描写北宋清明节集市上的盛况，呈现了一幅北宋市井风俗画。某年清明节，张美兰一家与阿赵乘坐马车来到都城汴梁参加当地的集市活动，感受清明民间风情。马严君玲借助文字将北宋市井百姓丰富多彩的生活栩栩如生地呈现给读者。美兰一家人先是来到一家茶馆，在茶馆里品尝了各式菜肴和点心，还看到茶楼旁石桥下的惊险一幕：一艘平底驳船因为桅杆太高，在从一座石桥下经过的时候，差点倾覆，但最终有惊无险，侥幸通过了。然

---

① 《清明上河图》乃中国十大传世名画之一，为北宋风俗画，由北宋画家张择端所作，属国宝级文物，现藏于北京故宫博物院。该图呈现的是清明时节北宋都城汴梁（今河南开封）东角子门内外和汴河两岸的繁华热闹景象。整部作品长而不冗，繁而不乱，严密紧凑，一气呵成，充分表现了画家张择端的过人笔力，不愧为中华艺术宝库中的稀世珍宝。

② 《祥龙石》描绘一块造型奇特、玲珑剔透、宛如祥龙的太湖石，石名为“祥龙”。该画作构图极简，用色颇精，格调雅致，取龙凤呈祥之寓意，用精雕细刻的手法，呈皇家园林富丽典雅之气息，与宋徽宗亲书瘦金体浑然一体，非常协调。

③ 《听琴图》是北宋皇帝宋徽宗赵佶创作的一幅绢本设色工笔画，此画现藏于北京故宫博物院。画面上方，有宰相蔡京所题的七言绝句一首。

后美兰与哥哥和阿赵来到人头攒动的喧闹集市上，走走看看，谈笑风生，好不快活。一行人沿路经过各式小店、饭馆、酒楼、寺庙、官邸、民宅，看到了卖鸟商、说书人、滑稽小丑、算命先生、玩杂耍和走钢丝的艺人，看得眼花缭乱，流连忘返。他们还看到数十人踢蹴鞠、数百人放风筝的大场面，让人大开眼界。这些热闹场面展示了中国古代丰富多彩的社会风俗和民间文化，有助于西方读者深入理解中国古代文化，感受中国文化的魅力。

不难发现，他们三人在汴梁集市上的一系列遭遇在《清明上河图》的很多细部上都能找到原型。也就是说，对于书中许多场面的描写，作者并非凭空想象，而是在研究了《清明上河图》的原图之后，选取了其中最具代表性的场面加工完成的。作者还在小说里配上了彩色插图，直观地展示了《清明上河图》在小说中呈现的一些精彩场面，使得图文互为参照，既有助于读者理解，也增加了几分阅读的乐趣。

关于这幅画是如何创作的，作者没有遵照史实，而是巧妙地安排阿赵作为创作者，丰富了小说的主题意蕴。阿赵从张美兰家逃走之后，用一年多的时间创作了这幅名叫《清明上河图》的画作，展示了他与张择端和美兰那次在河边集市上游玩的场景。整幅画细致入微，绘尽人间烟火气，艺术效果颇为震撼。有趣的是，在画作末尾，阿赵署上了“张择端”的名字，作为礼物送给了美兰哥哥。从某种意义上说，小说中的《清明上河图》是三人纯洁友谊的象征，也是文明和文化薪火相传的象征。

这部小说不仅涉及中国国宝级画作《清明上河图》，还涉及一些关于艺术的关键问题：何为艺术家？何为真正的艺术？作者不仅在小说中提出了这些问题，还通过比较阿赵和张择端两人的艺术观念与人生抉择对问题进行了回答。

在阿赵离开美兰一家之后，张择端进入皇宫成为一位宫廷画师。他与其他宫廷画师创作的主题内容基本都由皇帝钦定，创作空间受到很大限制，作品很难反映他们个人的审美旨趣。在张美兰眼中，这些宫廷画师的作品图像精美，装饰性强，却显得空洞，缺少感情或个性。她进而评价道：“这些画作看起来就仿佛是被一支学过绘画的机械画笔批量制造出来的一样。”①换言之，众多的御用画家缺乏自主性，大都是重复创作，缺乏新意。正如上

① MAH A Y. Along the river：a Chinese Cinderella novel[M]. New York：Ember，2009：157.

文所述，绝大部分宫廷画师都要先去势成为太监才能进宫创作。从某种意义上，这些画师不仅是身体遭受了阉割，精神上也是如此，他们的创作也因而缺乏“灵魂”和“自我”。作者用《听琴图》的创作为例进一步说明了这个道理。为了讨皇帝开心，美兰哥哥将绘画与音乐融为一体，绘制了宋徽宗在一棵高高的松树下弹奏扁琴的画面。他将此图命名为《听琴图》，在宋徽宗生日那天送给他为他祝寿。当朝廷官员询问宋徽宗该画的作者是谁时，哥哥急忙说：“陛下既是这幅作品的对象，也是作品的创作者。”①

比较而言，阿赵则具有独立的艺术思想和创作风格，是一位真正的艺术家。他不会跟风创作，不受任何限制和羁绊，而是追随自己的内心，总是创作那些最能反映他个人情感和思想的作品。书中给出一例：为了给张美兰的父亲祝寿，阿赵以一块形如飞龙的巨石为临摹对象创作了一幅画作，送其作生日礼物。这幅画作让参加美兰父亲寿宴的宾客叹为观止，后来美兰父亲将这幅画送给了宋徽宗。宋徽宗后来在画上用瘦金体赋诗一首，并签上了自己的名字，将此画命名为《祥龙石》。宋徽宗将阿赵的创作占为己有，但阿赵却没有感到“无上荣光”，内心充满了愤慨，表现了艺术家独立的人格和高贵的品性。

阿赵本人也十分强调艺术家的个人眼光，认为艺术是创作者心灵的再现，艺术创作是一种带有强烈个人色彩的创造性活动，因此不能束缚自己的眼界和想象力。在艺术家和艺术创作上，阿赵发表过许多独到的见解。他强调艺术家应该具有丰富的想象力和洞察力。他曾对美兰说：“如果你能看到，那么你就能画。”②“我们需要做的就是用新的眼光来看每一个物体。”③在艺术创作过程中，他还常常强调艺术家应抓住创作对象的“精神”和“灵魂”。例如，阿赵创作《祥龙石》的艺术动机是“释放石头中龙的精神，给它自由”④；在雕刻玉器前，选择合适的玉石十分重要，因为“每一块玉石都有自己的个性”⑤，要根据石头自身的特点，佐之以丰富的想象力，才能雕刻出精品佳作。他还强调留白的重要性，认为“画上的空间和空白与画上的花花草

① MAH A Y. Along the river: a Chinese Cinderella novel[M]. New York: Ember, 2009: 152.
② MAH A Y. Along the river: a Chinese Cinderella novel[M]. New York: Ember, 2009: 44.
③ MAH A Y. Along the river: a Chinese Cinderella novel[M]. New York: Ember, 2009: 45.
④ MAH A Y. Along the river: a Chinese Cinderella novel[M]. New York: Ember, 2009: 119.
⑤ MAH A Y. Along the river: a Chinese Cinderella novel[M]. New York: Ember, 2009: 41.

草同等重要，都能创造美好与和谐”[①]。不难发现，他的这些观点生动地传递出中国古代艺术创作的整体思维和留白思想。

简言之，在小说中，阿赵与张择端代表了两种不同类型的艺术家，相互之间形成鲜明对比，也反映了两人在人生追求上的不同。张择端是个有野心的人，一心想走仕途，对于皇帝的要求从来不敢违抗。他世俗的态度则使他注定无法实现卓越，流芳百世。与美兰哥哥相比，阿赵特立独行，不拘小节，不受束缚，利用艺术表达自我，致力于揭示艺术真谛，他才是真正的艺术家。

马严君玲在其回忆录中写道：“通过《中国灰姑娘》，我希望激发起你的兴趣，不仅是对一个在中国成长的小姑娘的困境感兴趣，而且对中国的历史和文化也感兴趣。”[②]不难发现，她在历史小说中也践行了这种创作理念。马严君玲将《清明上河图》和其他经典名作的创作史、北宋历史和中国犹太史有机地融入小说中，充分凸显了中国文化和艺术的魅力，一定会激发外国年轻读者的兴趣，引导他们对中国艺术和历史进行更深入的探究。

---

① MAH A Y. Along the river: a Chinese Cinderella novel[M]. New York: Ember, 2009: 38.

② MAH A Y. Chinese Cinderella: the true story of an unwanted daughter[M]. New York: Ember, 2019: ix.

# 结　语

当代美国华裔儿童文学多姿多彩，各有千秋，已形成“众声喧哗”的态势。当代美国华裔儿童文学作家尽情施展才情，创作出兼具民族性与时代性、符合当下青少年阅读品位的优秀作品，具有较高文学水准和审美价值，毫不逊色于其他族裔儿童文学作家。

正如谈凤霞所言：“文化身份的认知与建构是美国华裔儿童文学的核心主旨。”[①]在多元文化主义思潮的影响下，美国华裔儿童文学作家十分关注美国华裔儿童和青少年的生存境遇，在不同类型文学作品中对“文化身份”的复杂性给予了足够的关注，真实再现了华裔少年和青年一代如何认识自己的族裔身份、如何在两种文化的双重影响下生活、如何在文化冲突中学会取舍和妥协。此外，在创作过程中，当代美国华裔儿童文学作家保持了一种开放的姿态，兼收并蓄地将中国优秀文化资源融入文学书写中。蒲若茜教授认为：“华裔美国文学之文化共同体最典型的特色就在于中西文化的杂糅共生，在于异质文化之间的相互尊重与相互包容。”[②]美国华裔儿童文学作家在创作中有机融入中国文化、历史和哲学等诸多方面的元素，以自己独有的方式加以诠释和展现，表现出较强的文化认同感。美国华裔儿童文学作家的成功似乎告诉我们这样一个道理：华人作家不能丢自己的根，丢了就断了自己的精神命脉。值得一提的是，部分作家由于自身身份的特殊性，对中国文化一知半解，在创作过程中难免出现“误读”中国文化的倾向。“误读”并不总是坏事，有可能成为一种创造性的转化。我们应区别对待并适度宽

① 谈凤霞.论美国华裔唐人街童年叙事的文化身份建构[J].南京师大学报(社会科学版)，2023(1)：16.

② 蒲若茜.华裔美国文学中的共同体书写[J].广东社会科学，2023(1)：197.

容文化误读，以更好地推动文明互鉴，实现共同进步。

一方面，美国华裔儿童文学对美国华裔读者有着重要的价值，引导他们更清醒地认识自己的生活和世界，了解自身民族文化传统，较容易得到美国华裔（乃至亚裔）年轻一代的情感认同。另一方面，美国华裔儿童文学对于非华裔读者也很重要，这些童书如同开启了多扇窗户，引导读者以“他者”的眼光认识“他者”，有助于他们对美国华裔和中国文化共情，深入理解中国文化及其背后的意蕴。与此同时，我们不能将这些小说局限在“族裔身份”这一维度上，因为作品中精彩的故事主题超越了“族裔”的边界，指向青少年普遍的生活遭际，具有普遍性内涵和价值，能够在青少年读者群中产生共鸣。

青年学者苏少伟认为：

> 中国文化走出去不能局限在国内的作为，亦存在于他者的创作中。而且在历史的进程中，这个他者的内涵是在不断丰富的，不同时代里所包含的群体是不完全相同的。在目前的时代里，他者中有一个群体需要特别注意，即世界范围内的华裔群体。①

如他所言，美国华裔儿童文学对我国儿童文学的创作有一定的借鉴意义和价值。如何让我们的作品具有国际视野，具有国际性水平，美国华裔儿童文学可以给我们重要的参照。

有文化底蕴的作品，才有个性，才有感召力。中国文化有着用之不竭的资源财富。当代中国儿童文学作家应该深入挖掘中国传统文化资源，取其精华，将中华文化的内涵发扬光大。可以说，如何继承和发扬中华民族优秀文化传统，传播中华民族优秀的价值理念，展现民族文化精神，表现民族审美追求，是我国儿童文学当下乃至未来创作的重要议题。

同时，中国创作者也应关注当下少年儿童的现实生活和精神世界，兼顾主题与风格的多样化，注重作品的艺术品质，创作出具有中国特色、反映当代儿童现实生活、富有艺术感染力的优秀原创儿童文学作品。在借鉴美国（乃至西方）华裔儿童文学的创作理念和先进经验的基础上，超越文化的狭

① 苏少伟．华裔作家在“中国文化走出去”中的作用[EB/OL]．(2017－05－09)[2022－12－25]．http://www.chinawriter.com.cn/n1/2017/0509/c404038-29263676.html.

隘界定，以人类共通的情感特质和精神需求为钥匙，将中国文化与时代精神统一在一起，创作出更多能够表现中国风格、中国特色和中国气派的作品。

# 参考文献


陈爱敏. 共谋的异国情调:谭恩美儿童作品的背后[J]. 南京师大学报(社会科学版), 2007(6): 152-156.

程爱民. 论美国华裔文学中的"中国叙事"——以汤亭亭和谭恩美的小说为例[J]. 外国文学研究, 2013(1): 117-128.

崔辰. 美国超级英雄电影:神话、旅程和文化变迁[M]. 北京:中国电影出版社, 2015.

高圆. 杨志成:在西方讲中国故事[J]. 出版人,2020(1): 66-68.

郭英剑. 命名·主题·认同——论美国华裔文学研究中的几个问题[J]. 郑州大学学报(哲学社会科学版),2003(6):32-35.

斐迪南·滕尼斯. 共同体与社会[M]. 林荣远, 译. 北京:商务印书馆,1999.

费孝通. 跨文化的"席明纳"——人文价值再思考之二[J]. 读书, 1997(10): 3-9.

费孝通. 反思·对话·文化自觉[J]. 北京大学学报(哲学社会科学版),1997(3): 15-22.

汉娜·阿伦特, 玛丽·麦卡锡. 朋友之间[M]. 北京:中信出版社,2016.

郝广才. 好绘本如何好[M]. 南昌:二十一世纪出版社,2009.

胡勇. 文化的乡愁——美国华裔文学的文化认同[M]. 北京: 中国戏剧出版社, 2003.

姜智芹. 傅满洲与陈查理:美国大众文化中的中国形象[M]. 南京:南京大学出版社,2007.

李泽厚. 美的历程[M]. 北京:生活·读书·新知三联书店,2009.

连清川. 孙悟空与美国华人的困境[M]// 杨谨伦. 美生中国人. 赫瑨, 译. 西安:陕西师范大学出版社,2008: 3-6.

刘绪源. 什么是儿童文学研究最重要的工作[EB/OL]. (2016-05-20) [2023-05-

03]. http://www.chinawriter.com.cn/wxpl/2016/2016-05-20/272671.html.
林珮思. 月夜仙踪[M]. 张子樟，译. 石家庄:河北教育出版社,2016.
林珮思. 繁星之河[M]. 张子樟，译. 石家庄:河北教育出版社,2018.
林珮思. 难看的蔬菜[M]. 王睿，译. 济南:明天出版社,2018.
林珮思. 真不是一模一样[M]. 张瑾，译. 合肥:安徽美术出版社,2018.
玛丽亚·尼古拉杰娃，卡罗尔·斯科特. 绘本的力量[M]. 李继亚，译. 上海:华东师范大学出版社,2019.
彭懿. 世界图画书:阅读与经典[M]. 南宁:接力出版社，2011.
蒲若茜. 华裔美国文学中的共同体书写[J]. 广东社会科学，2023(1):188-197.
芮渝萍,陈晓菊. 当代美国青少年文学研究[M]. 杭州:浙江大学出版社,2017.
沈宏芬. 成长小说[M]. 北京:外语教学与研究出版社，2022.
苏少伟. 无声的绘本小说,华裔文学亚现象[EB/OL]. (2016-11-25)[2023-01-02]. http://www.chinawriter.com.cn/n1/2016/1125/c404033-28894392.html.
苏少伟. 华裔作家在"中国文化走出去"中的作用[EB/OL]. (2017-05-09)[2022-12-25]. http://www.chinawriter.com.cn/n1/2017/0509/c404038-29263676.html.
孙璐. 从游朝凯的《唐人街内部》看亚裔美国人的"夹层"困境[J]. 当代外国文学，2022(4):5-12.
谈凤霞. 民族文脉与共生美学:杨志成对民间故事的图像重述[J]. 南京师范大学文学院学报，2019(3):49-58.
谈凤霞. 西方华裔儿童文学的跨文化和多维度研究[J]. 西南民族大学学报(人文社会科学版),2021(3):183-188.
谈凤霞.论美国华裔唐人街童年叙事的文化身份建构[J].南京师大学报(社会科学版),2023(1):16-27.
汤素兰. 儿童文学:"黄金时代"的思考[EB/OL]. (2015-03-09)[2023-05-03]. https://epaper.gmw.cn/gmrb/html/2015-03/09/nw.D110000gmrb_20150309_2-16.htm.
唐莹. 美国华裔青少年文学中的"中国想象"[J]. 湖南科技大学学报(社会科学版),2021(5):54-58.
陶小路. 中为洋用:美国华裔画家杨谨伦图像小说《拳民与圣徒》解析[J]. 济南大学学报(社会科学版)，2019(6):47-56.
王保华,陈志明. 唐人街:镀金的避难所、民族城邦和全球文化流散地[M]. 张倍瑜，译. 上海:华东师范大学出版社,2019.

王建会.种族操演性——族裔文学批评范式研究[J]. 国外文学，2014(3):11－17.

王宁. 世界文学语境下的华裔流散写作及其价值[J]. 深圳大学学报(人文社会科学版),2012(6): 5－10.

汪小玲,李星星. 羞耻的能动性:《无声告白》中的情感书写与华裔主体性建构[J]. 当代外国文学，2021(1): 37－43.

王悦晨. 多模态边界写作中的三维翻译与文化杂糅[J]. 中国翻译，2018(1):74－80.

王悦晨. 图像小说中的边界写作:多元文化身份与翻译[J]. 外国语，2020(2): 99－110.

习近平. 在中国文联十一大、中国作协十大开幕式上的讲话[EB/OL]. (2022－08－22)[2023－05－03]. https://www.ccps.gov.cn/xxsxk/zyls/202112/t20211215_152323.shtml.

谢凤娇,李新德. 叶祥添对中国民间传说的改写[J]. 华文文学，2022(2): 85－91.

薛梅. 美国华裔儿童文学作家作品的文化传播力探究[J]. 象山师范学院学报，2021(3):22－29.

杨成寅. 太极哲学[M]. 上海:学林出版社,2003.

杨谨伦，刘敬贤. 影子侠[M]. 陆星宇，译. 长沙:湖南美术出版社,2018.

杨谨伦. 美生中国人[M]. 赫瑨，译. 西安:陕西师范大学出版社,2008.

约瑟夫·坎贝尔. 千面英雄[M]. 黄珏苹，译. 杭州:浙江人民出版社,2016.

张龙海，张武. 新世纪中国大陆美国华裔文学研究[J]. 社会科学研究,2017(5):24－38.

张生珍,霍盛亚. 当代美国儿童文学:批评与探索[J]. 社会科学研究，2020(5):52－57.

赵迪. 做有"儿童性"的绘本[J]. 美术观察，2020(6):5－7.

赵毅衡. 当说者被说的时候:比较叙述学导论[M]. 北京:中国人民大学出版社，1998.

周作人. 自己的园地[M]. 石家庄:河北教育出版社,2002.

朱自强. 儿童文学概论[M]. 北京:高等教育出版社,2009.

曾梦龙. 华裔绘本家杨志成,一个特殊历史情境下诞生的人[EB/OL]. (2019－12－18)[2023－05－03]. https://news.sina.com.cn/c/2019-12-28/doc-iihnzhfz8899293.shtml.

宗白华. 宗白华全集(第2卷)[M]. 合肥:安徽教育出版社,2008.

ATTEBURY N G. Bridging the gap in children's literature for Asian American youngsters [J]. The Delta Kappa Gamma Bulletin, 2001(2): 33 - 39.

BHABHA H K. The location of culture [M]. London and New York: Routledge, 1994.

CHEW L. Chinese American images in selected children's fiction for kindergarten through sixth grade[D]. Stockton: Univ. of the Pacific, 1986.

COMMIRE A. Something about the authors[M]. Detroit: Gale Research Inc., 1976.

DAVIS R. Reinscribing (Asian) American history in Laurence Yep's *Dragonwings* [J]. The Lion and the Unicorn, 2004(3): 390 - 407.

DONG L. Reimagining the monkey king in comics: Gene Luen Yang's *American Born Chinese*[M]// MICKENBERG J L, VALLONE L. The Oxford Handbook of Children's Literature. Oxford: Oxford University Press, 2011: 231 - 254.

DONG L. Once upon a time: Chinese American folklore in American picture books[J]. Amerasia Journal, 2013, 39(2): 48 - 70.

EISNER W. Graphic storytelling[M]. Tamarac: Poorhouse Press, 1996.

FISHER L W. Focalizing the unfamiliar: Laurence Yep's "child in a strange land" [J]. MELUS, 2002(2): 157 - 177.

GENETTE G. Paratexts: thresholds of interpretation[M]. Jane E. Lewin, Trans. Cambridge: Cambridge University Press, 1987.

GILTON D L. Multicultural and ethnic children's literature in the United States [M]. New York: Scarecrow Press, 2007.

HAMMOND H. Graphic novels and multi - modal literacy: a high school study with *American Born Chinese* [J]. Bookbird: A Journal of International Children's Literature, 2012(4): 22 - 32.

HATHAWAY R V. "More than meets the eye": transformative intertextuality in Gene Luen Yang's *American Born Chinese* [J]. The Alan Review, Fall 2009: 41 - 47.

HUNT P. An introduction to children's literature[M]. Oxford: Oxford University Press, 1994.

JOHNSON-FEELINGS D. Presenting Laurence Yep[M]. New York: Twayne Publishers, 1995.

KEELING K K, POLARD S T. Introduction: food in children's literature[C]// Critical Approaches to Food in Children's Literature. New York: Routledge,

2009：3 - 18.

LAWRENCE K. Laurence Yep[M]. New York：The Rosen Publishing Group，Inc.，2004.

LIN G. The year of the dog[M]. New York：Little，Brown and Company，2006.

LIN G. When the sea turned to silver[M]. New York：Little，Brown and Company，2017.

LIN G. About Grace[EB/OL]. [2022 - 03 - 24]. https://gracelin.com/about-grace/.

LIN G. Why couldn't Snow White be Chinese? [EB/OL]. [2022 - 03 - 24]. https://gracelin.com/wp-content/uploads/essay-snowwhite.pdf.

LIU F F. Images of Chinese Americans and images of child-readers in three of Laurence Yep's fictions[D]. Philadelphia：The Pennsylvania State University，1998.

LIU L. Images of Chinese people，Chinese-Americans，and Chinese culture in children's and adolescents' fiction[D]. Amherst：Univ. of Massachusetts，1998.

MAH A Y. Watching the tree：a Chinese daughter reflects on happiness，traditions，and spiritual wisdom[M]. New York：Broadway，2002.

MAH A Y. Chinese Cinderella and the Secret Dragon Society[M]. New York：HarperTrophy，2005.

MAH A Y. Along the river：a Chinese Cinderella novel[M]. New York：Ember，2009.

MAH A Y. Chinese Cinderella：the true story of an unwanted daughter[M]. New York：Ember，2019.

MANUEL D，ROCIO G D. Editors' introduction：critical perspectives on Asian American children's literature[J]. The Lion and the Unicorn，2006(2)：v - xv.

MARANTZ K，MARANTZ S. Artist of the page：interviews with children's book illustrators[M]. Jefferson：McFarland，1992.

MARCOVITZ H. Laurence Yep[M]. New York：Chelsea House，2008.

MARCUS L S. Author talk[M]. New York：Simon & Schuster，2000.

NODELMAN P，REIMER M. The pleasures of children's literature[M]. Harlow：Pearson，2002.

NORTON D E. Multicultural children's literature：through the eyes of many children[M]. Harlow：Pearson，2001.

REYNOLDS R. Superheroes: a modern mythology[M]. Oxford: University Press of Mississippi, 1992.

ROYAL D P. Foreword; or reading within the gutter[C]// Multicultural Comics. University of Texas Press, 2010: ix - xi.

SILVEY A. The essential guide to children's books and their creators[M]. Boston: Houghton Mifflin Company, 2002.

SINGER M. Black skins and white masks: comic books and the secret of race[J]. African American Review, 2002(1): 107 - 119.

SMITH K C. Introduction: the landscape of ethnic American children's literature [J]. MELUS, 2002, 27(2): 3 - 8.

SMITH P. Postmodern chinoiserie in Gene Luen Yang's *American Born Chinese* [J]. Literature Compass, 2014(1): 1 - 14.

SPIEGELMAN A. Mightier than the sorehead[N]. Nation, 1994 - 01 - 17(45 - 46).

THANANOPAVARN S. Negotiating Asian American childhood in the twenty-first century: Grace Lin's *Year of the Dog*, *Year of the Rat*, and *Dumpling Days*[J]. The Lion and the Unicorn, 2014(1): 106 - 122.

WALTON J Y. Q&A with Grace Lin[EB/OL]. (2012 - 10 - 01)[2022 -10 -20]. http://www. publishersweekly. com/pw/by-topic/authors/interviews/article/43773-q-a-with-grace-lin.html.

WOLKSTEIN D. The stories behind the stories: an interview with Isaac Bashevis Singer[J]. Children's Literature in Education, 1975, 18: 136 - 145.

YANG G L. American born Chinese[M]. New York: First Second, 2006.

YANG G L. Printz award winner speech[J]. Young Adult Library Services, Fall 2007: 11 - 13.

YANG G L, PHAM T. Level up[M]. New York: First Second, 2011.

YANG G L. Foreword [M]// Wu Cheng'en. Monkey King: journey to the west. LOVELL J, Trans. New York: Penguin Books, 2021: xi - xiii.

YEP L. Dragonwings[M]. New York: HarperTrophy, 1975.

YEP L. Child of the owl[J]. New York: Harper & Row, 1977.

YEP L. Writing *Dragonwings*[J]. The Reading Teacher, 1977, 30(4): 359 - 363.

YEP L. The lost garden[M]. New York: Simon & Schuster, 1991.

YEP L. Tongues of jade[M]. New York: HarperCollins Publishers, 1991.

YEP L. A garden of dragons[J]. ALAN Review，1992，19(3)：6-8.

YEP L. American dragons：twenty-five Asian American voices[M]. New York：HarperCollins，1993.

YEP L. Playing with shadows[J]. The Lion and the Unicorn，2006，30(2)：157-167.

YEP L. Dragons I have known and loved[J]. Journal of the Fantastic in the Arts，2010，21(3)：386-393.

YOUNG E. Lon Po Po[M]. New York：Penguin Young Readers Group，1989.

YOUNG E. Voices of the heart[M]. New York：Scholastic Press，1997.

YOUNG E，SINGER M. A strange place to call home[M]. San Francisco：Chronicle Books，2015.

YOUNG E，GUIBERSON B. Moon bear[M]. New York：Square Fish，2016.

YOUNG E，PETERSON B. Catastrophe by the sea[M]. Berkeley：West Margin Press，2019.

YOUNG E. About Ed[EB/OL]. [2023-05-03]. http://www.edyoungart.com/sample-page/.

# 中文索引